LAURA MARLEEN KEMPERT

How you broke into my life

novum ◢ pro

Dieses Buch ist auch als
e-book
erhältlich.

Bibliografische Information
der Deutschen Nationalbibliothek:

Die Deutsche Nationalbibliothek
verzeichnet diese Publikation in
der Deutschen Nationalbibliografie.
Detaillierte bibliografische Daten
sind im Internet über
http://www.d-nb.de abrufbar.

Gedruckt in der Europäischen Union
auf umweltfreundlichem, chlor- und
säurefrei gebleichtem Papier.

© 2025 novum publishing gmbh
Rathausgasse 73, A-7311 Neckenmarkt
office@novumverlag.com

ISBN 978-3-7116-0376-0
Lektorat: Vivika-R. Andige
Umschlagfoto:
Vgraphic Farao | Dreamstime.com
Umschlaggestaltung, Layout & Satz:
novum Verlag

www.novumverlag.com

Druckprodukt mit finanziellem
Klimabeitrag
ClimatePartner.com/16547-2311-1001

Playlist

Dean Lewis – Waves
Lana Del Rey – Young and Beautiful
Queen – Good Old-Fashioned Lover Boy
Tate McRea – You Broke Me First
Olivia Rodrigo – Vampire
Lewis Capaldi – Strangers
The Calling – Wherever You Will Go
Walking On Cars – Don't Mind Me
Kings Of Leon – Use Somebody
Natasha Bedingfield – Weightless
Imagine Dragons – Bad Liar
Coldplay – Fix You
Rhodes – The Love I Give
Imagine Dragons – I Bet My Life
Lana Del Rey – Get Free

Prolog

Ich balancierte mein Handy, mit dem ich gerade versuchte, meine Tochter zu erreichen, zwischen meinem Ohr und meiner Schulter, während ich mit der einen Hand meine Aktentasche festhielt und mit der anderen darin vergeblich nach meinem Portemonnaie suchte. Der Typ vom Sushi-Stand hielt nun schon seit gut drei Minuten meine Bestellung in der Hand und wartete genervt auf sein Geld. „Entschuldige!", sagte ich nun schon zum zweiten Mal und suchte in der Tasche nach meinem Geld, um zu bezahlen und die wartende Schlange hinter mir nicht weiter auf die Folter zu spannen. Als die Mailbox des Handys meiner Tochter ranging, erklärte ich ihr schnell, dass es auch heute auf der Arbeit wieder etwas länger werden würde und sie mit dem Abendessen nicht auf mich warten brauchte. Das war für meine Tochter nichts Neues, doch ich war froh, dass sie in den meisten Fällen Verständnis dafür zeigte. Sie war klug und zielstrebig wie ich und irgendwann würde sie in meine Fußstapfen treten. Davon war ich überzeugt. Mit einem kleinen Jubelruf zog ich stolz mein Portemonnaie aus der Tasche. Allerdings fielen dabei versehentlich zwei lose Blätter heraus, die schließlich in einer Pfütze landeten. Ich stöhnte auf. „Lucy?", hörte ich eine Stimme hinter mir. Verflucht sei dieser Tag. Wenn das jetzt, in meiner einzigen Pause an diesem verdammten Tag, eine Klientin war, die mich von meinem wohlverdienten Essen abhielt, dann würde ich für nichts mehr garantieren können. „Tut mir leid. Ich habe gerade Pause und …", setzte ich gerade an, als ich mich umdrehte und in das Gesicht der Person sah, der ich nie wieder begegnen wollte. „Emilia!", entfuhr es mir erschrocken. In mir zog sich alles zusammen. Mein Magen drehte sich um und ich spürte, wie mir jegliche Gesichtszüge entglitten. Bei ihrem Anblick wurden all die schmerzlichen Erinnerungen an eine Zeit, die ich seit Jahren erfolgreich verdrängt hatte, wieder freigesetzt. Alles war wieder da: der Schmerz, die Wut, die Trauer, der Hass.

Nein, nein, das durfte nicht sein. Was tat sie hier? Es war wie ein Kartenhaus, das mit ihrem Erscheinen von dem einen auf den anderen Moment in sich zusammenfiel. Ein Kartenhaus, das ich jahrelang mühsam errichtet hatte. „Was tust du hier?", zischte ich. Ich dachte, ich hätte die Wut nach all den Jahren besiegt. Doch sie war wieder da. Genau wie damals. Ich sah, wie Emilia mit sich rang. Als würde sie selbst noch nicht genau wissen, wie sie zu mir stand. „Ich ... wir ... sind in das Haus von Franz' Großeltern gezogen ... Ich hatte keine andere Wahl. Wir mussten gehen.", sagte sie schließlich kühl und entschlossen. Dann drehte sie sich um und verschwand so plötzlich, wie sie vor mir aufgetaucht war, als wäre sie nur eine Fata Morgana gewesen. Nein, nein, das durfte nicht sein. Das sollte nicht sein. Nun würde sich alles ändern. Das wurde mir in diesem Moment schmerzlich bewusst. Sie würde die Vergangenheit, die ich seit Jahren verschlossen hielt, wieder ans Tageslicht zurückholen. Denn sie war die Vergangenheit. Sie war ein Teil davon. Ich dachte an meine Tochter, Ricky, die ich von all dem vergeblich versucht hatte, fernzuhalten. Sie sollte nie davon erfahren und das musste auch so bleiben ...

Ich bezahlte, nahm die Tüte mit der Bestellung entgegen und machte mich auf den Weg zurück in die Kanzlei. Doch der Hunger war mir schlagartig vergangen.

Kapitel 1

Jeder Mensch hat seine Geheimnisse. Erinnerungsstücke, die versteckt wurden, damit niemals jemand sie in die Hände bekommt. Erinnerungen, die versucht wurden, ausgelöscht zu werden. Menschen aus der Vergangenheit, denen man niemals wieder begegnen wollte. Probleme, die nicht gelöst wurden. Erlebnisse, die verdrängt wurden. Geheimnisse, um jemanden zu schützen. Geheimnisse, um sich selbst zu schützen. Es gibt so viele Gründe, Geheimnisse zu hüten. Tag für Tag tragen wir sie mit uns herum. Sie können uns stärker machen. Sie können uns schwächer machen. Sie können Menschen zusammenschweißen. Und sie können Menschen auseinanderbringen. Doch ganz egal, wie klein oder groß das Geheimnis sein mag, irgendwann kommt jedes ans Tageslicht. Und besonders die, vor denen wir am meisten Angst haben, dass sie jemals jemand entdeckt.

Woher ich das weiß? Nun ja, meine Geschichte handelt von all diesen Geheimnissen. Von den kleinen, angefangen mit der Truhe unter meinem Bett. Bis hin zu den großen, die niemals ans Tageslicht kommen durften. Die, die viel mehr anrichten können, als sich jemand ausmalen könnte. Und was all diese Geheimnisse gemeinsam haben? Ich sag es euch. Sie alle waren vergraben, versteckt, verschlossen und gut behütet. Aber kein Geheimnis ist vollkommen sicher. Besonders nicht vor denen, die danach suchen.

Leonardo Dom war eines dieser Geheimnisse und das wusste ich, als ich ihm das erste Mal begegnete. Als er das erste Mal unser Klassenzimmer betrat, hatte ich das Gefühl, ihm schon einmal begegnet zu sein. Doch diesen Gedanken verwarf ich schnell. Er hatte kein besonders außergewöhnliches Aussehen. Er sah nicht schlecht aus, das musste ich zugeben. Die Mädchen in meiner Schule vergötterten ihn, seit er vor den Osterferien in meine Klasse gekommen war. Mit seinen leicht gelockten braunen Haaren, die ihm immer wieder ins Gesicht fielen, und den wilden eisblauen Augen wirkte er hier fast fehl am Platz. Er passte nicht hinein. Wahrscheinlich machte ihn das deswegen so interessant für die meisten. Und er war neu. Etwas, was an unserer Schule nicht sehr häufig vorkam. Außerdem hatte er etwas zu erzählen. Etwas, was der Großteil hier vermisste. Ein Abenteurer, der die Menschen gerne mit seinen Geschichten unterhielt, von denen die meisten mir doch sehr unglaubwürdig erschienen. Er war nicht der Junge von nebenan, den man kannte, wenn man ihn nur ansah. Er war jemand, den man nicht einmal kannte, wenn man ihn kannte. Er war einer von der Sorte Menschen, bei denen man nie genau wusste, was sie als Nächstes vorhatten. Die Sorte Menschen, die Ärger brachten. Die Sorte Menschen, von denen ich mich normalerweise fernhielt.

Genau aus diesem Grund versuchte ich am ersten Tag nach den Osterferien, Erik bereits auf dem Weg in den Klassenraum zu überreden, uns heute ganz nach hinten zu setzen. „Ich möchte so weit weg sitzen von diesem Leonardo, wie nur möglich", erklärte ich, als er mich fragend ansah. Erik war einer meiner besten und ältesten Freunde. Nachdem wir in der ersten Klasse zusammengesetzt worden waren und uns anfangs noch gelegentlich die Stifte geklaut hatten, waren wir unzertrennlich. Er hatte dunkelblondes glattes Haar und ein schmales Gesicht mit einem kleinen Muttermal am rechten Auge. Außerdem war er so beweglich wie eine Schildkröte, womit ich ihn manchmal aufzog. Und der klügste Junge, den ich kannte. Zusammen mit Melissa waren wir seit der neunten Klasse ein Trio und die Klassenbesten. Wobei uns Erik meist ein Stückchen voraus war. Doch wir alle hatten unsere Stärken. Melissa war die Cleverste von uns Dreien. Mit ihren wilden buschigen Haaren und der Brille wirkte sie manchmal wie eine zerstreute Professorin. Außerdem konnte sie am besten kontern, was ich manchmal ein wenig beneidete. Auch Erik hatte zu allem und jedem seine Meinung und konnte diese gut vertreten. Er war ein Organisationstalent und konnte fließend Spanisch. Im Gegensatz zu den beiden hielt ich mich lieber im Hintergrund auf. Ich, Ricarda Emilia Free, wie mich meine Mutter getauft hatte, oder einfach nur Ricky, stand nicht besonders gern im Mittelpunkt. Mit meiner roten Mähne, meiner viel zu blassen Haut und den langen storchartigen Beinen, die einen halbwegs akzeptablen Oberkörper trugen, fühlte ich mich allerdings oft keineswegs, als würde ich in der Masse verschwinden. Meist hatte ich eher das Gefühl, beobachtet oder gar angestarrt zu werden, weshalb ich mich nicht selten versuchte, ein wenig kleiner zu machen, als ich eigentlich war, was jedes Mal mit einer Ermahnung seitens meiner Mutter bestraft wurde. In der Schule war ich eine Einserschülerin. Doch darauf war ich weder stolz noch fühlte es sich richtig an. Es war eher wie eine Pflicht, die ich zu erfüllen versuchte.

„Wieso? Was hast du denn gegen ihn?", fragte mich Erik, als wir die Treppe zu dem Stockwerk, in dem sich unser Klassenraum befand, hinauf stapften. Melissa hatte heute einen anderen Kurs als Erik und ich, weswegen sie uns nicht begleitete. „Ich halte ihn für einen arroganten Spinner. Außerdem will ich mir nicht schon wieder seine ganzen ‚Abenteuergeschichten' anhören müssen", sagte ich und formte dabei die Finger zu Gänsefüßchen. Wir gingen den Flur entlang und ein Siebtklässler rempelte mich an. „Falsches Stockwerk, Kleiner!", rief Erik und wandte sich schließlich wieder mir zu. „Ach, ich glaube, seinen Neulingsstatus hat er jetzt langsam abgelegt und seine Geschichten werden ihm auch bald ausgehen müssen", wollte er mich beruhigen. Doch als wir die Klasse betraten, wurden wir eines Besseren belehrt.

Mein Französischlehrer saß auf dem Tisch eines Schülers und lauschte wie einige andere Mädchen und Jungen meiner Klasse Leonardo, der sich wieder pudelwohl dabei fühlte, von seinen unglaublichen Abenteuern zu berichten.

Ich sah Erik vielsagend an. Er zuckte mit seinen Schultern und ich bemerkte noch ein kleines Schmunzeln, als er mir in die hintere Reihe folgte.

Monsieur Blanc hatte sich wohl endlich von Leonardos Erzählungen losreißen können und mit dem Unterricht begonnen. Die Stunden wollten nur einfach nicht vergehen und immer, wenn ich nach einer gefühlten Ewigkeit auf die Uhr schaute, waren gerade einmal fünf Minuten vergangen. In der letzten Stunde schien sich keiner mehr konzentrieren zu können. Aus jeder Ecke hörte man Getuschel oder Geklapper, wenn jemand bereits seine Schulunterlagen zusammenräumte. Es herrschte eine allgemeine Unruhe, gegen die kein Lehrer mehr etwas anrichten konnte.

Doch schließlich wurde Leonardo aufgerufen und mit einem Mal war Totenstille. Wie machte er das nur? Wie schaffte er es, jeden mit seinen Worten zu fesseln? Seine Stimme war kräftig, aber nicht laut. Als er seine braunen, leicht gelockten Haare zurückstrich, spannten sich für einen kurzen Moment seine Armmuskeln. Einige Haare fielen ihm bereits wieder ins Gesicht und er wiederholte die Prozedur. Was für ein Angeber, dachte ich. Plötzlich drehte er sich um und sein Blick traf meinen. Ich hielt für eine Schrecksekunde den Atem an. Doch anstatt meinen Blick von ihm zu lösen, sahen wir uns für eine Sekunde in die Augen. Eine Sekunde, die viel zu lang erschien. Seine eisblauen Augen schienen sich in meine zu bohren und mich festzuhalten. Doch dann war der Augenblick vorüber und sein Blick schwang zu Erik, der sich gemeldet hatte und nun drangenommen wurde. Ich atmete aus.

„Tut mir leid!", sagte ich, als ich die genervten Blicke meiner Bandmitglieder sah, weil ich mal wieder zu spät war. „Es hat zuhause etwas länger gedauert." Und das war nicht einmal gelogen. Melissa hatte mich aufgehalten. Ich hatte morgen meinen achtzehnten Geburtstag und sie wollte, dass alles perfekt war. In Sachen Organisation und Planung war sie kein Naturtalent, aber ich schätzte ihren Eifer. Dabei hatte ich meinen Geburtstag nicht einmal feiern wollen. „Man wird doch nicht alle Tage achtzehn!", hatte sie immer wieder über mein heftiges Kopfschütteln hinweg gerufen. Doch schließlich war es ihre Euphorie gewesen, der ich mich nicht widersetzen konnte. Das hatte ich noch nie gekonnt. Ein stummes Schulterzucken hatte gereicht, um ihr zu signalisieren, dass ihre wochenlange Hartnäckigkeit ihre Wirkung zeigte. Manchmal versuchte ich mich daran zu erinnern, wann Melissa und ich Freundinnen geworden waren. Bis zur neunten Klasse hatte uns nichts weiter als der ständige Konkurrenzkampf verbunden, der sich urplötzlich in so etwas wie Freundschaft verwandelt hatte. Vielleicht war es der Ehrgeiz, der uns schließlich vereinte und zusammengeschweißt hatte. Seit fast einem Monat liefen nun schon Melissas aufwendige Vorbereitungen für meine Geburtstagsparty, die morgen stattfinden sollte. Angefangen von der Gästeliste bis hin zu meiner Geburtstagstorte sollte alles meinen Wünschen entsprechen. Manchmal hatte ich das Gefühl, sie plante nicht einfach nur meine Geburtstagsparty, sondern meine Hochzeit. Für die meisten Menschen waren Geburtstage etwas Besonderes, weil sie die ungeteilte Aufmerksamkeit genießen, sich beschenken lassen konnten oder etwas zum Feiern hatten. Für mich war jeder meiner Geburtstage mit einem Gefühl verbunden, das sich nicht so recht einordnen ließ. Ein Gefühl, das gleichzeitig Freude, Angst, Trauer und Wut vereint. Ein Gefühl, als würde sich der Magen gleichzeitig leer und doch viel zu schwer anfühlen. Und der Grund dafür war kein anderer als mein Vater. Er und meine Mutter trennten sich, als ich drei Jahre alt war. Seitdem hatte ich ihn nicht mehr gesehen. Das einzige Mal im Jahr, an dem er Kontakt zu mir aufnahm, war an meinem Geburtstag. Jedes Jahr hatte er mich angerufen. Jedes Jahr wurde mir um diese Zeit erneut bewusst, wie sehr mir dieser Teil meiner Familie fehlte. Die Gespräche waren oft kurz und oberflächlich. Es fühlte sich meistens so an, als würde ich mit einem Fremden telefonieren, und im Grunde tat ich es auch. Ich kannte meinen Vater nicht und er kannte mich nicht. Uns trennten nicht nur tausende Kilometer, sondern auch ein ganzes Leben. Und diese Tatsache wurde mir nach jedem Telefonat erneut schmerzlich bewusst. Bis letztes Jahr ein Brief aus Kalifornien kam. Ich wusste nicht, warum er mir nun nach all den Jahren einen Brief schrieb, anstatt mich anzurufen. Doch nach all den Jahren hatte ich nun endlich seine Adresse und ohne, dass er es in seinem Schreiben erwähnte, vermutete ich, dass er den Brief nicht ohne einen Hintergedanken abgeschickt hatte. Vielleicht wollte er, dass ich ihn besuchte. Natürlich wusste meine Mutter nichts davon. Ich hatte ihr nicht einmal von dem Brief erzählt. Ich wusste, dass sie den Kontakt zu meinem Vater nicht für guthieß und wenn sie erfuhr, was ich nun vorhatte, würde sie es mit allen Mitteln verhindern. Oft hatte ich sie nun schon gefragt, was früher zwischen ihr und meinem Vater vorgefallen war. Doch eine Antwort hatte ich nie erhalten. Es musste etwas Schlimmes gewesen sein, sonst würde sie mir den Kontakt zu ihm nicht derartig einschränken. Nicht einmal auf meine Anrufe hatte er reagieren dürfen. Aber vielleicht würde ein Besuch bei ihm so einige Fragen klären.

Nur deshalb war ich der Band beigetreten. Ich konnte singen, das wusste ich. Doch mit der Straßenmusik konnte ich auch die Reise nach Amerika finanzieren, um meinen Vater zu suchen.

Meine Mutter hatte über die Jahre zwar eine sorgfältige Geldanlage bei der Bank für mich angelegt, die mir über die Zeit in meinem Studium hinweghelfen sollte, doch das wurde ebenso sorgfältig von ihr überwacht. Zudem war es nicht mein verdientes Geld und mein Gewissen hätte mich damit nicht leben lassen können, wenn ich es anrührte. Ich würde meiner Mutter mit der Suche nach meinem Vater schon schwer genug in den Rücken fallen, also war die Straßenmusik die einzige Möglichkeit, um an Geld zu gelangen. Meine Mutter schöpfte keinen Verdacht, weil sie dachte, ich würde einfach meiner Leidenschaft zu singen nachgehen; und ich kam meinem Traum, endlich meinen Vater kennenzulernen, immer näher. Ich hatte nun schon mehr als zweitausend Euro zusammen, die ich in einer kleinen Truhe unter meinem Bett aufbewahrte. Diese Sommerferien würde es soweit sein. Das wusste ich. Und es würde ein Abenteuer werden.

Sebastian schnallte sich seine Gitarre um die Schulter und Lina schlang ihre Haare zu einem Dutt zusammen. Doch ihr verärgerter Blick entging mir nicht. Keiner sagte etwas und ich konnte ihnen nicht verübeln, dass sie sauer waren. „Wo sind Steven und Clemens?", fragte ich nach unseren anderen Bandmitgliedern. Doch als ich Clemens' Namen erwähnte, machte mein Herz einen kleinen Hüpfer. „Steven ist krank und Clemens hat seiner Schwester versprochen, dass er heute etwas mit ihr macht", antwortete Lina knapp. Enttäuscht wendete ich mich wieder ab und wir zogen zu dritt los.

Als wir ein Stück an der Promenade des etwa fünfzehn Meter breiten Kanals, der die Stadt in zwei Hälften teilte, entlanggegangen waren, ließen wir uns auf einem kleinen Platz, an dem ein Bistro und einige andere kleinere Läden grenzten, nieder. In der Mitte des Platzes stand eine große Uhr, die bereits siebzehn Uhr schlug. Der Platz war gut gefüllt und nach einigen Songs hatte sich eine größere Menschentraube um uns versammelt, die den kleinen Korb mit reichlich Münzen und Geldscheinen befüllte. Wir spielten unsere eigenen Songs und einige Cover von Lana Del Rey, unter anderem mein Lieblingssong von ihr *Young and Beautifil*. Die Menschen waren spendabler als sonst, deswegen nahmen wir einiges ein. Nicht so viel wie an guten Tagen, aber immerhin waren wir nicht zu fünft, also bekam jeder ein bisschen mehr als sonst. Nach knapp zwei Stunden fing es an zu regnen und wir packten so schnell es ging unser Zeug zusammen, um aufzubrechen, als ich plötzlich meine Mutter in dem kleinen Bistro am Rand des Platzes entdeckte. Gerade als ich zu ihr hinübergehen wollte, sah ich einen groß gewachsenen Mann, der sie freundlich umarmte und sich schließlich zu ihr an den Tisch setzte. Die Umarmung wirkte ein wenig steif, doch meine Mutter lächelte. Eigentlich hätte mich das aufmuntern müssen, aber irgendetwas in mir krampfte sich zusammen. Sie hatte sich seit meinem Vater nicht mehr mit anderen Männern getroffen. Oder etwa doch? Vielleicht hatte ich davon einfach nur nichts mitbekommen. Ich schämte mich dafür, dass ich sie nie danach gefragt hatte. Ich war davon ausgegangen, dass sie zwischen der ganzen Arbeit gar keine Zeit für Männer hatte. Sie hatte nicht einmal Zeit für ihre eigene Tochter. Also warum dann für jemand anderen? Was für ein egoistischer Gedanke, dachte ich im selben Moment und musste mich dafür rügen. Ich drehte mich weg, bevor meine Mutter mich sah, und hob das Mikrofon auf. Doch einen letzten Blick musste ich noch erhaschen. Ich drehte mich um und im gleichen Moment drehte sich auch der Mann um. Ein Schreck durchfuhr mich und augenblicklich entglitt mir das Mikrofon und gab ein schrilles Geräusch von sich.

„Monsieur Blanc? Unser Französischlehrer?", quiekte Melissa in den Hörer und prustete los. Ich verdrehte die Augen. Das konnte sie zum Glück nicht sehen. Bei der Vorstellung, dass mein Französischlehrer mein neuer Stiefvater sein könnte, verging mir das Lachen. „Bist du dir ganz sicher?", fragte Melissa noch einmal, als sie sich wieder beruhigt hatte. „Meli, der hatte die gleiche große Falte auf der Stirn wie Monsieur Blanc!", versicherte ich. Ich konnte es immer noch nicht glauben. „Wann denkst du, hat das angefangen?", fragte sie mich. Ich zuckte mit den Schultern, bis ich merkte, dass sie mich ja nicht sehen konnte. „Ich weiß es nicht." Es entstand eine kurze Pause, in der wir beide darüber nachdachten, was das für Folgen haben könnte. Jedenfalls dachte ich darüber nach. „Stell dir mal vor, dass er mein Stiefvater werden könnte und dann irgendwann hier wohnt!", flüsterte ich. Ich hatte keine Ahnung, warum ich flüsterte. Meine Mutter war von ihrem Treffen noch nicht heim gekommen. Vielleicht wollte ich es nur nicht laut aussprechen, weil es sonst wahr werden würde. „Na ja ...", fing Melissa an. Sie dachte anscheinend einen Moment über ihre Worte nach. „Sieh es doch so: Vielleicht verbessert sich dein Französisch dann!", sagte sie und musste schmunzeln. „Melissa!", stieß ich aus und musste nun auch lachen.

„Was ist denn hier so lustig?" Ich drehte mich erschrocken um. Meine Mutter stand im Türrahmen. „Oh hey!", sagte ich und mein Gesicht fing an zu glühen. Ich hatte sie gar nicht reinkommen hören. Ob sie mitbekommen hatte, wovon wir redeten? Doch sie schien gelassen. „Ich muss auflegen!", sagte ich zu Melissa und hörte nur, wie sie noch trällerte: „Au revoir, mon chérie!" Ich verdrehte genervt die Augen, aber musste trotzdem schmunzeln.

„Hast du schon was gegessen?", fragte meine Mutter mich. Ich nickte und sie ließ sich auf dem Sessel nieder. Ob sie mir die

Wahrheit sagen würde, wo sie war, wenn ich sie fragte? Einen Moment dachte ich darüber nach, sie zu fragen, aber schließlich fiel mir auf, dass sie noch immer ihre Schuhe trug. „Willst du noch irgendwo hin?", fragte ich sie und nickte zu den Schuhen. Sie sah mich einen Moment an und räusperte sich dann. „Ja, ich muss nochmal ins Büro. Ich habe dort etwas vergessen. Aber ich wollte vorher noch gucken, ob es dir gut geht." Sie stand auf und nahm ihre Tasche vom Hocker. „Mir geht es gut", sagte ich knapp. Als sie die Tür öffnete, lugte ich verstohlen nach draußen. Aber der Eingang schien leer. Kein Monsieur Blanc. „Dann schlaf gut, mein Schatz", rief sie mir noch zu und schloss schließlich die Tür hinter sich.

Ich war abends oft allein, wenn meine Mutter noch auf der Arbeit war. Doch an diesem Abend fühlte ich mich besonders allein. Insgeheim wollte ich nicht, dass sich etwas änderte. Mir gefiel es, so wie es gerade war. Nur meine Mutter und ich. Ein Mann würde hier gar nicht hineinpassen. Und schon gar nicht jemand, dem ich am Vormittag noch in der Schule begegnete. Herr Blanc unterrichtete mich nun schon seit gut drei Jahren und er würde immer mein Französischlehrer bleiben. Er war keiner von den coolen Lehrern, die man auch nach der Schule zufällig in der Stadt treffen konnte, ohne dass es unangenehm war. Er war eher einer der Lehrer, die ihre Rolle viel zu ernst nahmen. Ich schüttelte meinen Kopf. Ich musste auf andere Gedanken kommen. Also ging ich hinauf in mein Zimmer und öffnete mein Hausaufgabenheft. Unwillkürlich musste ich lachen. Ausgerechnet heute hatten wir Französischhausaufgaben auf.

Ein Knall in der untersten Etage weckte mich und ich zuckte unwillkürlich zusammen, sodass mein Französischbuch von der Bettkante rutschte. Ich blieb wie erstarrt, um auf weitere Geräusche zu hören, und merkte erst ein paar Minuten später, dass ich die Luft angehalten hatte. Es war dunkel. Scheinbar war ich über meinen Aufgaben eingeschlafen. Das einzige Geräusch kam von meinem Wecker, der so laut tickte, dass selbst meine Mutter in ihrem Schlafzimmer ihn hören konnte. Ob sie das war? Es war dreiundzwanzig Uhr. Sie war vor knapp einer Stunde los. Zu ihrem Büro musste sie eine halbe Stunde fahren. Der Aufprall und das darauffolgende Geklapper überzeugten mich davon, dass es ganz sicher nicht meine Mutter war. Ein Einbrecher. Mein Herz schlug höher und Panik durchzuckte mich. Dann hörte ich ein Knarren. Jemand kam die Treppe hinauf. Ich rollte mich auf meinem Bett zusammen und überlegte, was ich nun tun sollte. Mein Handy lag vom Telefonieren mit Melissa auf dem Couchtisch im untersten Stock. Wahrscheinlich hatte es sich der Einbrecher sowieso schon gekrallt. Vielleicht belagerten sie bereits mit schwarzen Pkws das Haus, um schließlich, wenn er alles leergeräumt hatte, schnellstmöglich abzuhauen, bevor jemand die Polizei rufen konnte. Doch was passierte, wenn er auf mich traf? Würde er mir etwas antun oder sich feige aus dem Staub machen? Die einfachste und wohl sicherste Methode war, sich im Schrank zu verstecken und abzuwarten. Doch ich konnte nicht einfach zusehen, wie dieser Einbrecher unser gesamtes Haus plünderte. Das wäre ein Albtraum für meine Mutter. Wieder knarrte es. Ich musste nun handeln. Leise stand ich auf und schlich zur Zimmertür, genau darauf bedacht, alle knarrenden Dielen in meinem Zimmer zu umgehen. Ich zitterte vor Angst und mein Herz schlug so laut, dass ich befürchtete, der Einbrecher könnte es hören. Im Gästezimmer nebenan befand sich ein zweites Haustelefon. Ich musste also nur zwei Schritte durch die Tür, über den Flur und dann in das Zimmer. Der Schlüssel müsste stecken, also könnte ich mich einschließen und die Polizei rufen. Ich blieb einen Moment stehen, um auf Geräusche zu hören. Dann zählte ich bis drei. Eins – ich atmete tief ein – zwei – ich atmete aus – und ... Gerade, als ich einen Schritt machen wollte, sah ich, wie meine Zimmertür sich knarrend öffnete. Mein Herz setzte aus. Er war hier. Erschrocken trat ich zurück und versteckte mich in der Nische zwischen meiner Zimmertür und dem Schrank. Ich schnappte nach Luft und presste meine Hand auf meinen Mund, um keine Atemgeräusche von mir zu geben. Ich konnte nur hoffen, dass der Einbrecher nicht auf die Idee kam, die Tür zu schließen oder das Licht anzumachen, denn dann saß ich wortwörtlich in der Klemme. Ein Lichtkegel, der aus einer Taschenlampe entsprang, erhellte den Raum und meine allerletzte Hoffnung, auch wenn sie noch so klein gewesen war, auf eine bekannte Person, die mir nur einen Streich spielen wollte, erlosch. Es war tatsächlich ein Einbrecher. Ich versuchte, mir die Silhouette des Einbrechers einzuprägen. Mindestens 1,80 Meter groß. Ein breites Kreuz. Sportliche Figur, soweit ich es beurteilen konnte. Er war ganz in schwarz gekleidet und trug eine ebenfalls schwarze Mütze. Seine Taschenlampe schwenkte zu meinem aufgewühlten Bett. Ob er eins und eins zusammenzählte und vielleicht bemerken würde, dass er nicht allein in diesem Haus war? Doch seine Taschenlampe schwenkte schließlich weiter. Erst zum Bücherregal und dann zu meinem Schreibtisch. Er öffnete die oberste Schublade und durchwühlte sie. Nichts, was er gebrauchen konnte. Dann öffnete er die zweite und die dritte. Wieder fand er nichts. Er ging in die Hocke und der Lichtkegel schwenkte unters Bett, bis er auf einen Punkt gerichtet stehen blieb. Mein Magen zog sich zusammen. Dort stand die Truhe. Die Truhe mit dem Geld. Die würde er gebrauchen können. Sie war nicht einmal verschlossen. Es würde ihm ein Leichtes sein, sich das Geld zu krallen. Ein Jahr hatte ich es mir nun zusammengespart. Das konnte jetzt nicht von einem auf den anderen Moment vorbei sein. Das durfte es nicht! Jetzt kurz vor meinem Ziel. Er fing bereits an, die Truhe zu durchwühlen, bis er auf etwas stieß, das seine Neugier weckte. Ich musste etwas unternehmen. Also machte ich, ohne weiter nachzudenken, einen Satz vor und rannte aus meinem Zimmer, die Treppe hinunter. Ich musste aus dem Haus raus. Bei den Nachbarn konnte ich die Polizei rufen. Dann war ich in Sicherheit. Ich war an der Haustür. Meine Finger umschlossen die kalte Türklinke. Jetzt gleich war ich in Sicherheit. Ich hatte es fast geschafft. Mit einem Ruck wollte ich sie öffnen. Ich drückte sie ein zweites Mal hinunter und zog. Doch sie blieb zu. Sie war verschlossen. Bevor ich mich umdrehen konnte, wurde ich an die Tür gepresst. Eine kalte Hand umschloss meinen Mund. Ich zitterte. Jetzt war es aus. Ich bekam keine Luft. Sein Körper drückte sich an meinen. Mit der anderen Hand schob er meine Haare hinters linke Ohr und flüsterte: „Bist du alleine?" Seine Stimme war tief und angsteinflößend. Würde er mich jetzt umbringen? Etwas Hartes, Spitzes an seinem Finger bohrte sich in die Seite meines Halses. „Hör zu, wenn ich dir nichts tun soll, dann solltest du jetzt machen, was ich sage! Ist das klar?" Es war keine Frage. Ich hatte keine andere Wahl, als diesem Menschen zu gehorchen. „Ist das klar?", fragte er noch einmal und drückte mich fester an die Tür. Mein Puls raste. Ich nickte. Das also war mein Ende?

„Du legst dich jetzt auf den Boden mit dem Gesicht nach unten und deinen Händen auf den Augen und wartest etwa fünf Minuten, bis ich raus bin." Sein Atem kroch in mein Ohr. „Ist das klar?", fragte er noch einmal etwas lauter. Wieder blieb mir nichts anderes übrig, als zu nicken. Ich tat, was er verlangte, und legte mich auf den Boden. Doch nicht ohne einen kurzen Blick auf ihn zu werfen. Die Straßenlaterne vor der Tür erhellte ein wenig den Raum, sodass ich markante männliche Gesichtszüge ausmachen konnte. Dann trat er zurück und ich spürte nur noch seine Anwesenheit hinter mir. Er beobachtete mich, wie ich seinen Anweisungen Folge leistete. „Braves Mädchen!", sagte er noch. Eine heiße Träne lief mir über die Wange und mein Herz hämmerte.

Einige Minuten später hörte ich den Aufprall im Vorgarten. Er war aus dem Küchenfenster geflohen. Es war vorbei. Ich war am Leben.

Kapitel 2

„Happy Birthday to you!", trällerte Melissa, als sie sich durch die Menschenmenge in der Cafeteria auf mich zu kämpfte und mir schließlich um den Hals fiel. „Das ist dein Tag heute!", sagte sie und lachte. Ich lächelte sie an. „Was ist los?" Melissa hatte es gemerkt. Natürlich konnte ich ihr nichts vormachen. Meine dunklen Augenringe waren unübersehbar. Mit einem Lächeln, das wahrscheinlich mehr als gequält aussah, konnte ich meine niedergeschmetterte Stimmung nicht überspielen. Dafür kannte mich Melissa zu gut. „Erzähle ich dir später, okay?", erwiderte ich, als Erik auf mich zukam. Sie nickte und sah mich besorgt an. Auch er umarmte mich und gratulierte mir, wie noch einige andere aus meinem Jahrgang. Doch zu einem Später kam es nicht. Immer, wenn wir gerade allein waren, kam wieder jemand dazwischen, um mir zu gratulieren.

Nach der Schule fuhr mich Erik nach Hause und half mir beim Vorbereiten der Party und Beseitigen des Chaos, das der Einbrecher hinterlassen hatte. Er stellte nicht allzu viele Fragen, wofür ich dankbar war, da ich die Situation noch immer nicht ganz verarbeitet hatte und zu müde und ausgelaugt war, um über Einzelheiten zu sprechen. Meine Mutter war noch auf der Arbeit und die Spurensicherung hatte bereits am Vormittag ihre Arbeit verrichtet. Als ich meine Mutter am Abend angerufen hatte, war sie noch vor der Polizei da gewesen. Die ganze Nacht über hatte ich wach gelegen und kein Auge zu bekommen. Der Schock saß noch tief und immer, wenn ich kurz vorm Einschlafen gewesen war, hatte ich ein Geräusch gehört, das mir das Adrenalin erneut durch den Körper rauschen ließ. Immer wieder hatte ich seine Stimme gehört und seine Anwesenheit gespürt. Ein Fremder war in unserem Haus gewesen. Er war in den Ort eingedrungen, den ich immer für den sichersten gehalten hatte. Und nicht nur das. Er hatte mir etwas genommen, für das ich so lang gearbeitet hatte. Nachdem der Einbrecher sich aus dem Staub gemacht hatte, war ich in mein Zimmer gerannt. Doch die Truhe war fort. Das Geld war weg. Und mein Traum hatte sich in Luft aufgelöst. Der Polizei hatte ich nichts von den verschwundenen zweitausend Euro erzählen können. Meine Mutter hatte während der gesamten Befragung neben mir gestanden und sie hätte sofort geahnt, dass ich etwas im Schilde führte, hätte ich das Geld erwähnt. Ein Jahr hatte ich umsonst gespart und gehofft, meinem Vater endlich zu begegnen. Doch neben der Wut, der Enttäuschung und dem Adrenalin hatte mich noch ein anderer Gedanke wachgehalten. Es war kein richtiger Gedanke. Eher ein Gefühl. Dieser Fremde. Diese Stimme. Und das, was ich im Dunkeln von ihm erhaschen konnte. All das zusammen gab mir das Gefühl, dass mir dieser Fremde, der Einbrecher, doch gar nicht so fremd war. Ich wusste nicht, woher dieser Gedanke kam, aber er ließ mich nicht los. Auch jetzt dachte ich wieder darüber nach. Ich schüttelte den Kopf. Das ist doch Unsinn. Ich litt unter Schlafmangel. Um mich abzulenken und diesen Gedanken abzuschütteln, räumte ich weiter auf. Der Einbrecher hatte das gesamte Arbeitszimmer meiner Mutter auf den Kopf gestellt. Alle Schubfächer waren durchwühlt worden und die Hälfte des Inhaltes lag auf dem Boden. Auch die oberste Schublade, welche sonst verschlossen war, stand offen. Ich respektierte die Privatsphäre meiner Mutter, doch neugierig war ich trotzdem schon immer gewesen, was sich wohl dort drinnen befand. Jetzt allerdings war ich etwas enttäuscht. Es waren nur haufenweise Briefe und Papierkram. Nichts Besonderes.

Doch als ich einige der Briefe aufhob, um sie wieder an Ort und Stelle zu legen, konnte ich von einem Brief nicht die Augen lassen. Eigentlich durfte ich das nicht. Es ging mich nichts an. Im ersten Moment dachte ich, er wäre von meinem Vater. „Liebste Lucy", stand dort in verschnörkelter Schrift und daneben war ein kleines zaghaftes Herz. Ein Liebesbrief?

Liebste Lucy,
ich bin gut in Amerika angekommen und wohne nun vorübergehend bei einigen Verwandten, bis ich genug Geld für eine eigene kleine Wohnung habe. Aber keine Sorge, ich komme zurück. Sobald ich genug Geld habe, um die Schulden meines

Vaters zu begleichen. Heute hatte ich meinen ersten Arbeits-
tag in der Firma. Mein Chef ist auch noch recht jung und wir
verstehen uns richtig gut. Wenn du mich fragst, braucht er ein
wenig mehr Spaß in seinem Leben. Der Job ist wirklich das
Beste, was mir passieren konnte. Damit könnte ich endlich all
die Schulden abbezahlen, die mein Vater meiner Mutter und
mir hinterlassen hat. Und ich könnte meinem Sohn eine gute
Zukunft bieten. Wie geht es denn Julius? Ist er schon sehr
gewachsen? Und wie geht es seiner Mutter? Sie schreibt mir
schon seit einigen Wochen nicht mehr. Ich hoffe, es ist alles
in Ordnung. Ich vermisse Julius und dich sehr. Es ist wirklich
schön hier, aber ohne dich ist es einfach nicht dasselbe. Ich
hoffe, es geht dir gut. Wie kommst du in deinem Studium vo-
ran? Bitte schreib mir, sobald du Zeit findest.
Dein Franz

Franz? Den Namen hörte ich zum ersten Mal. Meine Mutter
hatte noch nie von einem Franz gesprochen. Ich las den Brief
noch einmal durch. Doch nichts darin kam mir bekannt vor.
Ich kannte weder einen Julius noch einen Franz. Dann sah ich
das Datum. Dieser Brief war älter als ich und sogar noch vor
der Zeit meines Vaters verfasst worden. Meine Mutter konnte
zu der Zeit nicht viel älter als ich jetzt gewesen sein. Warum
hob sie diesen Brief auf? Wer war Franz? Vielleicht könnte ich
irgendwann meine Mutter mal unauffällig darauf ansprechen.
Doch ich bezweifelte, dass sie etwas erzählen würde. Sie hatte
noch nie viel über ihre Vergangenheit geredet. Es musste wohl
einen Grund geben, warum das Schubfach mit den Briefen verschlossen war. „Bist du fertig?", rief Erik aus dem Nebenzimmer
und holte mich wieder in die Realität zurück. Ich sammelte alle
Briefe zusammen und legte sie wieder in die Schublade zurück.
Nach drei Stunden war alles wieder ordentlich und aufgebaut
und die Gäste strömten in Mengen hinein. Melissa und meine
Mutter hatten gute Arbeit geleistet. Sie hatten einen DJ orga-
nisiert, der bereits im Wohnzimmer sein Reich aufgebaut hatte,

Essen und Getränke vorbestellt, sich um Dekoration und Lichter gekümmert und ein Taxiservice engagiert, der die Gäste wieder nach Hause fuhr. Auch wenn ich anfangs nicht besonders begeistert von Melissas Idee gewesen war, eine Party für mich zu organisieren, freute ich mich nun auf diesen Abend und war froh, den vergangenen Abend für die nächsten Stunden aus meinen Gedanken streichen zu können. Bevor ich zur Tür gehen konnte, um ein paar hereinkommende Gäste zu begrüßen, zog mich Melissa beiseite. „Was ist los?", fragte sie und runzelte besorgt die Stirn. „Du wolltest mir heute Morgen etwas erzählen. Ist es das mit deiner Mutter und ...?" Sie redete nicht weiter, aber ich wusste, wen sie meinte. Ich schüttelte den Kopf. „Gestern Abend wurde bei uns eingebrochen", sagte ich und atmete kurz ein und wieder aus. „Was?", fragte Melissa erschrocken. „Wann?" Ich drehte mich kurz um und sah meine Mutter in der Küche mit Clemens plaudern. Dann zog ich Melissa ins Bad und erzählte ihr von dem Vorfall.

„Warum hast du mich nicht gleich angerufen?" Ich brachte ein kleines Lachen hervor, was eher wie ein Quietschen klang, weil ich es noch immer nicht glauben konnte, was passiert war. „Meli, nimm es mir nicht übel, aber ich habe es für notwendiger gehalten, zuerst die Polizei zu alarmieren", sagte ich und konnte schon ein wenig mehr schmunzeln, als ich ihren enttäuschten Gesichtsausdruck sah. Dann wurde die Toilettentür aufgerissen und Sabrina, ein Mädchen aus meiner Klasse, kam herein. „Oh", stieß sie hervor, als sie uns sah. „Tut mir leid ... Ich störe wohl", brach sie hervor und zog dabei jedes Wort unangenehm lang. Sie hatte anscheinend schon einige Becher zu viel. Sie schaute Melissa und mich abwechselnd an und lachte dann. „Ups ...", sagte sie nur und schloss die Tür mit einem Ruck.

„Du hast Sabrina eingeladen?", fragte ich Melissa entgeistert. Melissa hob entschuldigend die Hände. „Sie sorgt doch immer für etwas Belustigung", sagte Melissa und zog lachend die Tür auf. „Außerdem ...", fügte sie etwas leiser hinzu, während wir uns einen Weg in die Küche bahnten, „... wollte sie Leo mitbringen." „Was?", rief ich erschrocken. „Du hast Leonardo Dom eingeladen?" Das kam lauter aus meinem Mund, als ich beabsichtigt hatte. Sabrina schob sich zwischen Melissa und mich und hängte sich an meine Schulter. Ich musste mich ein wenig ducken. Sie war kleiner als ich. „Ich glaube, er mag dich nicht", flüsterte sie mir ins Ohr. Sie lallte etwas und ihr Atem hatte einen unangenehmen Geruch angenommen. Dann gluckste sie und sagte etwas lauter: „Als ich ihm von der Party erzählte, war er zuerst begeistert …". Sie nahm einen Schluck aus ihrer Bierflasche und Melissa riss sie ihr aus der Hand. „Ich glaube, das reicht erst mal!", sagte sie zu Sabrina. Sabrina sah sie beleidigt an und fuhr dann unbeirrt fort: „Erst als ich ihm erzählte, dass es deine Geburtstagsparty sei, meinte er, dass er schon andere Pläne hätte." Melissa und ich schauten uns verwundert an. Was sollte er denn gegen mich haben? Ich hatte noch nie ein Wort mit ihm gewechselt. Eher konnte ich ihn nicht besonders leiden. Doch meine Gedanken wurden vorzeitig von Lina unterbrochen, die mich gerade durch die Menge an Menschen entdeckt hatte. „Da ist ja das Geburtstagskind!", rief Lina freudestrahlend und drückte mir einen Becher in die Hand. Ich konnte nicht ganz ausmachen, was sich in dem Becher befand. Es schmeckte nach einem süßen Alkoholgemisch und nach einigen Schlucken spürte ich bereits, wie der Alkohol sich langsam einen Weg durch meine Blutgefäße erkämpfte und meine Muskeln lockerte. Als Melissa und Erik schließlich dazu kamen und Lina in ein Gespräch verwickelten, zog mich Clemens zur Seite. „Ich muss mit dir reden", flüsterte er, sodass nur ich es hören konnte. Sofort bekam ich eine Gänsehaut und etwas in meinem Bauch begann zu flattern. Clemens war fast zwei Köpfe größer als ich, weswegen er sich leicht herunterbeugen musste, um mein Ohr zu erreichen. Mit seinen blonden Haaren und seinem dunkleren Teint hatte er etwas von einem Surferboy. Ich nickte nur. Das mit Clemens und mir lief nun schon ein halbes Jahr. Wir trafen uns heimlich, weil es das auf eine Art aufregender und spannender machte und wir auf einer anderen Art so das Gefühl hatten, dass uns das Geheimnis zusammenhielt. Zumindest war das Letzte seine Ansicht. Nicht einmal Melissa wusste von Clemens. Und das machte mich manchmal verrückt. Ich hätte ihr so gern davon erzählt und in einigen Situationen ihren Rat gebraucht. Er war derjenige gewesen, der mich überhaupt erst in die Band geholt hatte. Doch seitdem ich ihm vor einigen Wochen gestanden hatte, dass ich es nicht mehr geheim halten wollte, hatte ich das Gefühl, er würde sich zurückziehen. Seit zwei Wochen hatten wir kaum noch Kontakt und uns nur einige Male in der Schule gesehen, was diesen Moment umso bedeutender machte. Doch zu einem Gespräch sollte es nicht kommen. „Wo wollt ihr denn hin?", fragte Lina, als wir uns aus der Eingangstür schleichen wollten, und dirigierte uns ins Wohnzimmer, wo bereits ausgelassen getanzt wurde. Erik und Melissa folgten uns und wir mischten uns unter die tanzende Menge. Die Party war nun in vollem Gange. Die Tanzfläche stellte eine einfache Fläche zwischen dem Sofa und dem Fernseher dar. Am Fenster, zu dem es hinaus auf die Terrasse ging, hatte sich der DJ breit gemacht und tanzte im Takt der Musik mit, während er seine Finger über das DJ-Pult bewegte. „Wollt ihr auch noch etwas trinken?", fragte Lina in die Runde und schaute dabei Clemens an. Die anderen verneinten. Nur Clemens nickte und folgte ihr. Ich sah, wie die beiden sich kurz an den Händen berührten. Es war so kurz und flüchtig, dass es kaum aufgefallen wäre. Mir kam ein Gedanke, doch ich schob ihn schnell beiseite. Es herrschte eine ausgelassene Stimmung. Nur meine eigene Stimmung war das ganze Gegenteil. Was hatte er mir sagen wollen? Sein Tonfall ließ mich an nichts Gutes glauben. Und wieder erwischte ich mich dabei, dass ich an nichts anderes als an ihn denken konnte und mich diese ständige Distanz und Geheimhaltung in der Öffentlichkeit innerlich zernagte. Als ich mich nach ihm umschaute, entdeckte ich ihn mit Lina an der Bar. Sie lachten beide über etwas und ein Anflug von Eifersucht überkam mich. Ihm schien es gar nichts auszumachen und das tat mir nur noch mehr weh. Dann wandte ich mich wieder Melissa zu. Sie sah mich besorgt an. In diesem Moment hätte ich ihr gerne alles erzählt.

Aber ich wusste, was sie von Clemens hielt. Und ich wollte nicht über ihn nachdenken. Nicht jetzt. Nicht heute. Nicht an meinem Geburtstag. Nein! Er hatte mir schon zu viele Tage meines Lebens verdorben. Diesen Tag sollte er mir nicht verderben! Als sie mich weiterhin besorgt ansah, schüttelte ich den Kopf. „Es ist alles okay!", beruhigte ich sie und lächelte. Dann zog ich sie weiter in die tanzende Menge hinein. Die Musik wurde lauter gedreht, die Gespräche um mich herum schwollen an und nach einigen Cocktails vergaß ich alles. Clemens. Den Einbrecher. Das Geld und meine gestohlene Hoffnung, endlich meinem Vater zu begegnen. Als mir ein weiterer Cocktail in die Hand gedrückt wurde, entdeckte ich Erik, der benommen halb auf der Couch, halb auf dem Boden lag. „Melissa!", rief ich, um die Musik zu übertönen. Doch sie schien mich nicht zu hören. Unsanft zog ich an ihrem Arm. „Melissa!" Als sie mich schließlich ansah, nickte ich zu Erik. „Oh! Da hat er wohl wieder über seinen Durst getrunken", stieß sie aus. Ich griff nach einer Wasserflasche und Melissa und ich nahmen jeder einen von Eriks Armen. Wir hievten ihn hoch, doch er war schwerer als gedacht. Erik fing an, etwas Unverständliches zu brabbeln und sich zu winden, wodurch es nur noch schwerer wurde, ihn zu halten. „Ich habe doch gesagt, du verträgst nichts", schimpfte Melissa mit Erik. Wir trugen ihn durch die Menschenmenge hinaus in den Garten und setzten ihn auf eine der beiden Liegen. Ich holte eine Wasserflasche und drückte sie Erik in die Hand. „Trink ein bisschen Wasser", forderte ich ihn auf. „Ich fühle mich nicht gut!", nuschelte Erik zwischen zwei schweren Schlucken aus der Flasche. Melissa setzte sich neben ihn. „Ja, das kommt davon", rügte sie ihn. Manchmal wirkten die beiden wie ein altes Ehepaar. Schon oft hatte ich versucht, etwas einzufädeln, weil ich mitbekam, wie Melissa ihn manchmal ansah. „Geh ruhig wieder rein. Ich kümmere mich um ihn", sagte schließlich Melissa an mich gewandt. „Bist du dir sicher?", fragte ich etwas unsicher. „Jaa! Jetzt geh schon und genieß deinen Geburtstag!", drängte sie und gab mir mit einer Geste zu verstehen, dass ich gehen sollte. Ich bahnte mir einen Weg durch die zum Teil unbekannten Gäste, was sich als ziemlich schwierig herausstellte, da mich immer wieder jemand in ein Gespräch verwickelte. Ein sehr bleich aussehendes Mädchen, ich vermutete, aus einer Klasse unter mir, fragte mich nach der Toilette und wartete kaum meine Antwort ab, da sprintete sie schon los. Ein Junge aus der Parallelklasse versuchte mir immer wieder einen Drink anzudrehen, doch ich lehnte höflich ab. Die frische Luft hatte mir gutgetan, allerdings merkte ich, dass mein Gang noch immer etwas schwankte. Im Wohnzimmer tummelten sich die Menschen und tanzten ausgelassen zu Songs von Queen. Es waren viele aus meiner Schule gekommen. Mit den meisten hatte ich noch nie ein Wort gewechselt und ich vermutete, dass sie nicht einmal wussten, für wen diese Party veranstaltet wurde. Aber das war mir ganz recht so. Auf der Suche nach ein paar bekannten Gesichtern erblickte ich Clemens und Lina zwischen den vielen sich bewegenden Gliedern auf der Tanzfläche. Doch bevor mir wirklich bewusst wurde, was ich dort sah, durchlief mich bereits ein eiskalter Schmerz, gefolgt von einer Welle des Zorns. Er hatte seine Arme um sie geschlungen und sie küssten sich. Es war nicht nur ein kleiner Versehen-Kuss. Kein erster Kuss. Und auch kein Kuss, als würde man sich danach wieder verlegen voneinander abwenden. Es war ein richtiger Kuss. Als würde nicht nur daraus gerade etwas entstehen. Als wäre bereits etwas zwischen ihnen und mir wurde schlagartig bewusst, zu was für einer Idiotin er mich gehalten hatte. Dass er mich schon die ganze Zeit hintergangen haben musste. Ich wollte nicht hingucken. Doch ich konnte mich nicht abwenden. Ich war wie erstarrt. Wie konnte er mir so etwas antun? Und das an meinem Geburtstag. In meinem eigenen Haus. Auf meiner eigenen Party. Ich wollte zu ihnen rennen, ihn anschreien und wild auf ihn einschlagen. Ich wollte mich auf ihn stürzen. Und das hätte ich wahrscheinlich auch getan, wäre in diesem Raum nicht meine halbe Schule anwesend gewesen. Stattdessen stand ich dort und ließ es geschehen. Ließ es über mich ergehen und tat nichts. Es vergingen Minuten, vielleicht Stunden. Und mein

Herz brach. Nicht einmal. Oder zweimal. Es zersprang in tausend Teile. Und niemand würde es jemals wieder zusammenflicken können. Niemand.

Dann sah er mich an. Seine braunen Augen erblickten meine und als ihm bewusst wurde, was er da getan hatten, weiteten sie sich vor Schreck. Und dann drehte ich mich um und rannte. Ich konnte nicht fassen, dass er mir so etwas antat. Der Mensch, dem ich so sehr vertraute und für den ich alles getan hätte. Ich drängte mich an den vielen Menschen vorbei und rannte aus dem Haus. Meine Gedanken wirbelten in meinem Kopf umher und mein Körper schrie. Ich wollte ihm weh tun, so wie er mir weh getan hatte. Ich rannte auf die Straße. All die gemeinsamen Momente, all die Zärtlichkeiten und liebevollen Worte, all das kam mir plötzlich so falsch vor. Und der Mensch, den ich besser kannte als mich selbst, war mir plötzlich fremd. An der Straße rannte ich entlang in den Park. Das Rennen tat gut. Ich hatte das Gefühl, dass die Schritte meine Wut aufnahmen und sie langsam von mir lösten. Vorbei an dem kleinen Bäcker. Die Wut löste sich in Trauer auf und meine Schritte wurden schwerer. Über einen Parkplatz. Meine Tränen brannten mir in den Augen. Sie liefen heiß meine Wange hinunter. Ich wusste nicht, wohin. Ich wollte nur weg. Weg. So weit, wie nur möglich. Ich hörte Clemens hinter mir meinen Namen rufen. Doch ich drehte mich nicht um. Ich lief einfach weiter. Meine Tränen ließen die Sicht verschwimmen, die durch den Alkohol sowieso schon beeinträchtigt war. Ich sah nicht mehr, wo ich hinrannte. Ab jetzt musste ich mich auf mein Gefühl verlassen. Doch mein Gefühl schien nicht besonders verlässlich. Ich prallte an etwas, das mich schließlich zum Anhalten zwang. Als ich meine Tränen beiseite wischte und mein Blick wieder klarer wurde, sah ich, dass es nicht etwas, sondern jemand war. Und nicht irgendjemand, sondern ausgerechnet die Person, der ich jetzt am wenigsten begegnen wollte. Die Person, die ich noch vor rund vierzig Stunden als „arroganten Spinner" betitelt hatte. „Ist alles in Ordnung?", fragte Leonardo. Ich taumelte ein paar Schritte rückwärts, bis mich Leonardo am Arm festhielt, damit ich nicht umkippte. Sein Griff war nicht fest, doch fest genug, dass ich mein Gleichgewicht wiederfand. Eine Gänsehaut überkam mich bei seiner Berührung. Ich sah in seine eisblauen Augen, die mich besorgt anblickten. Wie konnten Augen nur solch eine Farbe haben? Ich schüttelte den Kopf. Als er merkte, dass mein Stand wieder sicher war, nahm er seine Hand abrupt von meinem Arm. Hinter mir hörte ich Clemens rufen. Er war mir scheinbar den ganzen Weg gefolgt. „Oh, ist er das Problem?", fragte er und nickte in Richtung Clemens. Als ich mich umdrehte, sah ich, dass Clemens nun nur noch circa zehn Meter entfernt und sichtlich außer Atem war. Ich nickte knapp.

„Es tut mir leid!", rief Clemens keuchend. „Lass mich in Ruhe!", schrie ich ihn an. Doch er machte keine Anstalten umzudrehen. Stattdessen kam er auf Leonardo und mich zu. „Es tut mir wirklich so leid!", wiederholte Clemens. „Lass es mich erklären!" Doch ich schüttelte immer noch unter Tränen schluchzend den Kopf.

„Du hast sie gehört! Sie will nicht mit dir reden!", mischte sich Leonardo ein und machte einen Schritt auf Clemens zu. Die beiden blickten sich scharf an und warteten darauf, dass der andere nachgab. Ich war sichtlich überrascht, dass Leonardo für mich Partei ergriff, obwohl er mich doch nach Sabrinas Vermutung nicht einmal leiden konnte. Ein Gefühl der Dankbarkeit stieg in mir auf. Doch ich konnte mir die Situation nicht mehr länger mit ansehen. Obwohl ich bereits nicht mehr konnte, machte ich auf dem Absatz kehrt und rannte weiter.

Happy Birthday to me!

Franz war ein groß gewachsener authentischer Mann. Nicht einmal Mitte zwanzig, als er in meine Firma spazierte, die ich erst vor Kurzem, nämlich nach dem Tod meines Vaters, übernommen hatte. Er war ein richtiges Energiebündel, das frischen Wind in die Firma brachte, und genau aus diesem Grund stellte ich ihn ein. Nicht nur die Firma hatte ein bisschen frischen Wind nötig, sondern auch ich. Seit dem Tod meines Vaters war ich ein Einsiedler geworden und ich hoffte darauf, dass mich jemand aus diesem Loch befreien würde. Und das tat er. Franz war offen und versprühte eine solche Lebensfreude, die man nur bei wenigen Menschen erkennen konnte. Es war regelrecht unmöglich, sich nicht von ihm anstecken zu lassen. Er tat Dinge, ohne nach dem Sinn dahinter zu fragen. Er tat sie einfach, weil er es wollte. Und das bewunderte ich an ihm. Er liebte das Leben und genoss es in vollen Zügen. Nichts hielt ihn davon ab, sein Leben so zu leben, wie er es wollte. Er erzählte mir von all den Abenteuern, die er bereits erlebt hatte. Und von all den Frauen, die er bereits verführt hatte. Zugegebenermaßen war ich sichtlich neidisch. Was hatte ich stattdessen in all den Jahren gemacht? Ich hatte versucht, meinen Vater stolz zu machen und seinen Wünschen gerecht zu werden. Ich wollte so sehr diese Firma übernehmen und sie leiten, wie er es tat, dass ich vergaß zu leben. Franz gab mir dieses Gefühl, was mir bisher so sehr gefehlt hatte. Durch ihn fing ich an zu leben und mich frei zu fühlen.

Kapitel 3

Monsieur Blanc unterrichtete nicht nur Französisch, sondern leitete auch den Geschichtsunterricht. In diesem Unterricht sollten wir ihn einfach nur Herr Blanc nennen. Es fiel mir schwer, mich auf den Geschichtsunterricht zu konzentrieren. Es war Montagmorgen und meine Augenlider wollten einfach nicht oben bleiben. Ich hatte die letzten Nächte kaum geschlafen und auch diese Nacht war nicht besonders erholsam gewesen. Clemens hatte mich selbst im Traum noch aufgesucht und mir den letzten Rest meines Schlafes geraubt. Immer wieder musste ich mich an vergangenes Wochenende zurückerinnern.

Ich dachte an das Gespräch mit meiner Mutter am Samstagmorgen nach meiner Geburtstagsparty. „Es schien ja ein ganz netter Abend gewesen zu sein", hatte sie gesagt und sich zu mir ans Bett gesetzt. Ja, sehr nett, hatte ich nur gedacht und sie dann auf Herrn Blanc angesprochen. „Ich habe dich am Freitag im Bistro gesehen. Mit Herrn Blanc." Doch meine Mutter war wie immer einem Gespräch ausgewichen. „Das ist nicht so, wie es aussieht", hatte sie nur erwidert. Damit schien das Gespräch beendet gewesen. Das ist nicht so, wie es aussieht?

Das restliche Wochenende hatte ich genutzt, um das Haus wieder auf Vordermann zu bringen und die Schularbeiten zu erledigen. Doch um den Vorfall mit Clemens am Samstagabend zu vergessen, hätte es weit mehr als ein bisschen Haus- und Schularbeit gebraucht.

Ich schüttelte den Kopf und zwang mich, mit meinen Gedanken beim Unterricht zu bleiben. Plötzlich klopfte es und Leonardo kam herein. „Ach, beehren Sie uns heute auch schon mit Ihrer Anwesenheit, Herr Dom", spottete Herr Blanc und gab ihm mit einem kurzen Kopfnicken in Richtung seines Platzes zu verstehen, dass er sich setzen sollte. „Es tut mir wirklich leid, Monsieur Blanc. Ich habe verschlafen. Das wird nie wieder vorkommen!", sagte er gespielt freundlich. Als er zu seinem Platz ging, glitt sein Blick über die Klasse und blieb einen kurzen Moment an mir hängen. Schnell wandte ich meinen Blick der Tafel zu. Doch ich konnte dem Unterricht kaum folgen. Zu viel schwirrte in meinem Kopf herum. Immer wieder glitt mein Blick in die erste Reihe zu Leonardo. Ich dachte an Lina und Clemens und daran, wie ich gegen Leo geprallt war und er sich zwischen Clemens und mich gestellt hatte. Leos Stimme, der soeben von Herrn Blanc aufgerufen wurde, holte mich in die Realität zurück. Sie war tief und kehlig und erinnerte mich an die tiefe Stimme des Einbrechers. *„Braves Mädchen!"* Ich hasste es, so hilflos zu sein. Ich hasste es, wenn jemand anderes mich derartig im Griff hatte. Doch ich hatte solch eine Angst um mein Leben gehabt, dass ich wie gelähmt gewesen war. Im Nachhinein wäre ich ihm am liebsten hinterher gesprintet und hätte mir mein Geld zurückgeholt. Aber so mutig war ich nicht. Ja, ich war brav. Ich hatte gemacht, was er mir befohlen hatte. Und dieser Jemand hatte mein Geld. Auch wenn die Polizei herausfand, wer der Einbrecher war, würde ich das Geld nie wiedersehen. So wie ich meinen Vater ohne das Geld vorerst nicht wiedersehen würde.

Herr Blanc schrieb einige Themen für Gruppenarbeiten an die Tafel. Wir sollten uns in der Stunde nach der Mittagspause entscheiden, welche Themen wir nehmen und mit wem wir zusammenarbeiten wollten. In Zweiergruppen. Ich schaute kurz zu dem Platz neben mir, auf dem normalerweise Erik saß. Doch der hatte sich heute krankgemeldet.

In der Mittagspause setzte ich mich zu den anderen aus meiner Klasse an den Tisch. Melissa war noch nicht da. Während die anderen in lebhafte Gespräche vertieft waren, versuchte ich, Lina und Clemens am Nebentisch zu ignorieren. Ich stocherte in meinem Essen herum und versuchte, den Kloß in meinem Hals mit dem viel zu süßen Getränk hinunterzuspülen.

Als ich von meinem Teller vor mir aufschaute, fiel mein Blick auf jemanden am Ende des Raumes. Ohne dass ich es wollte, blieb mein Blick an Leonardo hängen, der nun die Cafeteria betrat. Ich wusste nicht warum, aber irgendetwas faszinierte mich. Die Cafeteria war mit großen schweren Vorhängen versehen und von draußen kam nur wenig Licht. Als er dort stand, erinnerte es mich an etwas. Er hatte ein breites Kreuz und eine sportliche Figur. Sein Gesicht war sehr markant und als ich zu seinen Fingern schaute und einen mit spitzen Details verzierten Ring entdeckte, kam mir unweigerlich ein Gedanke. Sabrina hatte erzählt, wie er kurz vor meinem Haus kehrtgemacht hatte. Als er vorhin im Unterricht etwas gesagt hatte, hatte ich beim Klang seiner Stimme aus gutem Grunde an die Worte des Einbrechers denken müssen. Solch markante Gesichtszüge hatten nicht viele Menschen. Und dann der Ring, der so spitz war wie das, was sich noch vor wenigen Tagen in meinen Hals gebohrt hatte. Ja, vielleicht waren das alles nur merkwürdige Zufälle. Aber ich hatte noch nie an Zufälle geglaubt. Und was hatte er in der Nacht so spät noch draußen verloren gehabt, als ich vor Clemens geflüchtet war?

Dann plötzlich begegnete er meinem Blick und hielt ihn für einen viel zu langen Moment aufrecht. Viel zu lange. Er wusste es. Er wusste, dass ich es war, in deren Leben er eingebrochen war. Er hatte mein Geld. Ohne dass ich es mit Sicherheit wusste, konnte ich diesen Gedanken nicht mehr verdrängen. Wir alle wussten im Grunde nichts über diesen neuen Jungen. Er erzählte von seinen Abenteuern und seinen Reisen, doch über sein alltägliches Leben verriet er nichts. Niemand wusste, wo er wohnte oder ob er Geschwister hatte. Ob er bei seinen Eltern lebte oder was er in seiner Freizeit tat. Mit seinen Geschichten ließ er uns in dem Glauben, wir würden etwas über ihn erfahren. Doch tatsächlich hielt es uns alle nur davon ab, Fragen zu stellen. Fragen zu Dingen aus seinem Leben. Vielleicht zu Dingen, auf die er möglicherweise nicht besonders stolz war. In diesem Augenblick beschloss ich, mehr über ihn herausfinden zu wollen. Im Grunde interessierte ich mich nicht für die Geheimnisse anderer Leute, aber in diesem Fall ging es um viel mehr. Ich musste mein Geld zurückbekommen. Daher blieb mir nichts anderes übrig, als mich selbst auf die Suche zu machen und Leonardo war ein guter Anfang. Ich hatte nichts zu verlieren, wenn ich mir ihn mal etwas genauer ansah. Im schlimmsten Fall würde ich einfach etwas über einen Klassenkameraden herausfinden. Also nahm ich all meinen Mut und Stolz zusammen, stand auf und ging auf Leonardo zu. Er stand noch immer an der Essensausgabe an. „Hey!", sagte ich etwas zu leise. Er drehte sich zu mir um. Seine Mimik war ausdruckslos. „Hey", antwortete er. Ich spürte einige Blicke auf mir. Er war der Neue und das würde er noch eine ganze Weile bleiben. Und jeder, der mit ihm sprach, wurde entweder vergöttert oder von den Neidern gehasst. „Ich wollte fragen ...", begann ich, doch ich stockte. Was ist, wenn er es doch nicht war und ich viel zu voreilig handelte? Normalerweise war das nicht üblich für mich. Ich durchdachte alles und wog Entscheidungen mehrmals ab, bevor ich handelte. Aber was sollte schon passieren? Was hatte ich schon zu verlieren?

Seine blauen Augen musterten mich interessiert. Mit neuer Entschlossenheit beendete ich meinen Satz: „ ... ob wir zusammen den Geschichtsvortrag machen wollen?" Erstaunt zog er die Augenbraue hoch. Jetzt war seine Mimik nicht mehr so ausdruckslos. Doch er fing sich schnell wieder. Dann zuckte er mit den Schultern und antwortete: „Klar, warum nicht!?"

„Gut!", sagte ich nur knapp und drehte mich wieder zum Gehen um. Da begegnete mich Clemens' Blick, der zwischen mir und Leo hin und her huschte. Dann fiel mir etwas ein und ich drehte mich erneut zu Leonardo um. „Und danke! Wegen Freitag!", fügte ich noch hinzu, doch er hatte es schon verstanden. Er nickte kurz und lächelte leicht. Dieses Lächeln sah ich zum ersten Mal bei ihm. Es war schon fast warm und herzlich. Und irgendwie sogar etwas mitfühlend.

Auf dem Weg nach Hause schrieb ich Sebastian, dass ich heute nicht zur Bandprobe kommen würde. Wir hatten Sonntag unseren ersten Auftritt nach den Ferien. Doch ich wusste nicht, wie ich den überstehen sollte, wenn ich dann Clemens und Lina ertragen musste. Meine Mutter fing mich an der zweiten Straßenecke ab. Schweigend fuhren wir nach Hause. Wir hatten seit Samstagfrüh nicht mehr viel miteinander geredet. Es schien so, als würde gerade alles zusammenbrechen. Ich ließ zum ersten

Mal, seitdem ich angefangen hatte, die Bandproben ausfallen. Clemens konnte ich nicht einmal mehr angucken, ohne dass mein Herz anfing zu schmerzen; und seitdem dieses eigenartige Verhältnis zwischen meinem Französischlehrer und meiner Mutter war, sahen wir uns kaum noch und sie wirkte eher etwas missgelaunter als glücklicher. Und dann war da noch mein Vater. Der Mann, der meine Mutter und mich vor fünfzehn Jahren verlassen hatte. Der Mann, der mich gerade mal einmal im Jahr kontaktierte. Nur dieses Jahr nicht. Dieses Jahr hatte er mich weder angerufen noch war ein Brief von ihm angekommen. Ein Jahr hatte ich nun mein Geld zusammengespart, um ihn zu besuchen. Dabei wusste ich nicht einmal, ob er mich wirklich sehen wollte. Schließlich hatte er mich auch nicht besucht. Lohnte sich das Ganze überhaupt? Wollte ich wirklich meine Mutter hier allein lassen und nach Amerika reisen? Nur um dann möglicherweise die Tür vor der Nase zugeschlagen zu bekommen? Falls ich überhapt an mein Geld kam. Mein Kopf schwirrte. Ich musste mich ablenken. Um ein wenig den Kopf frei zu bekommen, ging ich ins Arbeitszimmer meiner Mutter und durchstöberte ihr Bücherregal. Ich musste für die Gruppenarbeit mit Leo, die bald anstand, einige Materialien herausarbeiten. Meistens fand ich hier die passenden. Ihre Bücherregale füllten fast das gesamte Zimmer. Früher hatte man sie oft hier lesend in dem bunt bestrickten Sessel gefunden. Meist hatte sie sogar klassische Musik im Hintergrund laufen lassen. Doch der Sessel stand schon lange nicht mehr in der Ecke am Fenster und die Bücher waren verstaubt und vergilbt. Meine Mutter hatte durch ihre Arbeit keine Zeit mehr zum Lesen und den Sessel hatte sie durch einen Schreibtisch, auf dem sich die Ordner voller Schriftkram nur so stapelten, ersetzt. Ich hatte oft hier gesessen und mir vorgestellt, ich wäre eines dieser Bücher im Regal, das nun langsam verstaubte. Auch mich hatte sie irgendwann einfach stehen gelassen. Ich wusste, dass sie das nie so gewollt hatte. Im Grunde wollte sie immer nur das Beste für mich. Sie arbeitete so hart, um diesen Lebensstandard für uns zu erhalten. Meine Mutter besaß mehrere Anwesen. Ein Haus am See, knapp 100 Kilometer entfernt, zu dem wir im Sommer gelegentlich fuhren, zwei Mehrfamilienhäuser, die sie vermietete, und natürlich unser kleines Schlösschen, wie sie es damals liebevoll getauft hatte, in dem wir wohnten. Es war das schönste Haus im ganzen Dorf und ähnelte wegen der zwei Erker und dem großen Garten drumherum einem kleinen Schloss. Doch genau dasselbe verlangte sie von mir. Sie wollte, dass auch ich so werden würde wie sie, um ihr später all das zurückzugeben. Sie wollte, dass ich stets mein Bestes gab. Dass ich studierte und schließlich genügend Geld verdiente. Aber das würde heißen, dass auch mein Arbeitszimmer einmal so aussehen würde. Wenn es nach ihr gegangen wäre, dann wären diese ganzen alten Bücher schon längst aus diesem Haus verschwunden. Doch ich hatte sie aufgehalten. Denn ich hielt noch immer an etwas fest, das schon längst Vergangenheit war. Ich wollte meine Mutter noch einmal lesend hier auffinden. Klassische Musik im Hintergrund. Auch wenn ich diese früher so sehr gehasst hatte, vermisste ich es nun. Ich vermisste, wie sie war, bevor die Arbeit sie vollends eingenommen hatte.

In der Ecke des Regals erblickte ich das alte Radio. Es lag sogar noch eine alte CD darin. Ich schaltete es an und sofort ertönte ein klassisches Klavierkonzert. Summend machte ich mich an die Arbeit und suchte nach Geschichtsbüchern, die vom Kalten Krieg handelten. Ich zog einige Bücher heraus und fing an, sie zu lesen, bis mir bald die Augen zufielen. Nachdem ich einige Stichpunkte zusammengetragen hatte, beschloss ich, für heute Schluss zu machen. Ich stellte die Bücher wieder an Ort und Stelle, bis mir ein weiteres Buch ins Auge fiel. Es war nicht so verstaubt wie die anderen Bücher. Ich erkannte es sofort. Wie auch nicht. Es war das Buch, aus dem mir als Kind fast täglich vorgelesen worden war, mit dem ich praktisch lesen gelernt hatte. Wie hätte ich es nicht wiedererkennen können. Dort zwischen all den alten verstaubten Büchern stand das Buch meines Vaters. Er war ein großartiger Schriftsteller gewesen. Mit so viel Leidenschaft hatte er seine Texte verfasst, wie kein anderer. Was er wohl aus seinem Talent gemacht hatte? Meine Mutter hatte mir erzählt, dass es nur zwei Auflagen von dem Buch gab. Das eine hatte er meiner Mutter geschenkt und das andere einem Freund von ihm. Es sollte etwas so Privates bleiben, dass nur seine engsten Vertrauten es lesen durften. Selbst nachdem mein Vater gegangen war, hatte sie mir noch daraus vorgelesen. Ich nahm das Buch aus dem Regal, schnappte mir meine Unterlagen und schlich zurück in mein Zimmer. Als kleines Kind hatte ich dieses Buch Hunderte Male gelesen und es hatte mich nie gelangweilt. Doch auch jetzt kannte ich noch immer die Geschichten der vier Freunde aus diesem Buch. Die Abenteuer, die sie erlebt hatten, und die Geheimnisse, die sie zusammen gehütet hatten. Doch es ging in diesem Buch um so viel mehr als das. Es ging um Freundschaft und Liebe und Freiheit. Um Zusammenhalt und Vertrauen. Um Mut und Tapferkeit. Das alles hatte diese Geschichten geprägt und sie erst zu etwas ganz Besonderem gemacht. Auch mochte ich seinen Blick auf das Leben, den mein Vater hatte. Für ihn gab es keine Grenzen. Mauern waren für ihn kein Hindernis, sondern eine Herausforderung. Das alles mochte ich an ihm. Sein Blick war nicht eingeschränkt wie meiner. Er sah nicht nur das, was direkt vor ihm stand. Nein, er sah zu den Lichtern am Horizont. Zu den Vögeln am Himmel. Und ich beneidete ihn darum.

Manchmal scheinen die Sterne heller als der Mond, stand in verschnörkelter Schrift auf dem Einband. Ich strich über die Buchstaben und hatte wieder das Gefühl, zu meinem vierjährigen Ich zu werden, das im Bett lag und den Geschichten meines Vaters lauschte, die mir meine Mutter vorlas. Auch wenn sie meinen Vater verachtete, so wusste ich, dass sie seine Geschichten genauso sehr liebte, wie ich es tat. Sie liebte sie nicht nur. Wenn sie sein Buch aufgeschlagen und angefangen hatte zu lesen, schien es fast so, als würde sie in den Geschichten versinken. Bei jeder humorvollen Stelle hatte sie laut losgelacht und jede emotionale Stelle in dem Buch hatte sie zu Tränen gerührt. Ich hatte meine Mutter nur selten so emotional gesehen wie beim Lesen dieses Buches. Sie liebte dieses Buch und die Tatsache, dass sie mir trotz der Trennung von meinem Vater und dem Verhältnis zu ihm aus dem Buch vorgelesen hatte, machte es auch für mich zu etwas Besonderem.

Ich setzte mich auf mein Bett und fing an, durch die Seiten zu blättern, als ich plötzlich auf ein altes Bild stieß, das sich in den Seiten versteckt hatte. Etwas verschwommen und zerknittert, aber man konnte noch immer erkennen, was es abbildete. Einen Hof, in dem ein grüner Jeep stand. Im Hintergrund ein Haus mit einer Terrasse. Und an den Jeep gelehnt stand ein Mann mit leuchtend rotem feurigem Haar. Wie das meine.

Es war fast dunkel, als ich mich auf den Weg in die Bar machte. Jetzt, da ich achtzehn war, sollte ich das auch ausnutzen, hatte Melissa gemeint und mich dazu verdonnert, heute Abend noch etwas trinken zu gehen. Sie hatte mir keine Zeit gelassen zu überlegen, sondern nur „Zwanzig Uhr! In der Bar um die Ecke!" in den Hörer gebrüllt und aufgelegt, was wahrscheinlich taktisch sehr klug von ihr war, bevor ich es mir noch anders überlegen konnte. Die Bar war nicht weit von mir entfernt, sodass ich in weniger als fünfzehn Minuten seufzend an der Eingangstür stand. Es war ausgesprochen leer in der Bar, was mich ungemein erfreute. Ich mied normalerweise Menschenansammlungen und ich hatte keine Ahnung, warum mir Melissa das immer wieder antat. Als ich den Eingangsbereich betrat, winkte mir Melissa schon von einem Platz in der Ecke zu. „Du siehst ja schrecklich aus!", sagte sie zur Begrüßung, als ich auf sie zukam. „Danke, ich freue mich auch, dich zu sehen, Meli!", entgegnete ich und setzte mich auf die Bank ihr gegenüber. „Ich habe uns zwei Mojitos bestellt. Ich hoffe, das ist okay?!" Es war mehr eine Feststellung als eine Frage, aber ich nickte. Ich hatte mich gerade aus meiner Jacke gewunden, da kam bereits der Kellner mit zwei kühlen Getränken an unseren Tisch. „Ich liebe diese Bar. Hier gibt es einfach die besten Cocktails", schwärmte Melissa, als sie an ihrem Strohhalm zog. Da musste ich ihr recht geben. Wir hatten sie vor einem halben Jahr entdeckt, als wir mit Erik und ein paar anderen um die Häuser gezogen waren. Damals hatten wir es irgendwie geschafft, mich in die Bar zu schmuggeln. Ich war die letzte in meinem Freundeskreis, die volljährig geworden war. Doch anders als die anderen, hatte es mich nicht besonders gestört. „Clemens und Lina sind zusammen, hast du das auch gehört?" Damit holte mich Melissa wieder aus meinen Gedanken. Ich versuchte, unbeeindruckt auszusehen, doch das gelang mir nicht so gut wie erhofft. „Oh, wirklich? Nein ..." Ich stockte und nippte an meinem Cocktail. „Was ist los? Du bist schon die ganze Woche so abwesend, Ricky", fragte Melissa besorgt. Als ich nicht antwortete, fügte sie hinzu: „Du kannst mir doch alles erzählen. Friss nicht immer alles in dich hinein." Und dann: „Ist es wegen Clemens?" Erschrocken sah ich von meinem Mojito auf. „Du weißt davon? Aber woher?", fragte ich. „Ich habe euch zusammen gesehen. Vor ein paar Monaten am Kino. Ich hatte es nicht glauben wollen, aber als ich dann mitbekommen hab, wie du ihn ansiehst, war es mir klar", erzählte sie und stocherte in ihrem Getränk rum. „Warum hast du nichts gesagt?", fragte ich sie noch etwas geschockt, weil sie die ganze Zeit davon gewusst hatte. „Warum hast DU nichts gesagt, ist hier eher die Frage! Ich bin deine beste Freundin!", stieß sie empört und wütend aus. Doch in ihrem Blick sah ich, wie verletzt sie war, und das versetzte mir einen Stich. „Es tut mir so leid, Meli", sagte ich und nahm ihre Hand. „Glaub mir, ich hätte dir so gern alles erzählt. Oh, du ahnst gar nicht, wie viel Kraft mich das gekostet hat, alles für mich zu behalten. Aber er wollte, dass ich niemandem davon erzähle", erklärte ich ihr und sie sah mich immer noch etwas verletzt an. Doch dann drückte sie meine Hand leicht, was mir ein nonverbales Zeichen des Verständnisses gab. Und dann erzählte ich ihr alles. Wie es begonnen hatte. Wie er nicht wollte, dass irgendjemand davon erfuhr. Und wie es schließlich vor einer Woche endete. Immer wieder schüttelte sie den Kopf. Es tat gut, das alles loszuwerden. „Verdammt! Was für ein Idiot!", stieß sie schließlich aus. „Und Lina weiß nichts?", fragte sie. Ich schüttelte den Kopf. „Was wirst du jetzt tun?"

„Ich weiß nicht. Ich denke, ich werde aus der Band austreten", verkündete ich. Sie nickte verständnisvoll. Dann bestellten wir uns noch zwei Piña Colada und waren für den restlichen Abend bedient. Jetzt, wo alles gesagt war, fühlte ich mich gelassener und es schien, dass sich dieses Geheimnis die ganze Zeit schon zwischen uns gestellt hatte. „Mist, es ist ja schon fast zwölf. Ich habe meiner Mutter versprochen, vor zwölf zuhause zu sein!", entfuhr es Melissa, als sie einen Blick auf ihre Armbanduhr warf. „Ich muss los, Ricky! Wir sehen uns morgen!" Sie gab mir einen Luftkuss und rauschte davon. „Bis morgen!", rief ich ihr noch hinterher, aber sie war bereits durch die Glastür verschwunden. Ich sah nur noch ihre buschigen Haare, die an der Fensterscheibe vorbeirauschten. Draußen war es bereits dunkel. Nur der Vollmond und die Straßenlaternen erhellten noch den Gehweg. Die Straßen waren leer und auch in der Bar saß außer mir nur noch ein älterer Mann an der Theke und ein Pärchen am Fenster. Ich schlürfte meinen Piña Colada aus und beobachtete das Pärchen, als mein Blick von etwas anderem angezogen wurde. Ein Schatten vor dem Fenster. Die Umrisse erinnerten mich an jemanden. Der Schatten bewegte sich entlang der Bar und öffnete schließlich die Tür. Als das Licht der Bar das Gesicht des Schattens erhellte, erkannte ich es. Leonardo. Etwas an seinem suchenden, strengen Blick sagte mir, dass er nicht zum Cocktailtrinken hier war.

Instinktiv rutschte ich in meinem Sitz weiter nach unten, sodass ich nur noch halb über den Tisch gucken konnte und sich der Rest meines Körpers unter dem Tisch befand. Ich beobachtete, wie der Mann an der Theke daraufhin aufstand und dem Jungen nach draußen folgte. Als die Eingangstür sich wieder schloss, saß ich noch immer in der gleichen Position. Nur für den Fall, dass sich die Tür gleich wieder öffnete. „Ist alles in Ordnung bei Ihnen?", fragte mich der Kellner, der ohne Vorwarnung neben mir aufgetaucht war. Ich fuhr zusammen und richtete mich sichtlich peinlich berührt wieder auf. „Ähm ja, alles in Ordnung", stammelte ich verlegen. „Mir ist nur mein Geld heruntergefallen", sagte ich schließlich und hielt wie zum

Beweis mein Portemonnaie in die Höhe. Er nickte und gab mir schließlich die Rechnung.

Als ich die schwere Tür der Bar öffnete, kam mir ein frischer Wind entgegen. Gerade noch sah ich zwei Schatten an der nächsten Straßenecke abbiegen. Eigentlich wollte ich es nicht. Aber ich konnte nicht anders. Ob das sein Komplize war? Und sie nun wieder in Häuser einbrechen würden? Ich ging die Stufen der Bar hinunter und bog in die gleiche Richtung ab wie die beiden Männer. Es dauerte nicht lange, da hatte ich die Straßenecke erreicht. Vorsichtig schaute ich um die Ecke und entdeckte Leonardo und den Mann. Sie standen vor einem winzigen Stoffladen. Das Gesicht des Mannes konnte ich in der Dunkelheit nicht erkennen. Schade, dass ich vorhin in der Bar nicht mehr darauf geachtet hatte. Leo dagegen stand in meine Richtung und das Licht der Straßenlaternen erhellte sein Gesicht. Trotz der Kapuze konnte ich ein wenig seine Mimik ausmachen. Er wirkte nicht so gelassen wie sonst. Die beiden Männer unterhielten sich. Dann überreichten sie sich Umschläge und schüttelten sich schließlich die Hände. Es war zu förmlich, als dass sie sich gut kannten. Was war in den Umschlägen? Geld? Vielleicht sogar mein eigenes? Und was führten die beiden Männer für krumme Geschäfte? Die Uhrzeit und der Ort, an dem sie sich trafen, ließen nichts Gutes vermuten. Als der Mann Anstalten machte zu gehen, ließ auch ich von der Szene ab und machte mich auf den Weg nach Hause.

„Jetzt mach schon! Sei kein Feigling!", rief Franz von unten. Durch das Rauschen der Wellen, die sich am Fuße der Felsen brachen, konnte ich ihn kaum verstehen. Wieso hatte ich mich überhaupt überreden lassen, hierher mitzukommen? Ich hätte ahnen müssen, dass er so etwas vorhatte. Warum hatte ich es nicht geahnt? Ich kannte ihn schließlich nun schon über ein Jahr und wenn er sagte, er wolle sich nur die Umgebung dort ansehen, dann war das gelogen. Nein, so jemand wie er guckt sich nicht einfach nur die Umgebung an. So jemand wie Franz fuhr zu den höchsten Felsen an der Westküste, um von ihnen hinunterzuspringen. „Scheiße. Scheiße, ist das hoch", fluchte ich nun schon zum fünften Mal. Wozu trieb er mich bloß! Ich zitterte am ganzen Körper. Es war nicht nur verdammt hoch, sondern ebenso verdammt kalt und windig hier oben. Kein Wunder, wir hatten Mitte Oktober. Nicht die beste Zeit, um von einer Klippe ins Meer zu springen. Aber wann war schon die beste Zeit dafür? „Nein, ich mach das nicht!", schrie ich hinunter. Doch er konnte mich nicht hören. Ich machte einen Schritt näher an die Felsenkante und schaute vorsichtig hinunter. Wo war er? „Scheiße!" Das sechste Mal. „Franz?" Keine Antwort. Ich wechselte von einem Fuß auf den anderen. War es eigentlich noch kälter geworden? Ich schlang mir die Arme um den Körper. „Dieser Mistkerl", fluchte ich. Ich schaute in den Himmel, schloss die Augen und atmete die frische, lebendige Luft ein. Dann sprang ich. Und es fühlte sich gut an.

Kapitel 4

Mein zukünftiges Leben ähnelte einem Buch, das bis auf die letzte Seite beschrieben war. Vor einigen Jahren hatten meine Mutter und ich einen Plan erstellt, der alle Details meines zukünftigen Lebens beinhaltete. Nächstes Jahr nach den Sommerferien sollte ich an der HU Jura studieren und Anwältin wie sie werden. Wenn ich meinen Notendurchschnitt hielt, wäre das kein Problem. Im Grunde hatte ich auch gar keine andere Wahl mehr. Meine Mutter kannte sich in dem Bereich aus und pflegte viele Kontakte in der Universität sowie in den besten Kanzleien in der Umgebung. Ich war froh darüber, nicht viele hatten solch eine Chance. Es war ein sicherer Weg ohne Gefahren. Doch manchmal wünschte ich mir ganz heimlich dieses Buch, das sich mein Leben nannte, in die Hand nehmen und einige Seiten herausreißen oder sie durch leere Seiten ersetzen zu können, damit ich sie selbst füllen konnte. Wahrscheinlich hatten mein Vater und meine Mutter sich genau aus diesem Grund getrennt. Meine Mutter plante zu viel. Sie gab einem keinen Raum zum Atmen. Und sie akzeptierte und duldete nichts, was gegen ihren Willen geschah. Sie war zielstrebig und die überhaupt klügste Frau, die ich kannte. Ich wusste, dass sie das alles nur tat, um mir eine gute Zukunft zu ermöglichen und möglicherweise, um sich selbst zu schützen. Sie wollte unabhängig sein und hatte sich durch das viele Arbeiten ein Imperium aufgebaut, in dem ich nun lebte. Und das meistens allein, weil meine Mutter noch bis spät auf der Arbeit war, um mir all das zu ermöglichen. Ich wusste nicht, ob ich dafür dankbar oder wütend sein sollte. Schon meine gesamte Kindheit hatte ich allein oder mit einer Tagesmutter in diesem riesigen Haus verbracht. Und ich hasste es. Ich hasste es, allein zu sein. Und genau diese Zukunft sollte mir bevorstehen? Ganz egal, wie viele Seiten ich herausriss, ich musste sie schließlich wieder befüllen. Es war einfacher, die Seiten eines Buches zu lesen, als sie selbst zu beschriften. Und genau aus diesem Grund blätterte ich noch immer hilflos eine Seite nach der anderen um, ohne dass sich etwas änderte. Ich hatte diese Träume, die mich heimlich verfolgten. Die mich nicht losließen. Sie waren tief in mein Unterbewusstsein verbannt, in dem sie nun noch immer wüteten und in den Nächten wieder an die Oberfläche kamen. Denn wenn alles dunkel und ruhig war und meine Mutter noch immer auf der Arbeit festsaß, dann hörte ich wieder die Stimme meines Vaters. Ich hatte keine Ahnung, wo er jetzt war und was er machte. Doch manchmal stellte ich mir vor, er wäre ganz in der Nähe. Ich hatte einmal gehört, wie meine Mutter einer Freundin von ihm erzählt hatte. „Er ist bestimmt untergegangen in seinem planlosen, elendigen Haufen von Leben!", hatte sie gesagt. Doch am Abend, als ihre Freundin weg war, hatte ich sie weinen gehört. Ganz leise in ihrem Zimmer. Damals dachte ich, es wäre, weil sie meinen Vater vermisste. Doch heute war ich mir nicht mehr sicher. Vielleicht, ganz vielleicht, hegte sie doch ganz tief in ihrem Unterbewusstsein den Wunsch nach solch einem „planlosen, elendigen Haufen von Leben", wie sie es nannte. Vielleicht war es nicht mein Vater, den sie vermisste, sondern die Zeit mit ihm.

Und dann sah ich meinen Vater an einer Klippe stehend. Vor ihm die unendlichen Weiten des Meeres, seine Arme weit von sich gestreckt, und er schrie. Ich hörte ihn schreien. Nicht aus Angst. Aus Glück. Aus Zufriedenheit. Aus purer Lebensfreude. Er schrie, weil er frei war. Weil er nicht wusste, wie es morgen weiterging, und er trotzdem glücklich war.

Ich wollte auch so schreien können.

Ich fragte ihn, ob er keine Angst hatte, herunterzustürzen. Doch dann drehte er sich um und schenkte mir das breiteste Lächeln, das ich jemals gesehen hatte, und winkte mich zu sich. Ich schüttelte den Kopf. „Komm her. Hab keine Angst!", flüsterte er. Ich trat einige Schritte auf ihn zu, doch ich hatte Angst. Ich war nicht wie er.

„Erst wenn du deine Ängste besiegst, kannst du frei sein", sagte er diesmal etwas lauter, um den tosenden Wind zu übertönen.

„Aber was ist, wenn ich ins Meer stürze?", fragte ich ihn.

„Du musst riskieren, mein Kind.“

Und dann stand ich dort. Dort, wo mein Vater gestanden hatte. Ich spürte den Wind in meinen Haaren und hörte das Brechen der Wellen unter mir.

Und dann breitete ich meine Arme aus, schloss meine Augen und schrie.

Auch diese Nacht erwachte ich wieder aus einem dieser Träume. Unsanft riss mich meine Mutter mit ihrer nicht allzu zarten Stimme und dem leichten Druck ihrer Hände auf meiner Schulter aus dem Schlaf. „Aufstehen, Ricky! Du kommst zu spät zur Schule!“ Ich stöhnte. Nein, ich wollte nicht, dass dieser Traum endete. Ich schlang die Bettdecke noch enger um meinen Körper und öffnete widerwillig meine Augen. Die Sonne schien mir direkt ins Gesicht und ich drehte mich genervt aus dem Lichtkegel. Als ich mich aus der Bettdecke entwirrte, fiel das Buch meines Vaters zu Boden. Der Knall ließ mich schließlich gänzlich erwachen und ich setzte mich aufrecht an die Kante meines Bettes. Noch etwas träge hob ich das Buch auf.

„Was hast du da?“, fragte mich Melissa, als ich das Buch meines Vaters auf meine Schulbank legte. Sie schnappte sich das Buch, setzte sich vor mir auf den Tisch und fing an, es durchzublättern. Ich antwortete nicht sofort und sie sah mich mit ihrem eindringlichen Blick an, der mich jedes Mal schwach werden ließ. Ich schnaufte. „Das Buch hatte mein Vater geschrieben“, sagte ich schließlich. Im ersten Moment sah sie mich mitfühlend an. Sie wusste, dass sich meine Eltern getrennt hatten, als ich noch klein war, und dass ich nicht wusste, wo er war. „Das hat mir meine Mutter jeden Abend vorgelesen, als ich noch klein war“, erklärte ich, um die peinliche Stille zu überbrücken.

„Maxim Taake“, las Melissa gedankenverloren vor. „Den habe ich irgendwo schon einmal gelesen“, überlegte sie.

„Ich habe dir schon öfter von meinem Vater erzählt, wahrscheinlich kommt der Name dir deswegen bekannt vor“, vermutete ich und legte meine Schulsachen auf den Tisch. Dabei musste ich ihre Füße wegschieben, die über meiner Tasche baumelten, um an meine Sachen zu gelangen. Melissa ließ sich nicht stören. „Nein, den Nachnamen hast du mir nie gesagt. Ich muss ihn irgendwo anders aufgeschnappt haben", sagte sie noch leise, als der Lehrer den Unterricht begann und sie sich wieder auf ihren Platz setzte.

Immer wieder glitt mein Blick zu dem dunklen Schopf in der ersten Reihe. Wer war das gewesen, mit dem sich Leo in der letzten Woche getroffen hatte? Was war in den Umschlägen? Und wenn er wirklich der Einbrecher war, wozu brauchte er das ganze Geld? Was hatte er zu verbergen? Er schien heute merkwürdig ruhig und gar nicht so gesprächsfreudig wie sonst.

Als es zur Mittagspause läutete, fühlte ich mich fast erlöst von all den Grübeleien. Eigentlich sollte es mich nicht interessieren. Schließlich hatte ich von Anfang an geahnt, dass mit ihm etwas nicht stimmte. Doch seitdem ich das Gefühl nicht loswurde, dass er es war, der mein Geld hatte, schienen mich seine Geheimnisse magisch anzuziehen und ich hatte das Gefühl, ihm ständig über den Weg zu laufen.

In der Mittagspause mussten alle Schüler beim Kistenschleppen helfen. Die Schule hatte beschlossen, den Dachboden zu entrümpeln, um einen Entspannungsraum für die Schülerinnen und Schüler der Schule daraus zu gestalten. Melissa und ich schleppten einige Kisten hinunter ins Lehrerzimmer und amüsierten uns dabei über Clemens und Lina, die bereits ihren ersten Beziehungsstreit auszutragen hatten.

Nach der Mittagspause stand der Geschichtsunterricht an und somit die Gruppenarbeiten. Leonardo ließ sich auf den Stuhl neben mir nieder. Dabei würdigte er mich keines Blickes. Er nahm sich ein Buch vom Stapel, den uns Herr Blanc auf unseren Tisch gestellt hatte, und fing an zu lesen. Da war wohl jemand mit dem falschen Fuß aufgestanden, dachte ich, und tat es ihm gleich. Schweigend saßen wir nebeneinander. Ich versuchte, mich auf meine Texte zu konzentrieren, doch immer wieder schweiften meine Gedanken ab. Wie kam ich nur an das Geld? Und was hatte er zu verheimlichen? Für einen kurzen Moment guckte ich ihn verstohlen an. Es war erstaunlich, wie jemand einen solch ausdruckslosen Blick beibehalten konnte, der weder auf Emotionen noch sonstige menschliche Regungen deuten konnte. „Konzentriere dich lieber auf deine Texte", sagte er plötzlich ohne aufzuschauen und ich musste unwillkürlich zusammenzucken. Ich räusperte mich und schaute wieder in mein Buch. Die Stunde verging, ohne dass wir ein Wort miteinander wechselten. Herr Blanc gab uns eine fünfminütige Pause, bevor es schließlich weitergehen sollte. „Ricky, kommst du bitte mal zu mir", sagte er plötzlich an mich gewandt und ich machte mich schon auf das Schlimmste gefasst. Ob er mir jetzt beichten wollte, dass er mit meiner Mutter zusammen war? Ich schüttelte den Kopf, um diese schrecklichen Gedanken zu vertreiben.

„Du bist einer meiner besten Schüler, Ricky", fing er an und mich beschlich ein merkwürdiges Gefühl. „Ich will nur das Beste. Also, wenn du mit Leonardo nicht arbeiten möchtest, dann finden wir gerne einen anderen Partner für dich", fügte er dann mit gesenkter Stimme hinzu. Ich war verblüfft. Normalerweise war es den Lehrern eher gleichgültig, wie gut wir mit unseren Gruppenmitgliedern auskamen. Ich schüttelte den Kopf und lächelte etwas gezwungen. „Nein, es ist alles in Ordnung. Ich arbeite gerne mit Leonardo", erwiderte ich und versuchte, mich nicht selbst an meinen Worten zu verschlucken. Herr Blanc runzelte die Stirn und seine riesige Falte ließ sich blicken. Sabrina prustete los. „Und wie gerne sie mit ihm arbeitet!", rief sie lachend. Erik, der neben ihr saß, stieß sie unsanft in die Seite. Ich wurde rot und schaute, ob auch Leonardo es mitbekommen hatte, doch dieser war bereits verschwunden. War er gegangen? Seine Sachen lagen noch immer an Ort und Stelle. „Es ist nur so ...", setzte Herr Blanc erneut an. „Ich weiß, ich habe gesagt, ihr dürft eure Partner selbst wählen, aber ich denke, ich muss da dieses Mal einmal eingreifen. Ricarda, ich möchte, dass du mit Erik zusammenarbeitest", sagte er plötzlich etwas strenger und ich sah bereits, wie mein gesamter Plan platzte. Die Gruppenarbeit mit Leo war die einzige Chance, an mein erspartes Geld heranzukommen. Die einzige Chance, meinen Vater zu treffen.

Das konnte ich mir nicht nehmen lassen. Warum wollte er nicht, dass ich mit Leonardo zusammenarbeitete? „Aber ich …", fing ich verzweifelt an, mir eine Ausrede einfallen zu lassen, als Erik mir zur Hilfe kam. „Herr Blanc, es haben bereits alle mit ihren Arbeiten angefangen oder sind bereits fast fertig. Sollten Sie jetzt die Gruppen noch einmal neu zuteilen, würde hier wahrscheinlich ein Chaos ausbrechen." Er spielte auf die Situation in der siebten Klasse an, als Herrn Blanc fast gekündigt worden war, da er die Schüler nicht im Griff gehabt hatte und ein riesiger Tumult ausgebrochen war. Und es funktionierte. Herr Blanc schien sichtlich beunruhigt. Sein Blick schweifte über die Klasse und blieb schließlich wieder bei mir hängen. „Na gut", sagte er widerwillig und schluckte hart. Ich sah Erik an und lächelte ihm als Dank unauffällig zu. Erik wusste nichts von meinem Plan, dennoch hatte er scheinbar meinen hilflosen Blick richtig gedeutet und mich aus der misslichen Lage befreit. Manchmal brauchte es unter Freunden eben keine weiteren Erklärungen.

Gerade wollte ich mich wieder auf meinen Platz setzen, da hielt mich Herr Blanc erneut auf. „Ach, und Ricky, du sollst dich unten im Sekretariat melden!" Ich schluckte. „Warum das?" Doch Herr Blanc schüttelte unwissend den Kopf.

Ich klopfte drei Mal, bis mir schließlich die Tür von der gestressten Sekretärin aufgemacht wurde. Sie gab mir mit einigen Handzeichen zu verstehen, dass ich eintreten sollte, während sie noch telefonierte. Mit dem Telefon am Ohr ließ sie sich hinter ihrem riesigen, mit Ordnern und losen Blättern überhäuften Schreibtisch nieder. Nachdem sie aufgelegt hatte, schob sie mir eine Kiste über ihren Schreibtisch. Es war eine der Kisten, die wir vom Dachboden heruntergeholt hatten. „Was soll ich damit?", fragte ich sie. Die Sekretärin begann, etwas auf einen Notizblock zu kritzeln, während sie mir antwortete. „Dort sind einige Dinge deiner Mutter drin, die wir auf dem Dachboden gefunden haben. Vielleicht kann sie etwas davon noch gebrauchen." Erneut fing das Telefon an zu klingeln und sie gab mir zu verstehen, dass sie keine Zeit für einen Smalltalk hatte. Ich schnappte mir die Kiste und ging die Stufen zum Klassenzimmer hinauf, als ich plötzlich durch das Fenster im Flur sah, wie Leonardo auf dem Schulhof um eine Ecke verschwand, nicht ohne noch einen Blick zurückzuwerfen. Die Neugierde packte mich. Was hatte er vor? Der Unterricht fing bald wieder an. Ich stellte die Kiste ab und rannte hinaus auf den Schulhof. Der Himmel war grau geworden und es fing bereits an zu nieseln. Der Kies unter meinen Füßen knirschte, als ich zu der Ecke rannte, hinter der Leonardo verschwunden war. Als ich näher kam, hörte ich bereits zwei Stimmen. Und dann sah ich Leonardo und den fremden Mann von neulich. Sie schienen sich wieder etwas zu überreichen. „Haben Sie ihn gefunden?", fragte Leonardo bestimmt. Der Mann schüttelte den Kopf und sagte etwas, was ich nicht verstand. Plötzlich schien Leonardo wütend. „Das können Sie nicht verlangen!" Wieder sagte der Mann etwas Unverständliches. Ich musste näher heran. Ich schlich zu den Mülltonnen in der Nähe und versteckte mich dahinter. Leonardo warf die Hände über den Kopf. „Bitte nur noch diese eine Sache!", bettelte er. Es fing an zu regnen und der Mann schob sich seine Kapuze über den Kopf. „Tut mir leid, Junge. Ich kann nichts mehr für dich tun!", grummelte der Fremde. Sie verabschiedeten sich knapp und der Fremde ging mit schnellen Schritten aus dem Schultor davon. Nun stand Leonardo allein dort und sah dem Mann missmutig hinterher. Ich zog mich weiter hinter der Mülltonne zurück, damit er mich nicht sah, wenn er vorbeiging. Doch auch ich konnte Leonardo nun nicht mehr beobachten. Was war das gewesen? Was für Geschäfte führte Leonardo? Für mich hatte dieses Gespräch keinen Sinn ergeben. Ganz im Gegenteil. Es hatte sogar noch mehr Fragen über diesen eigenartigen Jungen aufgeworfen. Wen suchte er? Und wer war dieser Mann? Aber wollte ich das überhaupt wissen?

„Was soll das?", ertönte eine wütende Stimme. Die Stimme war etwas näher als zuvor, also durfte ich keinen Blick riskieren, da ich sonst Gefahr lief, entdeckt zu werden. Ob der Mann zurückgekehrt war? „Ich habe dich gesehen!" Ganz eindeutig waren die Worte nicht an den Mann gerichtet. Mein Magen zog sich unangenehm zusammen. „Warum spionierst du mir hinterher?" Die Wut in seiner Stimme war unüberhörbar, aber ich wollte nicht herauskommen. „Hör auf, dich zu verstecken wie ein kleines Kind!" Ich brauchte eine Ausrede. Doch mir fiel keine passende ein, die erklärte, warum ich mich hinter einer Mülltonne versteckte. Dann hörte ich, wie sich die Schritte entfernten und ich atmete erleichtert aus. Ich blieb noch einen Moment in meinem Versteck und hörte auf weitere Geräusche. Doch es blieb still. Er war weg. Ich setzte mich auf und lugte um die Hausecke. Von Leonardo war bereits nichts mehr zu sehen. Der Schulhof war leer. Als ich zur Schule zurückeilte, brach die Wolkendecke auf und der Regen ergoss sich nun in Strömen über mir aus. Ich war klitschnass, als ich die Schule wieder erreichte. Im Klassenraum angekommen, war Leonardos Platz leer. Er blieb auch in der nächsten Stunde leer. Und in der darauffolgenden.

„Du hast was Böses angestellt und ich durfte nicht dabei sein?" Melissa stupste mich herausfordernd an. Doch ich hob nur fragend meine Augenbrauen. Sie verdrehte die Augen und lachte. „Mir ist zu Ohren gekommen, dass du zum Direktor geschickt wurdest." Nun sah sie mich fragend an. „Ach so, das." Ich lachte. „Nein, sie haben mir nur eine alte Kiste mit Sachen meiner Mutter gegeben, die sie auf dem Dachboden gefunden haben." Ich nickte zu der Kiste auf meinem Tisch. Melissa warf einen Blick über den Rand der Kiste. „Bist du denn nicht neugierig?", fragte sie und fing bereits an, in der Kiste herumzukramen. Ich hatte noch nicht nachgesehen, was sich darin befand, da ich noch immer zu beschäftigt damit gewesen war, über die Sache mit Leonardo nachzudenken. „Vielleicht sind da noch ein paar alte Liebesbriefe drin oder sowas", fügte sie hinzu. Ich musste lächeln. „Klar, das bewahrt auch gerade die Schule für sie auf", sagte ich und lachte. „Oh, du glaubst nicht, was Lehrer so alles aufbewahren!" Sie grinste mich an und schob mir ein paar alte Bilder hin. „Das zum Beispiel ist doch interessant." Nun fing auch ich an, ein wenig Gefallen daran zu finden, die Kiste zu durchstöbern. Auch wenn ich wusste, dass es vielleicht falsch war, schließlich waren es private Sachen meiner

Mutter aus ihrer Jugend. Insgeheim hoffte ich allerdings, ein paar Dinge meines Vaters zu finden, wenn meine Mutter schon nichts von ihm erzählte. Schließlich stieß Melissa auf ein Bild, das mein Interesse weckte. „Meinst du, das ist dein Vater?", fragte sie, als sie mir das Bild, auf dem meine Mutter in meinem Alter und ein Junge neben ihr zu sehen waren, entgegen hielt. Ich schüttelte den Kopf. „Mein Vater hat rote Haare, so wie ich." Ich wusste nicht, wie mein Vater ausgesehen hatte, als er jung war. Ich hatte nie ein Kinderbild von ihm gesehen. Auf den einzigen Bildern, die ich von ihm gesehen hatte, war er bereits erwachsen gewesen. Ich dachte an das Foto von gestern. Der einzige Anhaltspunkt waren seine erkennbar roten Haare, die sich schließlich seit seiner Geburt nicht verändert hatten. Doch der Junge auf diesem Bild hatte dunkles Haar. Ich nahm das Foto in die Hand und betrachtete es genauer. Auf dem Bild sah meine Mutter glücklich aus. Sie lächelte so breit, wie ich sie schon lange nicht mehr lächeln gesehen habe. Und wieder wurde mir schmerzlich bewusst, wie wenig ich doch von meiner eigenen Mutter wusste.

Melissa packte noch einige alte Urkunden aus und lachte immer wieder über die Frisuren von damals, wenn ihr ein weiteres Bild in die Finger rutschte, doch ich blieb in Gedanken und hörte nur mit halbem Ohr hin. Ich steckte das Foto in mein Hausaufgabenheft, um es mir später noch einmal angucken zu können. Vielleicht könnte ich meine Mutter danach fragen.

Nachdem wir auch die letzte Stunde überstanden hatten, holte mich meine Mutter ab. Da ihr Arbeitsweg an der Schule vorbeiführte, nahm sie mich oft mit und ich half ihr beim Einkauf. Ich stellte die Kiste und meinen Schulrucksack in den Kofferraum und setzte mich neben sie ins Auto. Auf der Fahrt bis zum Einkaufscenter sagte niemand etwas. Aber darüber war ich ganz froh. Nach diesem langen stressigen Tag war es ganz schön, einmal seine Ruhe zu haben und in seinen eigenen Gedanken zu schwelgen. Ich dachte immer wieder an das Gespräch von Leonardo und dem Fremden. Was führte er im Schilde?

Im Supermarkt teilten wir die Einkaufsliste und ich fing an, die Lebensmittel zusammenzusuchen. Ich war wie immer schneller als meine Mutter, da sie mal wieder am Süßwarenstand Halt machte. Im Laufe der Jahre hatten wir daraus einen Wettbewerb veranstaltet, wer schneller seinen Teil der Liste abgearbeitet hatte. Doch meistens war ich es, die bereits alle Dinge in ihrem Einkaufswagen gesammelt hatte, während sie noch gemütlich durch die Gänge spazierte.

„Unsere Schule hat heute den Dachboden entrümpelt", fing ich an, als wir die letzten Dinge von der Einkaufsliste in den Regalen suchten. „Darunter war auch eine Kiste mit alten Sachen von dir aus deiner Schulzeit." Meine Mutter hob den Blick von der Einkaufsliste und musterte mich gespannt. „Melissa und ich haben darin ein Bild von dir und einem Jungen entdeckt. Ihr saht sehr glücklich aus darauf", erzählte ich vorsichtig weiter. Ich wartete einige Minuten ab, in denen sie sich wieder ihrer Liste zuwandte und sich die letzte Packung Müsli aus dem Regal angelte, doch die erhoffte Reaktion blieb aus. Von allein würde sie wohl nichts erzählen. „Du erzählst mir nie etwas aus deiner Schulzeit", nahm ich das eher sehr einseitige Gespräch wieder auf. Und dann packte mich eine Welle des Mutes und ich sprach das Thema an, das in unserem Haus ein unausgesprochenes Verbot hatte. „Ich weiß, dass du über meinen Vater nicht reden möchtest, aber ich weiß nichts über deine Vergangenheit", sagte ich und im selben Moment verließ mich der Mut wieder. Meine Mutter schien für einen Moment zu überlegen. „Ich weiß, mein Schatz", antwortete sie schließlich und wandte sich mir zu. In ihren Augen sah ich eine Regung, die ich nicht so recht einordnen konnte. War es Trauer? Oder Wut? „Ich werde dir irgendwann alles erzählen. Aber noch bin ich nicht bereit dazu. Ich ...", plötzlich hielt sie inne und ich sah, wie sie etwas hinter mir zu mustern schien. Als ich ihrem Blick folgte, sah ich eine Frau. Sie war in ungefähr dem gleichen Alter wie meine Mutter. Braune Haare, schlank und eher etwas kleiner als meine Mutter, doch ansonsten nicht ungewöhnlich. „Was ist los?", wollte ich meine Mutter fragen, aber sie war bereits am Gehen. Ich stolperte hinter ihr her und wiederholte immer wieder meine Frage, doch sie ignorierte mich. Auf dem Weg nach Hause war sie so durcheinander, dass sie beinahe an der Einfahrt zu unserem Haus vorbeigefahren wäre, wenn ich sie nicht darauf hingewiesen hätte, dass unser Haus immer noch an der gleichen Stelle stand. Sie fasste sich an den Kopf und lachte, aber eine Begründung zu ihrer Verwirrtheit gab sie nicht ab und ich fragte nicht weiter nach.

Am nächsten Morgen wartete Melissa bereits an der Bushaltestelle auf mich und hielt mir freudestrahlend ein Buch unter die Nase. „Ein Lebenszeichen!", sagte sie nur. Ich verstand nicht, wovon sie redete. „Tut mir leid, aber ich kann kein Melissarisch", verteidigte ich mich. Sie verdrehte die Augen und schnaubte beleidigt, weil ich nicht sofort verstand, was sie ausdrücken wollte. „Lies!", befahl sie mir. „*Wie zerbrochenes Glas*", las ich den Titel des Buches, „von ... Das kann nicht sein!"

Melissa nickte. „Deswegen kam mir der Name so bekannt vor. Es ist erst vor Kurzem erschienen." Ich wusste nicht, was ich darüber denken sollte. Er hatte noch nie ein Buch veröffentlicht. Warum tat er mir das an? Er veröffentlicht ein Buch, doch bei seiner Tochter konnte er sich nicht melden? Nicht mal zu meinem Geburtstag. Ich musste mich auf die Bank an der Bushaltestelle setzen. „Meine Mutter liest es gerade. Hätte ich früher gewusst, dass es von ihm ist ..." Sie stockte, als sie sah, dass mir eine Träne die Wange hinunterlief. „Hey, es tut mir echt leid! Ich hätte es nicht mitbringen sollen!", sagte sie, setzte sich neben mich und nahm mich in den Arm. „Nein ... Es ist gut, dass du es mir zeigst. Es ist nur so ... Ich ..." Und dann erzählte ich ihr alles. Dass ich schon seit einem Jahr Geld zusammensparte, um zu ihm zu reisen. Dass es mir mit dem Einbruch verloren gegangen war und ich glaubte, Leonardo hätte es. Ich erzählte ihr alles von Anfang bis Ende und sie hörte mir aufmerksam zu.

Wir schwänzten die ersten beiden Unterrichtsstunden und holten uns zur Beruhigung eine heiße Schokolade in der Bäckerei. Ich hatte erwartet, dass Melissa meine Idee für völlig verrückt erklärte, allein nach Amerika zu reisen und meinen Vater zu suchen, aber das tat sie nicht. Sie verstand mich und dafür war ich ihr dankbar.

Nachdem sich die ersten beiden Stunden dem Ende näherten, machten wir uns auf den Weg zur Schule. In den Toilettenräumen versuchte ich, mir mit Melissas Schminke ein wenig die roten Augen und Wangen zu kaschieren, was nicht viel brachte, aber mich dennoch die anderen Schüler nicht so ansahen wie der Verkäufer in der Bäckerei.

Als die Mittagspause eingeläutet wurde, lieh ich mir von Melissa das Buch meines Vaters aus und machte mich auf den Weg in die Bibliothek. Die Schulbibliothek befand sich im Obergeschoss des Hauses. Sie bestand aus einem langen Gang, von dem aus unzählige Regalreihen abgingen. Große breite Fenster spendeten genügend Tageslicht, sodass man auch in der dunklen Jahreszeit vermeiden konnte, die grellen Lichtstreifen an der Decke einzuschalten. Ich kam gerne hierher. Nicht nur, weil man hier ungestört sein konnte. Es war, als würden mir die Bücher das Gefühl von Geborgenheit und Frieden geben. Zwischen der Vielfalt an Literatur und Genres fand ich immer wieder neue Themen, die mich interessierten. Ich ging den langen Gang entlang und setzte mich auf einen der vielen bunten Sessel am Fenster. Von hier aus hatte man eine schöne Aussicht über den Wald, der an die Schule grenzte. Der Himmel war grau, doch ab und an blickte die Sonne für einen Moment hervor, als würde sie nur kurz nach dem Rechten schauen. Ich sah auf das Buch meines Vaters hinab, das in meinen Schoß gebettet lag, und sträubte mich fast davor, es aufzuschlagen. Doch meine Neugier siegte und ich öffnete die erste Seite des Buches. Ich hatte noch nicht einmal mit dem ersten Satz begonnen, da hörte ich, wie die schwere Tür der Bibliothek zufiel. Anscheinend war ich nicht mehr allein, was ziemlich ungewöhnlich für diese Zeit war. „Kein normaler Schüler verbringt die Mittagspause in der Bibliothek", hörte ich eine bekannte Stimme, bevor sich der Besitzer dieser zeigte. Leonardo blieb knapp drei Meter von mir entfernt stehen und funkelte mich mit seinen blauen Augen an.

„Na, dann bist du ja richtig hier", konterte ich und gab vor, in dem Buch meines Vaters zu lesen. „Warum bist du mir gestern gefolgt?", fragte er mich ohne Umschweife. Ich las ein paar Zeilen, ohne sie richtig wahrzunehmen, und überlegte, was ich nun antworten sollte. Nach einer Weile schaute ich auf. Es war offensichtlich, dass er seine Wut zügeln musste. Doch dies reizte mich nur noch mehr. Er war in unser Haus eingebrochen und hatte den Traum zerstört, den ich mir seit einem Jahr hart erarbeitete. „Das Gleiche könnte ich dich fragen", sagte ich und tat, als würde ich weiterlesen. „Was hast du gehört?", fragte er mich schroff. Ich sah ihn nicht an, sondern ignorierte ihn. Zumindest versuchte ich es, doch er fing an, sich vor mir aufzubauen, als wäre er der Hulk höchstpersönlich. Scheinbar sollte ich damit recht behalten, dass Leonardo einige dunkle Geheimnisse zu hüten hatte. Ansonsten würde er sich nicht derart aufspielen. „Willst du mich jetzt also einfach ignorieren?", fragte er wütend. Als ich ihm weiterhin eine Antwort schuldig blieb, riss er mir das Buch aus der Hand. Aufgebracht sprang ich auf und baute mich ebenfalls vor ihm auf. Nun standen wir nicht mal eine Hand breit voneinander entfernt und funkelten uns wütend an.

„Gib mir mein Buch zurück", forderte ich.

„Beantworte meine Frage!", erwiderte er.

„Ich habe nichts gehört", log ich.

„Warum verfolgst du mich?", fragte er dann und ich spürte beinahe seinen Atem auf meiner Wange. Ich hatte keine Antwort auf diese Frage. Zumindest keine, die ich ihm verraten würde.

„Ich weiß es nicht. Ich bin halt sehr neugierig", antwortete ich und das war zumindest nicht ganz gelogen. Er schaute mich lange und durchdringend an, als würde er damit die ganze Wahrheit aus mir herausbringen können. Ich hielt seinem Blick stand. Die Situation schien von Sekunde zu Sekunde unangenehmer zu werden. So nahe waren wir uns bisher noch nie gewesen und mit einem Mal machte mich die Nähe fast nervös. Plötzlich sah ich, wie auch Leonardo die Situation zu realisieren schien. War da etwa Verlegenheit bei ihm zu erkennen? Er wandte sich etwas unbehaglich von mir ab. Doch er fasste sich schnell wieder. „Hör auf, dich in Angelegenheiten einzumischen, die dich nichts angehen", sagte er schließlich und funkelte mich wieder wütend an. Dann wandte er sich zum Gehen um. „Leonardo?", fragte ich und er drehte sich noch einmal um. „Mein Buch!" Er schaute zu seiner Hand, in der er noch immer das Buch meines Vaters hielt. „Maxim Taake", las er laut. Es schien, als würde er diesen Namen nicht zum ersten Mal hören. Dann gab er mir das Buch zurück und verschwand.

Kapitel 5

Das Haus war grau und der Vorgarten kahl. Ganz anders als ich es mir vorgestellt hatte. Im Fenster hingen Gardinen, die an meine Oma früher erinnerten. Es führte ein schmaler Weg bis zum Eingang des Hauses. Als ich ihn entlanglief, knirschten die Steine unter meinen Sohlen. Der Himmel war grau, wie auch schon die ganze Woche. Ein eisiger Wind wehte durch mein Haar, der mir ein Schauer über den Rücken fahren ließ. Ich wusste nicht warum, aber plötzlich überkam mich die nackte Angst. Die Woche war vergangen wie im Fluge. Melissa war die Tage nach der Schule zu mir gekommen und wir hatten versucht, etwas über meinen Vater, den Autor des Buches, herauszufinden. Doch wir konnten nichts über ihn in Erfahrung bringen. Mein Vater blieb verschollen. Als wollte er nicht gefunden werden. Das Einzige, was mir blieb, waren das Buch und der Brief. Am Freitag hatte ich Melissa das Buch zurückgeben müssen. Ihre Mutter hatte es bereits vermisst. Es war Samstag. Und Leonardo und ich hatten uns darauf geeinigt, heute den Vortrag zu bearbeiten. Mit einem mulmigen Gefühl im Magen war ich bereits erwacht. Ich wollte mehr über Leonardo herausfinden und wo konnte ich da besser anfangen als bei ihm zuhause? Er hatte mir die Adresse seines Hauses gegeben und ich sollte nach dem Mittag vorbeikommen. Insgeheim war ich froh, dass wir uns darauf geeinigt hatten, den Vortrag bei ihm zu erarbeiten. Obwohl er sich damit ziemlich schwergetan hatte. „Es tut mir leid, dass ich dich verfolgt habe", hatte ich widerwillig von mir gegeben, damit er einwilligte. Er hatte nur knapp genickt, mich allerdings immer noch sehr misstrauisch angesehen.

Und nun stand ich hier. Ich stand vor dem Eingang seines Hauses und mein Mittag kam mir wieder hoch. Ich überlegte umzudrehen und ihm zu schreiben, dass es mir nicht gut ginge. Es wäre nicht mal gelogen gewesen. Doch gerade, als ich mich umdrehen und wieder gehen wollte, öffnete jemand die Tür.

Eine schlanke kleine Frau, die mich mit ihren grünen Augen entgeistert ansah, stand im Türrahmen. Ich erkannte sie sofort. Die Frau aus dem Supermarkt. „Ähm ... hallo!", stotterte ich verlegen und fühlte mich wie ein verrücktes Mädchen, das in Gärten anderer Leute herumlungerte. „Ich wollte zu Leonardo", erklärte ich meine Situation.

„Der ist im Moment nicht zu Hause", sagte sie spitz und musterte mich argwöhnisch. Die Frau trat heraus, schloss die Tür und ging an mir vorbei. „Auf Wiedersehen", meinte sie und hielt mir die Gartentür auf. Völlig perplex starrte ich sie an und ging auf die Gartentür zu. Doch plötzlich öffnete sich die Eingangstür erneut und Leonardo baute sich im Türrahmen auf.

„Hey Ricky! Komm rein!", rief er mir zu und winkte mich zu ihm. Er warf der Frau einen wütenden Blick zu und ließ mich eintreten. Die Frau stolzierte wortlos davon. Jetzt konnte ich meine Mutter verstehen, die diese Frau scheinbar nicht leiden konnte. „Wer war das?", fragte ich Leonardo, als wir eine angrenzende Treppe hinaufgingen. An den Wänden des Treppenflurs hingen einige Landschaftsbilder und verschiedene Kränze. Doch nirgendwo konnte ich Familienfotos wie an unseren Wänden ausmachen. Es roch nach Suppe und irgendetwas anderem, das ich nicht einordnen konnte. „Das war meine Mutter", erklärte er etwas missgelaunt, während er eine Tür öffnete und mir mit einer Handgeste zu verstehen gab, dass ich eintreten sollte. Das Zimmer, welches sich hinter der Tür befand, war eher klein und unordentlich. Genau, wie ich es mir vorgestellt hatte. Auf dem Bett lagen Klamotten, Tennisschläger und beschriebene Zettel. Er hatte keinen Schreibtisch. Stattdessen befanden sich neben dem Bett ein Sessel und ein kleines Schränkchen, das wohl als Tisch diente. Auch dort lagen Zettel und leere Flaschen herum. Ein Fenster, das zur Hälfte geöffnet war, erhellte den Raum. Doch anders, als ich erwartet hatte, befand sich am Rande des Chaos ein breites Holzregal, das anders als der Rest des Raumes mit ordentlich aufgestellten Büchern gefüllt war. Ich erkannte Klassiker wie „Der große Gatsby" und Bücher von Albert Camus und Mark Twain darin. „Du liest?", rutschte es mir voller Erstaunen heraus. Mein Blick glitt weiter über seine Büchersammlung und ich erkannte viele Bücher wieder, die sich auch in meinem Regal oder in unserer Hausbibliothek finden ließen. Ich ließ meine Finger über die Buchrücken wandern. Die meisten Bücher waren auf Englisch, stellte ich anerkennend fest und dann erinnerte ich mich daran, wie er einmal in der Klasse erzählt hatte, dass er in Amerika gelebt hatte und vor drei Jahren nach Deutschland gezogen war. „Ja, ab und zu", hörte ich ihn hinter mir sagen. „Das sieht aber nicht aus wie nur ab und zu", erwiderte ich. Dann drehte ich mich erstaunt zu ihm um und sah, wie er mich beobachtete. Für einen Moment trafen sich unsere Augen und er hielt mich mit seinem Blick fest. Die Sekunden fühlten sich wie eine Ewigkeit an, doch ich konnte nicht wegsehen. Es war wie ein stiller Wettbewerb. Ich spürte, wie sich ein unangenehmes Kribbeln in meiner Magengegend ausbreitete. Und plötzlich realisierte ich, wo ich hier eigentlich war. Als hätte ich mit der Türschwelle auch eine andere Grenze überschritten. Ich stand in seinem Zimmer, in dem er jede Nacht schlief und in das er jeden Tag nach der Schule zurückkehrte. Und er stand hier vor mir in seiner dunklen verwaschenen Jeans, in deren Hosentaschen lässig seine Hände ruhten, und dem schwarzen Shirt, das sich eng um seinen Oberkörper schmiegte, und beobachtete mich mit seinem fast schon durchdringenden Blick. Doch als wäre es ihm plötzlich unangenehm, wandte er sich abrupt von mir ab und ließ sich auf einem freien Platz auf dem Boden nieder. Ich tat es ihm gleich. Aus meiner Tasche holte ich meine Bücher hervor und wir arbeiteten eine Weile an dem Vortrag, bedacht darauf, nicht zu viele Worte miteinander zu wechseln. Immer wieder ließ ich meinen Blick unauffällig über das Zimmer schweifen. Wo könnte man hier eine Truhe mit zweitausend Euro verstecken, überlegte ich. Auch wenn das Geld wahrscheinlich längst nicht mehr hier war, konnte ich zumindest die Truhe finden, um Gewissheit zu haben. Vielleicht hatte er sie auch woanders in seinem Haus versteckt. Gerade als ich mir ausmalte, wo man alles Dinge versteckt halten könnte, klingelte mein Handy.

Es war Melissa. „Ich habe etwas über deinen Vater gefunden!“, sprudelte es aus ihr heraus, als ich abnahm. Ich zeigte Leonardo entschuldigend das Handy und ging in den Flur.

„Er war Journalist einer amerikanischen Zeitung und hat für diese Artikel verfasst. Ich habe es ein bisschen verfolgt. Das Merkwürdige ist, dass es seit zwei Jahren keine neuen Texte mehr von ihm gibt“, erzählte sie aufgeregt, ohne Luft zu holen.

„Vielleicht hat er den Job gewechselt“, überlegte ich. Dann dachte ich an sein Buch, das ich mir von Melissas Mutter ausgeliehen hatte. „Und was ist mit seinem Buch? Das hat er ... wann herausgebracht? Ich meine, vielleicht ist er jetzt hauptberuflich Schriftsteller ...“

„Das Buch ist letztes Jahr erschienen und so was braucht mindestens ein halbes Jahr, bis es gedruckt wird und auf den Markt kommt“, hörte ich Melissa sagen. Doch ich verstand noch immer nicht, worauf sie hinauswollte. „Was willst du mir damit sagen, Melissa?“

„Ist es nicht merkwürdig? Er schreibt dir letztes Jahr einen Brief und dieses Jahr ruft er dich nicht mal mehr zu deinem Geburtstag an und seit genau den beiden Jahren erscheinen keine Artikel mehr von ihm. Und das Buch muss er auch vor ungefähr zwei Jahren in den Druck gegeben haben. Das ist die letzte Veröffentlichung, die es von ihm gibt und danach ... nichts. Ich meine, das alles können nur Zufälle sein, aber ...“ Sie sprach nicht weiter. Mein Magen krampfte sich unangenehm zusammen. Das alles können nur Zufälle sein, aber ich habe noch nie an Zufälle geglaubt, vervollständigte ich ihren Satz in Gedanken. Einen Moment, in dem wir beide in unsere Gedanken vertieft waren, herrschte Stille. „Ja ...“, antwortete ich schließlich, noch immer etwas abwesend, „ ... das ist merkwürdig.“

Nachdem Melissa schon längst aufgelegt hatte, blieb ich noch eine Weile im Flur stehen und dachte darüber nach. Ich war verwirrt und wusste nicht, was ich denken sollte. Ich wollte nicht daran glauben, dass meinem Vater etwas Schlimmes zugestoßen war. Doch warum hatte er nicht angerufen?

Als ich wieder die Tür zu Leonardos Zimmer öffnete, sah ich, wie er das Bild meiner Mutter und des Fremden in der Hand hielt, welches ich in meinem Hausaufgabenheft aufbewahrt hatte. „Was machst du da?", fragte ich ihn empört und entriss ihm das Bild.

„Wer ist das dort drauf?", fragte er mich ohne Umschweifen. Ich sah auf das Bild hinab. „Das ist meine Mutter, als sie noch jung war", antwortete ich etwas schroff. „Und der Mann neben ihr?", wollte Leonardo wissen. Ich zuckte mit den Achseln. „Wenn ich das wüsste", sagte ich nur knapp.

Nach einer knappen Stunde ergab sich meine erste richtige Gelegenheit. Leonardo ging hinaus, um uns etwas zu essen zu holen, und ich nutzte die Chance, um sein Zimmer nach meiner Truhe mit dem Geld oder irgendeinem Hinweis darauf zu durchsuchen. Ich durchstöberte die Taschen seiner Jacken und Rucksäcke, öffnete Schranktüren und schaute unters Bett. Nichts. Schließlich setzte ich mich auf den Sessel und versuchte, die Schublade des Schrankes zu öffnen. Doch bei dem Versuch blieb es auch. Die Schublade hatte kein Schloss, also musste es eine andere Technik geben. Ich rüttelte daran, doch sie blieb verschlossen.

„Ich hätte es mir denken können!", hörte ich plötzlich Leonardos Stimme. Ich schrak hoch. „Ich wusste, dass du irgendetwas im Schilde führst! Erst das mit der Gruppenarbeit, dann spionierst du mir hinterher und dann das Bild! Warum bist du hier? Was suchst du?" Er sah mich zornig an. Ich hatte keine Ahnung, was das alles mit dem Foto zu tun hatte, doch die Wut nahm mich so sehr ein, dass ich nicht mehr klar denken konnte. Es sprudelte nur so aus mir heraus, ohne dass ich es verhindern konnte. „Du! Bist! In! Unser! Haus! Eingebrochen!", betonte ich jedes Wort einzeln. „Ich will das Geld zurück, das du mir gestohlen hast! Ich habe das Geld gesucht!"

Plötzlich verwandelte sich sein wütender Gesichtsausdruck in Verwirrung. Er schien mit einer anderen Antwort gerechnet zu haben. Für einen kurzen Moment sagte er nichts. „Ich ...", fing er an. „Du suchst die Truhe?", sagte er dann, fast schon flüsternd. Ich wusste nicht, was ich erwartet hatte. Dass er es leugnen würde? Oder dass ich falsch gelegen hatte und er anfangen würde zu lachen? Doch egal, was ich mir vorgestellt hatte, mit dem Eingeständnis hatte ich so schnell nicht gerechnet. Ich hatte also die ganze Zeit richtig gelegen. Es war keine Einbildung gewesen. Er war in unser Haus eingebrochen. Er hatte mich festgehalten und bedroht. Ich hatte eine Todesangst gehabt. Und dieser Jemand stand nun vor mir, viel zu lässig für jemanden, den ich jeden Augenblick einfach bei der Polizei hätte anzeigen können. Das brachte mich nur noch mehr in Wallung.

Er schüttelte den Kopf. „Ich kann es dir nicht geben", sagte er nun ruhig und in seiner Stimme schwang zu meiner Verwunderung sogar etwas Bedauern mit. Er hatte Schuldgefühle, kam es mir in den Sinn.

„Wo ist das Geld?" Ich rüttelte weiter an der Schublade. „Warum geht das Ding denn nicht auf?!" Ich war so wütend, dass ich den Schrank am liebsten in Stücke gerissen hätte.

„Hör auf! Da ist es nicht", sagte Leonardo schließlich und ich ließ von dem Schrank ab. „Kannst du dich jetzt bitte wieder beruhigen?"

„Mich beruhigen? Du bist in unser Haus eingebrochen! Du hast mich bedroht! Ich habe gedacht, du ..." Ich sprach nicht weiter. Ein Kloß bildete sich in meinem Hals, als ich daran zurückdachte, was für eine Angst um mein Leben ich gehabt hatte. Dann fasste ich mich wieder und sah ihn zornig an.

„Es tut mir leid", sagte er und ich hörte in seiner Stimme, dass er es wirklich so meinte. „Ich wollte dir keine Angst machen. Ich wusste nicht, dass du es bist. Dass es euer Haus ist ...".

„Als ob das irgendwas geändert hätte", erwiderte ich spitz und lachte freudlos auf. Er sah mich durchdringlich an, doch erwiderte nichts darauf.

Als sich meine Wut langsam zügelte, wurden auch meine Gedanken klarer. „Warum brichst du in Häuser ein? Wozu brauchst du das ganze Geld?", fragte ich ihn nun etwas gefasster. Er schüttelte den Kopf und sah mich für einen Moment an. „Das geht dich nichts an", gab er barsch von sich und fügte dann etwas

freundlicher hinzu: „Ich kann dir das nicht erzählen, Ricarda."
Es war das erste Mal, dass er meinen Namen aussprach. „Na gut,
wie auch immer. Es geht mich nichts an, was du in deiner Freizeit
für Geschäfte erledigst. Ich möchte nur mein Geld zurück. Und
wenn du es mir nicht gibst, gehe ich zur Polizei", erwiderte ich.

„Wenn du schon vorher wusstest, dass ich es war, warum hast
du es nicht gleich der Polizei gemeldet?", fragte er mich verwirrt.

„Das geht dich nichts an", antwortete ich in dem gleichen Tonfall wie er zuvor. Seine Augen wurden schmal und er sah mich
eine Weile durchdringend an, gab es dann allerdings auf, als er
wohl merkte, dass er aus mir nicht schlau wurde.

Er nickte. „Okay, ist gut. Ich treibe das Geld auf. Aber ich
brauche Zeit", sagte er. Ich wollte nicht wissen, wie er vorhatte,
das Geld *aufzutreiben*, wie er es so schön ausdrückte.

„Bis zum Frühlingsball!", gab ich entschlossen zurück.

„Einverstanden."

Am Dienstag ging ich das erste Mal wieder zur Bandprobe. Es
war schön, nach einer gefühlten Ewigkeit wieder Musik zu machen. Wenn ich sang, konnte ich meinen Gefühlen freien Lauf
lassen und meine Gedanken voll und ganz abschalten. Musik
hatte etwas Magisches an sich. Sie durchströmte mich wie flüs-
siges Glück. Sie konnte mich vom einen zum nächsten Moment
etwas anderes fühlen lassen. Es tat gut, wieder zu singen. Ich
wollte nicht mehr über meinen Vater oder Leonardo und seine
kriminellen Machenschaften nachdenken. Ich wollte einfach
nur den Moment erleben und an nichts denken. In der Musik
fand ich das, was man einen Rückzugsort nennen könnte. Nur,
dass es kein Ort war.

Clemens und ich sprachen nicht viel miteinander und das war
mir auch recht so. Lina hatte sich für heute frei genommen. Steven war wieder gesund und einsatzbereit und Sebastian würde
etwas später dazustoßen. Daher begannen wir bereits mit der
Probe. Wir versuchten uns an vertrauten Covern und unseren
eigenen Songs, die Steven und Sebastian zusammen geschrieben
hatten, bevor ich der Band beigetreten war. Nach ein paar Songs

kam auch Sebastian dazu. Er war durch den Regen komplett durchnässt und ähnelte mit seinen Haaren einem Pudel. Als wir ihn sahen, krümmten wir uns vor Lachen, was die Stimmung ein wenig anhob. Clemens und ich gingen uns zwar so gut wie möglich aus dem Weg, doch mit der Zeit ließ meine Wut auf ihn nach. Vor einigen Jahren hatte Sebastian einen Pakt mit dem Besitzer einer Bar geschlossen, sodass die Band seitdem in dem großen Lager hinter der Bar proben konnte. Oft saßen wir deshalb nach der Probe noch bei ein paar Getränken zusammen. So auch heute wieder. Wir lachten und scherzten und die Zeit verging wie im Fluge, bis Sebastian mit einem Blick auf die Uhr die Runde auflöste. Ich war froh, dass ich mich nicht dazu entschieden hatte, aus der Band auszutreten. Auch wenn es zu Beginn nur dem Zweck diente, Geld zu verdienen, war es nun ein fester Bestandteil meines Lebens geworden und ich würde nicht nur das Singen, sondern auch die Jungs vermissen.

So vergingen die Wochen. Ich ging wieder regelmäßig zu den Bandproben und Melissa und ich recherchierten weiterhin über meinen Vater, aber es gab keine weiteren Lebenszeichen. Ich hatte mir das Buch meines Vaters nun selbst gekauft und las es, wenn ich dazu kam. Meist abends in meinem Bett, wenn alles still war. Meine Mutter hatte sich nun schon länger nicht mehr mit meinem Französischlehrer getroffen. Ob es wohl aus war? Darüber war ich nicht sonderlich unglücklich, doch auch sie schien nicht, als würde es sie besonders stören. Der Frühlingsball rückte näher. Leonardo und ich hatten in den letzten Wochen nicht ein Wort mehr miteinander gewechselt. Wir gingen uns meist eher aus dem Weg und wenn unsere Blicke sich aus Versehen kreuzten, sahen wir beide schnell in die entgegengesetzte Richtung. Doch an den meisten Tagen war er sowieso nicht in der Schule. Ich hatte aufgehört, mich zu fragen, was er unter *Geldauftreiben* verstand, und es interessierte mich nicht mehr, was er mit dem fremden Mann für Geschäfte machte. Gut, das war gelogen. Es interessierte mich wahnsinnig, aber er hatte recht: Es ging mich nichts an. Doch was mich noch immer nicht losließ, war die Frage, was er mit dem Bild gemeint hatte. Er hatte erzählt, dass er erst, als er das Bild von meiner Mutter und dem Fremden gesehen habe, vermutet hatte, dass ich etwas im Schilde führte. Doch worauf hatte er dabei angespielt? Hatte es etwas mit dem fremden Mann zu tun? Leider hatte ich in meiner Wut nicht danach fragen können und nun würde ich wahrscheinlich im Unwissen bleiben müssen.

Eine Woche vor dem Ball durchstöberten Melissa und ich die Läden der Stadt nach einem passenden Kleid. Erik und sie gingen zusammen dort hin. Mich dagegen hatten zwar einige gefragt, aber keiner, mit dem ich wirklich zu dem Ball gehen wollte, also würde ich wohl oder übel allein dorthin müssen. Melissa hatte gemeint, dass ich einfach irgendwem zusagen sollte, damit ich nicht allein gehen müsste. Aber ich hatte den Kopf geschüttelt und meine übliche Ausrede präsentiert: Lieber keine Gesellschaft als in schlechter. „Außerdem habe ich ja dich!", hatte ich schließlich noch mit einem Grinsen und einem spielerischen Seitenhieb hinzugefügt. Sie hatte gelacht und es mit einem Achselzucken akzeptiert.

Wir suchten für Melissa ein langes figurbetontes blaues Kleid heraus, während für mich ein rotes Kleid heraussprang. Melissa meinte, es würde perfekt zu meinen roten welligen Haaren und meiner hellen Haut passen. Später kauften wir uns noch die passenden Schuhe und Schmuck und verschlangen anschließend zum Abschluss des Tages eine Pizza in unserer Lieblingspizzeria.

Als ich zuhause ankam, saß meine Mutter in der Küche und sah mich erwartungsvoll an. In ihrer Hand hielt sie ein Glas mit einer goldenen Flüssigkeit. Ich begrüßte sie mit einem Wangenkuss und stellte meine Einkaufstüten ab. Ihr ernster Blick sagte mir, dass sie vorhatte, mir gleich eine Moralpredigt zu halten. Diesen Blick kannte ich schon zu gut. Das war dann meist der Augenblick, in dem ich schnellstmöglich die Flucht ergriff. „Was ist los?", fragte ich mit gehobenen Augenbrauen und bereute es bereits. „Ein Junge ist eben hier gewesen und hat nach dir gefragt", sagte sie und schob ihr Glas zwischen den Fingern hin und her. „Er meinte, wegen eines Vortrags", fügte sie hinzu und musterte mich abwartend.

„Das war Leonardo. Ein Klassenkamerad", erklärte ich, damit sie nicht auf falsche Gedanken kam. Sie nickte.

„Ja, das dachte ich mir schon." Ich verstand nicht, worin nun das Problem bestand. Sie ließ ihren Finger über den Rand des Glases kreisen. Ihr ernster Blick verhieß nichts Gutes. Ich atmete tief ein und machte einen neuen Versuch, aus ihr schlau zu werden. „Was ist los, Mama?", fragte ich sie nun bestimmt. Sie nickte zum Stuhl, damit ich mich setzte. Ich tat es. Sie blickte mich besorgt an.

„Du solltest dich von dem Jungen fernhalten, Ricky. Er ist wirklich kein guter Umgang", sagte sie und sah wieder in ihr Glas. Ob sie wusste, dass er in unser Haus eingebrochen war? Nein, das war unmöglich. Woher hätte sie das wissen können? Dann dachte ich an seine Mutter. „Seine Mutter ist die Frau, die wir im Supermarkt gesehen haben, oder? Was ist da zwischen euch vorgefallen?", fragte ich sie neugierig. Sie schüttelte den Kopf. „Das ist eine Sache zwischen ihr und mir. Versprich mir einfach, dass du dich von ihm fernhältst, okay?" Ich sah sie mit gerunzelter Stirn skeptisch an, nickte aber schließlich. Sie sah müde und geschafft aus und ich wollte sie unter diesen Umständen nicht weiter verärgern. Meine Mutter sah zufrieden aus und stand schließlich auf, um in der Küche Ordnung zu machen. Was wohl zwischen den beiden vorgefallen war, fragte ich mich. Doch in letzter Zeit schienen die vielen ungeklärten Fragen zum Alltag zu gehören und ich versuchte, mir nicht weiter den Kopf darüber zu zerbrechen. Wahrscheinlich war es nichts weiter als eine kleine Streitigkeit unter Erwachsenen. Gerade als ich aufstehen wollte, erschien auf dem Handy meiner Mutter eine Nachricht. Ich wollte sie nicht lesen, aber als ich den Namen der Person sah, konnte ich meinen Blick nicht abwenden. *Es tut mir leid, aber ich konnte es nicht verhindern*, stand dort geschrieben. Und der Absender war niemand anderes als mein Französischlehrer.

Irgendetwas stimmte hier nicht.

Mein Kopf platzte vor lauter ungeklärter Fragen.
Ich brauchte endlich Antworten.
Und die musste ich mir wohl oder übel selbst holen.

Wie zerbrochenes Glas
Kapitel 21, Seite 372

Ich konnte es nicht ertragen, Lucy so zu sehen. Es brach mir das Herz.
Sie hatte ihn geliebt. Ihr Gesicht war gerötet und fleckig und ihre
Augen verklebt von den vielen Tränen. Ihre Haare waren zerzaust
und ihre Kleidung zerknittert. Sie saß zusammengekauert auf einer
Bank. Mitten in der Gerichtsverhandlung war sie aus dem Saal ge-
stürmt. Ich wäre gerne zu ihr gegangen und hätte sie in den Arm ge-
nommen. Ich hätte gerne gesagt, dass alles gut werden würde. Doch
das stimmte nicht. Es würde nichts mehr gut werden. Es würde nichts
mehr wie vorher werden. Das war es schon lange nicht mehr. Als sie
mich sah, verwandelte sich ihr Blick. Es war purer Hass und das brach
mir erneut das Herz. Dann schwenkte ihr Blick zu Emilia, die durch
eine der Flügeltüren in den Flur trat. „Wie konntest du das nur tun?
Er ist dein Sohn!", schrie Lucy. „Und du …!" Sie blickte erneut mich
an. Mit so viel Zorn und Hass. Ich hatte sie noch nie in meinem Le-
ben so gesehen. Sie hatte keine Worte für das, was ich getan hatte.
Sie kannte die Wahrheit. „Ihr werdet damit niemals leben können!"
Dann füllte sich der Flur mit Menschen und ihre Augen mit Tränen.

Kapitel 6

„Voilà", sagte ich und drehte mich einmal im Kreis, sodass mein rotes Kleid umherwehte. Meine Mutter klatschte in die Hände und strahlte vor Glück. „Du wirst alle umhauen!", rief sie, um die Musik zu übertönen, die ich gerade lauter gedreht hatte. Ich machte einen albernen Knicks und tänzelte im Raum herum, bis meine Mutter lauthals anfing zu lachen. Ich stimmte mit ein, bis wir nicht mehr konnten und mit Bauchkrämpfen auf der Couch landeten. Ich genoss es, mit ihr zu lachen, weil diese Momente viel zu selten waren. Doch dann war dieser Augenblick auch schon vorbei, als ein Auto vor unserer Haustür hielt und ein Hupkonzert veranstaltete. Das konnte nur Erik sein. Ich rappelte mich vom Sofa auf und schlüpfte etwas unsanft in meine Schuhe. Meine Mutter lieh mir eine von ihren Taschen, die auch sie früher oft zu verschiedenen Anlässen getragen hatte, da ich keine passende besaß. Melissa saß neben Erik auf dem Beifahrersitz und begrüßte mich mit einem strahlenden frechen Grinsen, während Erik nur beiläufig die Hand hob. Neben mir saß ein Junge aus der Parallelklasse, den ich nicht weiter kannte. Melissa hatte mir für den Abend ein Date aufgezwungen. Ich hatte protestiert, allerdings war es zu diesem Zeitpunkt bereits zu spät gewesen. Der Junge sagte nicht viel. Genau genommen sagte er gar nichts. Nicht im Auto und auch nicht, als wir zum Eingang des Speisesaals, der nun als Ballsaal diente, spazierten. Ich fragte Melissa, ob er taubstumm oder so ähnlich sei. „Nein, er ist nur schüchtern", flüsterte sie zurück und musste ein wenig schmunzeln. Zum Abend hin schien er ein wenig aufzutauen. Zumindest gab er schon einmal Geräusche von sich, wie ein Schnalzen mit der Zunge, als der Barkeeper einen Wasserbecher über seiner Hand verschüttete, oder ein merkwürdiges Klickgeräusch zum Takt der Musik. Ich musste mir einige Male das Lachen verkneifen, als er dazu noch anfing, mit dem Fuß und der Hüfte zu wackeln. „Na, du scheinst dich ja zu amüsieren", erwischte mich Clemens gerade in dem Moment, als ich mein Gekicher nach einigen Cocktails nicht mehr zurückhalten konnte. Er trug einen schwarzen Anzug mit einer Fliege wie die meisten männlichen Wesen in diesem Raum und hielt eine Lilie in der Hand. „Die mochtest du doch immer", sagte er und gab mir die Blume. Ich lächelte verlegen. Ja, ich hatte Lilien gemocht. Aber jetzt, als ich die traurige Blume in der Hand hielt, war ich mir gar nicht mehr so sicher. „Ähm ... danke", gab ich unsicher zurück.

„Keine Ursache. Hast du Lust zu tanzen?", fragte er und reichte mir seine Hand. Er ließ sie wieder sinken, als er merkte, dass ich keine Anstalten machte, sie zu ergreifen. „Wir haben uns getrennt", sagte er dann ohne Vorwarnung. „Lina und ich", fügte er hinzu, als hätte es eine Erklärung gebraucht. „Es hat nicht gepasst. Wir haben uns ständig gestritten. Aber jetzt weiß ich, dass es falsch war, dich gehen zu lassen. Ich habe mich nie richtig dafür entschuldigt. Ich hoffe einfach, dass du mir verzeihen kannst und wir es noch einmal versuchen. Und dieses Mal richtig. Keine Geheimhaltung mehr ...", sprudelte es aus ihm heraus. Doch ich war verstummt. Konnte nichts darauf erwidern. Vor zwei Monaten hatte ich mir genau das gewünscht. Mit ihm zusammen zu sein. Doch nun hatte sich etwas geändert. Nicht nur, dass er mich verletzt hatte. Ich spürte nicht mehr das unruhige Kribbeln. Die Flügelschar in meinem Bauch war längst verflogen. Stattdessen machte sich etwas anderes in der Magengegend breit. Ich hatte am Abend nicht viel gegessen und der letzte Cocktail in Kombination mit meinem Ausbruch an Gefühlen zeigte seine Wirkung in einer übermäßigen Heftigkeit. Ich schaffte es noch, mich bei Clemens zu entschuldigen und aus dem Speisesaal nach draußen zu stürmen. Dort konnte ich noch rechtzeitig die Mülltonnen erreichen, neben denen ich mich schließlich meines Mittagessens entledigte.

„Da hat wohl jemand zu tief ins Glas geschaut", hörte ich eine Stimme nicht weit entfernt sagen. Ich drehte mich um meine eigene Achse, doch konnte keine Person ausmachen. „Hier oben", sagte die Stimme und ich schaute zur Mauer hinauf. Dort saß

Leonardo, der mich mit einer belustigten Miene betrachtete. „Ich habe den letzten Cocktail nicht vertragen", erklärte ich unnötiger Weise und merkte, wie mir vor Scham die Röte ins Gesicht schoss. „Was du nicht sagst", scherzte Leonardo. „Was machst du hier draußen?", fragte ich ihn.

„Sie haben mich nicht reingelassen", antwortete er etwas beleidigt. „Warum haben sie dich nicht reingelassen?" Doch gerade, als ich die Frage ausgesprochen hatte, erkannte ich den Grund dafür, als ich sein einfaches weißes Shirt und die Jeans, die er trug, betrachtete. „Sie meinten, ich wäre unpassend gekleidet", antwortete er und schnaubte gekränkt. „Du willst mir doch nicht sagen, dass du kein Geld für einen Anzug hattest?", zog ich ihn auf und musste selbst über mich staunen, dass ich über seine kriminelle Seite bereits Scherze machte. Er grinste mich verschmitzt an, doch erwiderte nichts darauf. Stattdessen sprang er von der Schulmauer herunter und kam auf mich zu. Er zog einen Umschlag aus seiner hinteren Hosentasche. „Es ist nicht alles. Aber zumindest fast die Hälfte", erklärte er und drückte mir den Umschlag mit dem Geld in die Hand. Er hatte unsere Vereinbarung also nicht vergessen. Ich öffnete den Umschlag und warf einen Blick auf die Summe. „Und was ist mit dem Rest?", fragte ich ihn skeptisch. „Ich lass mir etwas einfallen", antwortete er knapp. Ich schüttelte den Kopf. „Wir hatten eine Vereinbarung!"

„Ich brauche mehr Zeit. Wieso hast du es denn so dringend? Schließlich scheinst du ja recht wohlhabend zu leben", stieß er etwas gereizt aus. Nach einem Moment, in dem ich nicht antwortete, fragte er etwas ruhiger: „Wozu brauchst du das ganze Geld?"

Wäre ich in diesem Augenblick nicht so angetrunken gewesen, hätte ich wahrscheinlich nicht einmal mit dem Gedanken gespielt, es ihm zu erzählen. Doch bevor ich weiter darüber nachdenken konnte, sprudelten die Worte schon aus mir heraus. „Ich will nach Amerika", sagte ich.

„Nach Amerika?", fragte er ungläubig. Als ich nickte, fing er an zu lachen.

Ich verschränkte beleidigt die Arme. Als er sich wieder beruhigt hatte, blickte er mich durchdringend an. „Das ist also kein

Scherz", stellte er fest, nachdem er mich eine Weile gemustert hatte. „Und was willst du da?" Er hob skeptisch eine Augenbraue. „Ich will meinen Vater suchen", antwortete ich gereizt. Und dann änderte sich seine Miene. Sein Lächeln verschwand und sein Gesichtsausdruck wurde ernster.

„Oh", war das Einzige, was er herausbrachte. Es herrschte einige Minuten eine unangenehme Stille.

Dann hörte ich Schritte und Melissa, die meinen Namen rief. „Du solltest besser wieder reingehen", sagte Leonardo und wandte sich zum Gehen um. Für einen kurzen Moment hielt er allerdings noch einmal inne und drehte sich zu mir um. Eine Laterne erhellte sein Gesicht, sodass seine blauen Augen noch mehr strahlten als sonst. „Und Ricarda ...", er sah mich direkt an, „du hast was Besseres verdient als diesen Idioten." Er nickte zu der Lilie, die ich noch immer in meiner Hand hielt. Ich konnte nicht länger in diese blauen Augen sehen, also wendete ich meinen Blick ab. Als ich ihn schließlich erneut ansah, war der Ernst in seinem Gesicht wieder verschwunden. „Gute Nacht, my Lady", trällerte Leonardo schließlich, als er sich umdrehte und davonstolzierte, bis ihn die Dunkelheit verschlang. Er hatte etwas Geheimnisvolles an sich, dachte ich. Etwas, das mich faszinierte.

„Da ist sie!", hörte ich Erik hinter mir und verstaute den Umschlag schnell in meiner Tasche, bevor ich mich Erik und Melissa zuwandte.

„Ricky! Was machst du denn hier?", rief Melissa, während sie auf mich zu kam. „Wir haben dich überall gesucht!", stieß Erik aufgebracht aus, als er schließlich neben mir stand. Melissa umarmte mich erleichtert. „Ich dachte schon, du torkelst irgendwo besoffen herum!", sprudelte es aus ihr heraus. „Was machst du denn hier ganz alleine?", fragte sie mich und sah sich verwirrt um.

„Ach, ich brauchte nur ein bisschen frische Luft, da drinnen ist es so stickig", log ich. Melissa ertappte mich sofort und blickte mich mit einem Funken Skepsis in den Augen an, doch sie sagte nichts dazu. Schließlich gingen wir wieder hinein und tanzten die ganze Nacht durch, bis wir Blasen an den Füßen bekamen. Als die Sonne bereits langsam aufging, fuhr Erik uns nach Hause. In meinem Zimmer angekommen, fiel ich in mein Bett und war sofort eingeschlafen, ohne dass ich auch nur ansatzweise meine Sachen ausziehen oder mich waschen konnte. Das Wochenende verbrachte ich größtenteils in meinem Bett, ohne mich großartig zu bewegen. Melissa kam am Sonntagabend vorbei und wir schauten uns einen Horrorfilm an. Sie erzählte mir davon, dass sie sich nächste Woche nach der Schule mit Erik verabredet hatte. Ich freute mich für sie. Seit dem Ball waren sie sich endlich nähergekommen. Clemens hatte mich nach dem Ball zu einem Kaffee am nächsten Tag eingeladen, doch ich hatte ihn abgewiesen. Obwohl ich es niemals zugeben würde, hatte dieser fremde Junge recht. Ich hatte etwas Besseres verdient. Er hatte mich nun schon so oft verletzt und gedemütigt, dass ich mich fragte, warum mir das erst ein Fremder sagen musste, damit mir das klar wurde. In der Schule ging ich Clemens aus dem Weg, doch bei den Proben stellte es sich als eher schwieriger heraus.

Am Donnerstag zogen wir wieder auf den Straßen umher und machten Musik für die Touristen und Einwohner der Stadt. Es war der erste sonnige Tag nach einer gefühlten Ewigkeit und wir nahmen reichlich ein. Als ich nach Hause kam, war es bereits dunkel und meine Mutter war noch immer auf der Arbeit. Ich versuchte, sie anzurufen. Doch sie ging nicht ran. Stattdessen klingelte ein Handy auf dem Schrank im Wohnzimmer. Sie hatte ihr Handy mal wieder vergessen. Ich brach den Anruf ab und ging die Treppen zu meinem Zimmer hinauf, als mir auf der Hälfte der Treppe etwas einfiel. Ich dachte an die SMS von Herrn Blanc. Nun hatte ich endlich die Gelegenheit, etwas Genaueres darüber herauszufinden. Ich ging ins Wohnzimmer und nahm ihr Handy vom Schrank. Doch ihr Handy enthielt keine Nachrichten im Chat mit meinem Französischlehrer. Sie musste alles gelöscht haben. Zumindest hatte ich nun schon einmal eine Antwort. Meine Mutter hatte etwas zu verbergen. Etwas, das nicht einmal ihre Tochter wissen durfte.

Am späten Abend lag ich in meinem Bett und las in dem Buch meines Vaters. Mein Fenster war offen und eine kühle, klare Luft durchströmte mein Zimmer. Aber ich war mehr und mehr vertieft in das Buch. Es war anders geschrieben als sein erstes Buch. So, als wäre es nicht von ihm. Als hätte es jemand Fremdes geschrieben, aber nicht mein Vater. Es war eine Fortsetzung der vier Freunde. Nun waren diese erwachsen geworden und die früheren Streiche hatten sich zu etwas Größerem, Gefährlicherem entwickelt. Doch das war nicht das Einzige, das sich verändert hatte. Sein gesamter Schreibstil war anders. Es klang nicht mehr nach dem lebensfrohen freiheitsliebenden Menschen, den ich gekannt hatte. Die ganze Art, wie er sich ausdrückte, klang pessimistisch und ein wenig einsam. Es machte mich irgendwie traurig. Ob er einsam war?

Als ich die nächste Seite umblätterte, sprang mir sofort die große Skizze, welche sich über die gesamte Seite zog, entgegen. Eine Zeichnung, die nicht nur ein mulmiges Gefühl, sondern ebenso ein seltsam vertrautes Gefühl hervorrief. Riesige Felsen ragten darauf empor. Ich kannte diesen Ort. Nicht nur aus meinen Träumen. Dort fühlte ich mich sicher. Am Fuße der Felsen schlugen die Wellen in die Höhe. Ich konnte fast die Luft des Meeres riechen. Und dort oben stand eine kleine Holzhütte. Mein Vater hatte diese Hütte mit seinen eigenen Händen erschaffen und niemand wusste von ihr. Fast niemand. Ich lächelte. Er hatte mir in einem unserer wenigen Telefonate davon erzählt. Danke, Papa. Wo auch immer er war. Er hatte seine Tochter nicht vergessen.

Denn es war nicht irgendeine Skizze.

Mit zwölf Jahren hatte ich sie selbst angefertigt und meine Mutter hatte sie ihm per Post zukommen lassen. Ich hatte ihm damals zeigen wollen, dass ich noch immer an ihn dachte.

Plötzlich hörte ich ein Rascheln von draußen.

Ich schaltete meine Nachttischlampe aus und ging langsam zum Fenster.

Dort draußen war jemand. Eine dunkle Gestalt stand im Vorgarten und schaute hinauf. Sah sie mich an? Im Schein der

Straßenlaterne konnte ich nur die Umrisse der Person wahrnehmen. Meine Mutter schlief bereits. Also nahm ich meine Taschenlampe und ein Taschenmesser, das ich seit dem Einbruch in meiner Nachttischschublade aufbewahrte, und ging hinunter. Mein Herz sprang wild in meiner Brust. In Schlafshorts und meinem Wollpullover öffnete ich die Haustür und die kühle Nachtluft strömte mir entgegen. Ich trat hinaus, doch die Gestalt war weg. Langsam leuchtete ich die Hecke ab, aber dort war niemand. Wahrscheinlich wurde ich bereits paranoid. Doch als sich mein Puls wieder beruhigt hatte und ich zurück zum Haus gehen wollte, griff mich jemand am Arm. Ich wollte schreien, aber eine Hand umschloss meinen Mund. Ich strampelte hektisch mit den Armen um mich und traf den Angreifer am Kopf. „Jetzt hör schon auf damit! Ich will dir nichts tun! Aber schreie jetzt bitte nicht, okay?!" Ich kannte die Stimme nur zu gut. Als ich mich befreit hatte, strich ich meine zerzausten Haare aus dem Gesicht und sah Leonardo wutentbrannt an. „Meine Güte! Gibt es hier keine anderen Häuser oder warum musst du immer in unseres einbrechen!?", schrie ich ihn an. „Beruhige dich! Ich wollte nicht bei euch einbrechen! Und jetzt hör auf zu schreien!", flüsterte er energisch.

„Sonst was? Hältst du mir wieder den Mund zu und bedrohst mich?", sagte ich, aber diesmal etwas leiser. Er verdrehte die Augen.

„Ich dachte, das hätten wir jetzt hinter uns. Es tut mir leid, okay? Aber du hast mir auch keine andere Wahl gelassen", flüsterte er.

Ich schnaufte hörbar beleidigt aus. „Ja, natürlich ...", brummelte ich in mich hinein. „Keine andere Wahl." Er grinste. „Aber ich muss ganz schön angsteinflößend gewesen sein", sagte er und verkniff sich sein Lachen. Ich sah ihn böse an und boxte ihm zur Strafe in die Schulter. „Aua!", stieß er gespielt beleidigt aus. „Das war nicht mal das Mindeste, was du dafür verdient hast", gab ich zurück. Er zuckte mit den Schultern.

„Ja, wahrscheinlich habe ich das", gab er zu.

„Also, was willst du dann hier, wenn du nicht gerade in unser Haus einbrechen willst?", wechselte ich schließlich das Thema.

Er schmunzelte und setzte sich auf einen Stein, der als Eingangsdekoration diente. „Ich will einen Deal!", sagte er.

Ich sah ihn fragwürdig an. „Einen Deal?"

Er nickte. „Ja. Ich habe darüber nachgedacht, was du beim Ball gesagt hattest. Das mit deinem Vater. Ich verfolge ein ähnliches Ziel und ich wollte dich fragen, ob wir vielleicht einen Deal eingehen könnten?", erklärte er.

„An was hast du da gedacht?", fragte ich ihn skeptisch.

„Ich helfe dir, deinen Vater zu finden, und im Gegenzug nimmst du mich für dein Geld mit nach Amerika", sagte er und stand wieder auf.

„Ganz bestimmt nicht!", erwiderte ich entschlossen und machte Anstalten, wieder hineinzugehen, doch er hielt mich am Arm fest. Die Berührung löste einen beunruhigenden Schauer in mir aus. Doch bevor ich mir darüber bewusstwerden konnte, ließ er mich auch schon wieder los.

„Aber überlege doch mal", sagte er und kam etwas näher. „Jemand wie du sollte sich nicht ganz allein in einem Land herumtreiben, in dem es massenweise Menschen gibt, die nichts Gutes im Sinn haben. Sei doch nicht naiv!" Ich musste lachen, weil das Ganze so absurd klang.

„Solche Menschen wie du? Ja, das stimmt, aber ich denke nicht, dass ich mich da sonderlich sicherer fühlen kann, wenn ich einen davon ständig an meiner Seite habe. Wahrscheinlich würdest du, sobald wir angekommen sind, sowieso die Flucht ergreifen. Am besten dann noch mit meinem ganzen Geld. Das ist natürlich viel besser. Dann steh ich allein UND ohne Geld da!" Ich lachte wieder, als wäre es ein guter Witz gewesen. Er sah für einen kurzen Moment beleidigt nieder.

„Guter Einwand", gab er dann allerdings zu. „Du hast recht. Wahrscheinlich würde ich mir auch nicht vertrauen. Aber du musst wissen, ich mache das Ganze nicht für mich. Ich weiß, dass es nicht ganz der richtige Weg ist, in fremde Häuser einzudringen und zu stehlen, aber ich habe dabei niemanden jemals verletzt. Meistens warte ich, bis niemand da ist. Du warst die erste Person, auf die ich bisher bei so etwas treffen musste, und es tut mir wirklich leid! Ich verspreche dir, dass ich dich niemals wieder beklauen oder bedrohen oder verletzen werde!", erklärte er und sah dabei schon fast mitleidig aus.

„Das macht es aber nicht minder schlimm. Die Menschen sind abhängig von dem Geld, das sie sich zudem hart erarbeitet haben, und du nimmst dir einfach das Recht heraus, dich daran zu ergötzen", sagte ich und musste die aufkommende Wut für das, was er für scheinbar richtig hielt, unterdrücken. Er nickte nur ergeben. Ein kleines Glücksgefühl schlich sich in mir ein, ihn von meiner Meinung überzeugt oder zumindest zum Überdenken angeregt zu haben. „Wenn du den Deal annimmst, werde ich es bleiben lassen und ich helfe dir, deinen Vater zu finden", sagte er schließlich.

„Ich weiß nicht, ob ich dir trauen kann", flüsterte ich. „Ich kenne dich ja kaum." Eine Weile war er still und er dachte darüber nach.

„Okay. Komm morgen Abend vorbei und du fragst mich alles, was du über mich wissen willst. Danach entscheidest du, ob du den Deal annimmst oder nicht. Einverstanden?", fragte er mich.

Ich überlegte kurz. Was hatte ich zu verlieren? „Einverstanden", erwiderte ich.

Kapitel 7

An einem Freitagabend hätte ich mir wohl Schöneres vorstellen können, als in einem Auto mit dem Einbrecher unseres Hauses, Dieb meines Geldes, wahrscheinlich angehendem Drogenhändler und was weiß ich, was dieser Junge noch alles zu verbergen hatte, in einem Auto zu sitzen. Es war bereits dunkel. Die Lichter der Straßenlaternen zogen wie Fäden an mir vorbei. Ich hielt mich an dem Türgriff fest, als er abrupt an einer roten Ampel bremste. Mein Kopf flog nach vorne und ich versuchte, wieder Luft zu bekommen. „Hast du überhaupt einen Führerschein?", fragte ich ihn und setzte mich in meinem Sitz wieder aufrecht hin.

„Natürlich", antwortete er knapp, ohne mich anzusehen. Vermutlich nicht. Er grinste, als hätte er meine Gedanken gelesen. „War das deine erste Frage?" Er beschleunigte wieder und ich sog die Luft scharf ein. „Nein", sagte ich krampfhaft. „Das war eine reine Sicherheitsfrage."

Als ich vor gut einer halben Stunde an seinem Haus angekommen war, hatte er ohne Umschweifen gesagt, ich solle in das Auto einsteigen. Er wolle mir etwas zeigen, hatte er auf meinen fragenden Blick erwidert. Jetzt bereute ich es bereits, dass ich überhaupt einen Fuß in sein Auto gesetzt hatte, von dem ich nicht einmal wusste, ob es überhaupt ihm gehörte. In Gedanken verabschiedete ich mich bereits von meiner Mutter und Melissa. Wahrscheinlich würde ich das hier nicht überleben. Für einen kurzen Moment überlegte ich, bereits ein Gebet auszusprechen und Gott zu bitten, mich lebendig aus diesem Auto aussteigen zu lassen. Doch dann hielt er plötzlich an. Die Scheinwerfer des Autos erleuchteten einen etwa drei Meter hohen Stahlzaun. Ringsherum wuchs ein dichter Nadelwald. Ich sah ihn misstrauisch an. Wieso war ich bloß in dieses Auto gestiegen?

„Was wollen wir hier?", fragte ich und unterdrückte meine aufkommende Angst. Er sah mich nicht an, sondern drehte den Schlüssel des Autos, um den Motor abzustellen. „Du wolltest mehr über mich erfahren", antwortete er und stieg aus dem Wagen. Doch meine Frage ließ er unbeantwortet.

„Ich wollte dir nur ein paar Fragen stellen", erwiderte ich spitz, während ich hinter ihm hertrottete, bis er vor dem Zaun Halt machte. Der Mond erhellte die Umgebung. Doch ich konnte nicht erkennen, was sich hinter dem Zaun verbarg. Das Grundstück schien seit Jahren nicht mehr benutzt, da das Gras beinahe die Höhe des Zauns erreicht hatte. „Das kannst du hier auch", stellte er fest und fing an, den Zaun hochzuklettern. Ich sah ihm dabei zu, machte allerdings selbst keine Anstalt, ihm das gleichzutun.

„Das Grundstück gehört bestimmt jemandem", sagte ich und zog vor Kälte meine Jacke enger. Er ging auf meine Bemerkung nicht ein.

„Komm hoch", forderte er mich auf. Ich schüttelte den Kopf. „Jetzt sei kein Spießer", zog er mich auf.

„Ich bin kein Spießer!", protestierte ich und ging zum Auto zurück. „Ich möchte wieder zurück", sagte ich fordernd.

„Doch genau das bist du! Ein verwöhnter kleiner Spießer und ein Feigling", entgegnete er und sprang auf der anderen Seite des Zauns hinab. Dann hörte ich, wie er sich einen Weg durch das Gras freikämpfte und vom Zaun entfernte.

„Lässt du mich jetzt hier alleine? Komm zurück!", schrie ich ihm hinterher. Doch es kam keine Antwort. Stattdessen umgab mich nun nur noch eine Stille. Eine fürchterlich angsteinflößende Stille und Dunkelheit. Ich ging am Zaun auf und ab und wartete darauf, dass er zurückkam und wir wieder nach Hause fahren konnten. Doch ich wusste, dass dies nicht passieren würde. Es war eine Herausforderung. Ein Test. Er würde nicht eher zurückkommen, bis ich über diesen Zaun gestiegen war. Oh, wie ich diesen Jungen hasste. „Komm zurück!", schrie ich noch einmal. Aber es war hoffnungslos. Wahrscheinlich saß er in irgendeiner Ecke dort hinter dem Zaun und feixte sich einen ab. Ich war wütend. Das konnte ich mir doch nicht gefallen lassen. Er hatte mich einen Spießer genannt. Einen Feigling. War ich das? Ein Spießer? Ein Feigling? Doch ich kannte die Antwort bereits, als ich am hohen Stahlzaun hinaufsah. Ich schnaufte widerwillig. Ich musste ihm das Gegenteil beweisen. Nein, nicht ihm. Mir selbst. Ich zog mich am Zaun hinauf und schwang mein Bein über die Kante. Es war leichter als gedacht. Ich lächelte stolz. Dann sprang ich mit einer eleganten Bewegung hinab. Ein Knirschen zerriss die Stille. Mein Shirt hatte sich an einem Spross verfangen und ein Riss entblößte nun meine gesamte rechte Seite. Ich fluchte und zog meine Jacke enger. Natürlich hatte diese weder Knöpfe noch einen Reißverschluss. Ich verdrehte die Augen. Wie ich diese Mode gerade verfluchte. Dann folgte ich dem hinuntergetrampelten Gras bis zu einem kleinen Kiesweg. Im Schein des Mondes erkannte ich, dass dieser Pfad zu einem großen Backsteinhaus führte, das sich zwischen einigen Bäumen verbarg. Was wollte Leonardo hier?

Ich rannte den Kiesweg entlang und blieb vor dem verwachsenen Eingang des alten Hauses stehen. Die Mauern des Hauses waren zerfallen und von Efeuranken bedeckt. „Leonardo?", rief ich unsicher. Neben mir fing etwas an zu rascheln und ich schrie vor Schreck auf. Ein Vogel löste sich aus dem Gestrüpp und flog mit einem lauten verärgerten Krächzen davon. Mein Herz pochte vor Angst. Dann löste sich eine Gestalt aus dem Dunkeln des Inneren des Hauses und lachte. „Angst vor einem Vogel, Prinzessin?", zog er mich auf. Ich sah ihn verärgert an, was er im Dunkeln vermutlich nicht erkennen konnte.

„Wenn uns die Polizei hier entdeckt, sag ich, dass du mich gezwungen hast", entgegnete ich spitz, um meine Unsicherheit zu verbergen.

„Die würde sowieso nicht auf die Idee kommen, dass das hier deine Idee war", antwortete er ebenso spitz und lächelte herausfordernd. „Genau", sagte ich, während ich die schmale Steintreppe vor dem türlosen Eingang hinaufschritt. Doch dann dachte ich über seine Äußerung nach. „Moment. Wieso nicht?", fragte ich empört. „Hältst du mich wirklich für einen Feigling?", fügte ich hinzu und merkte dabei gar nicht, dass ich ihm ins Innere des Hauses gefolgt war. Ich sah mich um. „Ist das hier überhaupt sicher? Das sieht aus, als würde es gleich einstürzen", stellte ich fest und meine Stimme klang etwas zittrig. Die Dielen unter uns knarrten, als wir darüber liefen. Abgesehen von einem einzigen hölzernen Schaukelstuhl in der Mitte des Raumes war er leer und staubig. Die ganze Szene wirkte wie aus einem schlechten Horrorfilm. Es hätte mich fast nicht gewundert, wenn der Stuhl angefangen hätte, sich zu bewegen. Der Gedanke jagte mir einen Schauer über den Rücken. Wieso sah ich mir diese Filme nur immer wieder mit Melissa an? Auf der gegenüberliegenden Seite der Tür befand sich eine steile Holztreppe. Leonardo ging, immer zwei Stufen auf einmal nehmend, die Treppe hinauf.

„Ich glaube, damit hast du deine Frage selbst beantwortet", hörte ich ihn noch sagen, als er schließlich auf der nächsten Etage verschwand.

„Warte", rief ich noch hinter ihm her und versuchte, ihm zu folgen. Auch die Treppe gab immer wieder einige hässliche Geräusche von sich. Jede Treppenstufe schien ein wenig lauter zu schimpfen, als wollten sie vor etwas warnen, was mich dort oben erwartete. Aber ich hörte nicht auf sie. Ich stieg immer weiter hinauf, bis ich Leonardo auf der dritten Etage endlich einholte. Er schien etwas zu suchen. Auf dieser Etage befand sich weitaus mehr als auf der ersten. Links neben der Tür stand ein großer Schrank, der fast bis zur Decke reichte. Auf der gegenüberliegenden Seite befanden sich zwei Balkontüren. Die Gardinenstangen waren zur Hälfte abgerissen und die dreckigen, verwanzten Gardinen lagen auf dem Boden, als wären sie bereits als Decken umfunktioniert worden. Neben den Türen stand eine kleine Vorrichte mit einigen alten Büchern, deren Seiten bereits herausgerissen oder zerfressen waren. Rechts neben der Tür betastete Leonardo noch immer den Boden nach etwas, bis er es gefunden hatte. Er hob einen Stock auf und ich fragte mich, was er vorhatte. Da sah ich die Luke über seinem Kopf. An dem Stock befand sich ein kleiner Haken, den er durch die Lasche an der Luke fädelte und mit dem er sie schließlich öffnete. Eine Leiter kam zum Vorschein, die an der Luke befestigt war. Er klappte sie aus und gab mir mit einem Kopfnicken zu verstehen, dass ich vorgehen sollte. Ich sah ihn misstrauisch an. „Ladies first!", antwortete er und ignorierte meinen skeptischen Blick. Als ich bereits auf der Leiter stand, sah ich, wie sein Blick auf meinem Shirt ruhte. Nicht direkt auf meinem Shirt. Als mir der Riss wieder einfiel, wurde ich rot und schlang meine Jacke fester um meinen Oberkörper. Schnell kletterte ich die Leiter hinauf, um der Situation zu entkommen. Auch diese schien alt und zerbrechlich, wie alles in diesem Haus. Und wie ich es geahnt hatte, brach eine Sprosse ab und ich stürzte. Leonardos warme Hände umschlossen meine Taille und richteten mich wieder auf. „Vorsicht!", sagte er und zog seine Hände genauso blitzschnell wieder zurück, wie er sie dort platziert hatte. Ich räusperte mich und war zum ersten Mal diesen Abend froh, dass es dunkel war und er die Röte in meinem Gesicht nicht erkennen konnte. Auf dem Dachboden gab es nur ein einziges Fenster und nun ahnte ich, wo er hinwollte. Leonardo schlüpfte mit einem eleganten Sprung durch das kaputte Fenster und ich tat es ihm gleich. Das Dach hatte eine kleine Schräge und lief zu einem geraden Stück aus. Wir rutschten die Schräge hinunter und landeten schließlich auf dem geraden Stück Vordach.

Und dann sah ich endlich, was es war. Warum er hier herkam. Und warum gerade ich es sehen sollte. Jetzt wusste ich, warum er diesen Aufwand betrieb, mit dem Auto hierherzukommen und über einen Zaun auf ein fremdes Grundstück zu klettern. Ich sah, was er sah, und kam ihm und seinem Leben einen Schritt näher. Es war gigantisch. Das hier war nicht nur ein kleiner Ausblick über eine kleine Stadt. Es war, als wäre man auf einem entfernten Planeten und würde auf die Erde hinuntersehen. Weit weg von all dem und doch so nah. Es schien, als würde man von hier aus bis zum Ende der Welt sehen können. So viele verschiedene Lichter und Farben in dieser dunklen Nacht. Man sah von hier aus nicht nur eine Stadt. Nein. Es schien, als würde man Tausende von Städten und Landschaften betrachten können. „Schön, oder?", fragte er, als er sah, dass ich wie gebannt war. Wer hatte hier wohl einmal gelebt? Das Haus befand sich auf einem Hügel, so weit entfernt von der Stadt, dass es einem einen guten Blick über die Stadt freigab und man ungezwungen seine Ruhe von all dem Trubel hatte.

Ich nickte nur.

Ja, das war es.

Und noch viel mehr.

Das hier war wie in meinem Traum. Es gab keine Klippen und auch kein Meer oder Ozean. Aber dennoch löste dieser Anblick das gleiche wundervolle Gefühl in mir aus.

Freiheit.

Leonardo setzte sich und sah in die Ferne. Ich konnte nichts in seinem Blick erkennen. Er war in Gedanken. „Hier bin ich immer, wenn ich Ruhe brauche", sagte er gefasst. So hatte ich ihn noch nie erlebt und dann wurde mir klar, dass es für ihn ein großer Schritt gewesen sein musste, mir diesen Teil von sich zu zeigen. Denn das hier war etwas, das nur er kannte. Und nun ich. Dafür war ich ihm dankbar.

Ich setzte mich neben ihn und wir sagten für eine ganze Weile nichts.

„Also", unterbrach er schließlich die Stille. „Was willst du wissen, Ricarda?"

„Ricky", sagte ich. Sein Blick ruhte auf mir. Dann verformten sich seine Mundwinkel zu einem verschmitzten Lächeln. „Ricky", wiederholte er. In seinen Augen erkannte ich ein Funkeln, das mir bisher bei ihm fremd war. „Okay, Ricky. Ich bin Leo", sagte er. „Leo", wiederholte ich. „Das klingt ..." Ich fand nicht die richtigen Worte, also fügte ich hinzu: „ ... ganz anders."

Ich spürte seine Wärme neben mir und seinen Blick, der mich noch immer fixierte, als ich mich von ihm abwandte. Ihm in die Augen zu sehen, war mir plötzlich unangenehm. Ich sah hinauf in den sternenklaren Himmel. Dann hörte ich ihn sagen: „Stelle mir eine Frage."

„Wer bist du?" Das war die erste Frage, die mir einfiel.

„Ich bin Leonardo Dom", antwortete er. Ich schüttelte den Kopf. „Ich kenne deinen Namen."

Er lachte. „Was für eine komische Frage", sagte er und sah mich mit seinem amüsierten, arroganten Blick an. Doch als ich seinem Blick strafend entgegnete, wurde er wieder ernst. „Tja, das weiß ich selbst manchmal nicht so genau. Ich glaube, ich bin jemand, der noch nicht ganz weiß, wo er eigentlich hingehört." Ich sah ihn fragend an, doch er ging nicht weiter darauf ein.

„Mit sehr vielen Geheimnissen", stellte ich fest und dachte dabei an den Unbekannten, mit dem er sich traf. Er nickte zustimmend und fügte leise hinzu: „Aber die hast du auch." Unsere Augen trafen sich und mit einem Mal wurde mir bewusst, dass wir uns nicht so unähnlich waren, wie ich bisher angenommen hatte.

Wir hörten einige Vögel in der Ferne zwitschern. Waren sie noch immer wach? Oder schon wieder? Ich hatte jegliches Zeitgefühl verloren.

„Und du? Wer bist du?", fragte mich Leo. In seinen Augen lag echtes Interesse. Ich zuckte mit den Schultern. „Ich weiß nicht ...", antwortete ich ausweichend.

„Jetzt komm schon. Es war deine Frage. Die Antwort lass ich nicht gelten", erwiderte Leo herausfordernd. Ich schüttelte den Kopf. „Abgemacht war, dass du meine Fragen beantwortest und nicht ich deine", sagte ich und schenkte ihm ein freches Grinsen.

„Also darf ich nichts über dich erfahren? Das ist nicht fair!", antwortete er schmollend, über seine Lippen zuckte jedoch ein Lächeln. Nach einer kurzen Pause sagte er: „Du bist anders, als ich erwartet habe."

„Du auch", entgegnete ich ehrlich.

Als er seine Sitzposition änderte, berührten sich für einen kurzen Moment unsere Hände und eine ungewohnte Hitze stieg in mir auf. „Stimmt es, dass du in Amerika gelebt hast?", fragte ich, um schnell das Thema zu wechseln.

„Ich habe dort praktisch mein ganzes Leben verbracht. Bis meine Mutter vor drei Jahren entschied, mit mir hierher in das Haus meiner Großeltern zu ziehen", erzählte er mit einem leicht verärgerten Unterton, als wäre ihm diese Entscheidung nicht recht gewesen. „Wieso wollte deine Mutter hierher?", hakte ich weiter nach.

„Sie wollte von meinem Stiefbruder weg. Ich hatte vor drei Jahren zum ersten Mal wieder Kontakt zu ihm aufgenommen und das hat sie nicht gebilligt. Dann sind meine Großeltern verstorben und haben ihr das Haus überlassen, also hat sie kurzerhand entschieden, mit mir hierherzuziehen."

„Warum kannst du dann so gut Deutsch sprechen?", fragte ich ihn neugierig.

„Mein Vater kam aus Deutschland, deswegen wurde zuhause immer nur Deutsch gesprochen. Außerdem bin ich in Amerika auf eine Deutsche Schule gegangen", erklärte er, ohne mich anzusehen. Mir entging nicht, dass er das Wort *kam* statt *kommt* wählte, doch ich ging nicht weiter darauf ein. „Wo warst du, bevor du an meine Schule kamst?", fragte ich und beobachtete ihn interessiert. Er sah noch immer nicht mich an. Sein Blick war auf den Horizont gerichtet. „Ich war an mehreren Schulen. Es war fast immer das Gleiche. Ich habe oft gefehlt, manchmal bin ich wochenlang nicht in der Schule erschienen, und dann haben sie mich rausgeworfen. Das war die einzige Schule, die mich nach allem noch genommen hat", erklärte er. Dann sah er mich an und verzog seinen Mund zu einem amüsierten Grinsen. „Du hast wirklich viele Fragen."

Ich zuckte mit den Schultern. „Dafür, dass du in der Schule so viel über dich erzählst, gibst du ziemlich wenig über dich preis", stellte ich dann fest und sah ihn herausfordernd an. Sein Grinsen wurde noch breiter.

„Du hast mich wohl durchschaut", erwiderte er.

„Das habe ich", sagte ich und meine Mundwinkel verzogen sich ebenfalls zu einem wissenden Lächeln. Wir sahen uns einen Moment an. Ich sah, wie sein Blick für einen Wimpernschlag über meinen Mund wanderte. Dann wandte er sich abrupt von mir ab und ich wechselte das Thema.

„Wer ist dieser Mann, mit dem du dich ständig triffst?", fragte ich.

„Ich kenne ihn nicht", sagte er und ich spürte, dass er die Wahrheit sagte. „Er hilft mir bei einer Sache."

„Was für eine Sache?", hakte ich nach.

„Eine Familienangelegenheit."

Ich gab mich mit seiner Antwort zufrieden.

„Warum stiehlst du?"

Er atmete hörbar aus. „Ich brauche das Geld für diese Sache."

„Also ist das Geld für diesen Mann?", fragte ich nach.

„Ja", antwortete er knapp. Das war also in dem Umschlag gewesen, den er dem Mann gegeben hatte. Doch was hatte er dafür verlangt? Eine Weile dachte ich darüber nach, was ich als Nächstes fragen sollte. „Warum willst du wirklich mit nach Amerika?", fragte ich schließlich.

„Ich möchte jemanden besuchen. Jemanden, den ich schon seit einer sehr langen Zeit nicht mehr gesehen habe", antwortete er in Gedanken. Sein Blick schweifte ab.

„Warum fliegst du nicht mit deiner Mutter oder jemandem anderen dort hin?"

„Warum tust du es nicht?", entgegnete er und sah mich herausfordernd an.

„Gegenfragen sind nicht erlaubt", erwiderte ich streng. Seine Mundwinkel verzogen sich zu einem frechen Grinsen. „Du stellst also jetzt die Regeln auf?", fragte er amüsiert.

„Ja, schließlich willst du den Deal. Und jetzt beantworte die Frage."

„Weil ich es besser allein erledigen kann", antwortete er dann. Ich dachte über seine Wortwahl nach. Erledigen? Er sprach von keinem Besuch, darüber war ich mir sicher.

„Und warum sollte ich dir trauen?", fragte ich ihn skeptisch.

„Aus dem gleichen Grund, warum ich dir traue", entgegnete er. Ich sah ihn erwartungsvoll an, in der Hoffnung, er würde diese Aussage noch genauer erklären.

„Und welcher wäre das? Wir kennen uns nicht einmal."

Er sah mich durchdringend an und antwortete dann etwas leiser: „Bist du dir sicher?"

Und dann wusste ich es. Nun wusste ich, dass es keine Einbildung gewesen war. Wir sahen uns an und ich sah in ihm keinen Fremden. Nicht jetzt. Und nicht, als wir uns zum ersten Mal begegnet waren. Und er tat es auch nicht.
Wir kannten uns bereits.
Wir waren uns schon einmal begegnet.
Das wussten wir beide.

Ich blinzelte, als die ersten Sonnenstrahlen meine Lider erreichten. Für einen kurzen Moment hatte ich vergessen, wo ich war. Mein Kopf hob und senkte sich von ganz allein, bis ich mit Erschrecken feststellte, wovon. Ich lag mit meinem Kopf auf Leos Brust, der seinen Arm um mich gelegt hatte und tief und fest zu schlafen schien. Meine Beine waren mit seinen verknotet und mein Arm lag über ihm. Als mir diese Situation schlagartig bewusst wurde, löste ich mich abrupt von ihm und stand mit einem Satz auf. Mir wurde schwindelig und ich schwankte ein wenig, bis ich mein Gleichgewicht wiederfand. Ein Windzug erinnerte mich an mein zerrissenes Shirt und ich schlang meine Jacke dichter um meinen Körper. In den letzten Tagen war es wärmer geworden, trotz dessen zog noch immer ein kühler Wind über die Stadt. Leonardo hatte mich verschlafen beobachtet und zog eine Grimasse, während er sich genüsslich streckte. Wahrscheinlich amüsierte er sich gerade darüber, dass mir das Klettern über den Zaun nicht ohne Probleme gelungen war wie ihm.
„Wie hast du geschlafen?", fragte er mich und blinzelte in die Sonne, während er aufstand.
„Gut", sagte ich nur knapp und spürte die Wärme in meinem Gesicht aufsteigen, als ich an unsere eng umschlungenen Körper dachte.
Ich wendete meinen Blick ein wenig ab und sagte dann: „Wir sollten uns jetzt auf den Weg zurück machen."

Meine Mutter hätte mir fast meinen Kopf abgerissen, als ich die Haustür öffnete. Mein Handy war leer gewesen, wodurch sie mich nicht hatte erreichen können. Ich sah, wie sich ihre Lippen bewegten und sie ihre Arme aufgeregt umher schwang, als sie mir eine Standpauke hielt. Doch ich hörte nicht, was sie sagte. Immer wieder schweiften meine Gedanken zu Leo. Der Junge, der nicht weiß, wo er hingehörte. Das hatte er zumindest gesagt. Was beschäftigte ihn? Und was wollte er in Amerika erledigen? Was war das für eine Sache? „Hörst du mir überhaupt zu, Ricky?" Ich horchte auf und sah, wie meine Mutter anfing, vor Wut zu kochen. Ihre Ohren hatten bereits einen dunkelroten Farbton angenommen und nun wurde auch ihr Gesicht mit rötlichen Flecken bedeckt.

Ich nickte ein wenig steif, weil ich nicht ein Wort von ihrer Rede mitbekommen hatte. Sie wusste, dass das eine Lüge war, und atmete hörbar gereizt aus. „Mit wem warst du unterwegs?", fragte sie mich scharf und zog dabei jedes Wort in die Länge.

Ich schluckte.

Sie hatte mich schon einmal vor Leo gewarnt.

„Mit Melissa. Tut mir leid, Mama. Wir hatten total die Zeit vergessen und dann habe ich bei ihr geschlafen."

„Lüg mich nicht an, Ricarda!" Sie strich sich durch die Haare. Das tat sie immer, wenn sie sich versuchte zu beruhigen. „Ich habe gestern bei Melissa angerufen und sie wusste nicht, wo du warst!" Nun saß ich in der Falle.

Ich schluckte wieder.

Ich konnte sie nicht anlügen.

„Mit Leonardo", sagte ich.

Sie sah mich entsetzt an. Nein, nicht entsetzt. Da war etwas anderes in ihrem Blick. Ich konnte es nicht ganz deuten. War es Angst? Wut?

„Gib dich nicht mit diesem Jungen ab, Ricarda! Das habe ich dir schon einmal gesagt! Halt dich von ihm und seiner Familie fern!" Ihre Stimme klang bedrohlich und ich wusste, dass mit dieser Ermahnung das Gespräch beendet war. Warum, Mama? Was ist mit Leo? Was ist mit seiner Familie? All das wollte ich noch fragen, aber ich wusste, dass es zwecklos war. Ich musste es selbst herausfinden.

Ich wollte, dass alles perfekt war. Es war eine halbstündige Auto-
fahrt bis zur Westküste. Lucy trug ein langes hellblaues Kleid und
ihre langen blonden Haare wirbelten um ihr Gesicht, als wir die Fel-
sen erklommen. Es war eine schöne warme Sommernacht und der
Himmel war klar. Sie fragte mich immer wieder, ob das eine gut ge-
plante Entführung sei und sie lieber um Hilfe rufen sollte, bevor es
zu spät war. Aber ich lachte nur und versicherte ihr, dass es keinen
Sinn machte, um Hilfe zu rufen, da hier weit und breit kein Mensch
war. Sie lächelte. Es sah so schön aus, wenn sie lächelte. Ich konnte
meinen Blick kaum von ihr wenden. Oben auf den Felsen war man
den Sternen so nahe, dass es den Anschein machte, man könnte sie
berühren. „Es ist so schön hier", flüsterte Lucy und ihre Augen funkel-
ten. „Bist du oft hier?", fragte sie mich. „Nein. Ich war erst ein paar
Mal hier. Franz hat es mir gezeigt. Er war schon oft hier." Sie nickte.
„Das kann ich mir vorstellen", sagte sie und wir lachten. Eine ganze
Weile lagen wir nebeneinander und schauten zu den Sternen hinauf.
Das Meer war in dieser Nacht ruhig und der Wind hatte nachgelas-
sen. Es war alles still. Bis ich die Stille brach.

„Den Mond sieht man hier oben kaum." Ich hörte, wie sie aus-
atmete. „Ja. Manchmal scheinen die Sterne heller als der Mond."
Dann küsste ich sie.

Ich schlug das Buch zu. Ricky hatte bereits ihre Augen ge-
schlossen. Ich wusste nicht, wann sie eingeschlafen war. Sie gab
nie einen Mucks von sich, wenn ich aus meinem Buch vorlas.
Ich legte das Buch auf den Nachttisch und sah zu Lucy, die im
Türrahmen stand. Sie lächelte mich an und mein Herz machte einen Satz. Ich erwiderte ihr Lächeln. Dann ging sie in die
Küche und ich zog die Bettdecke höher über meine schlafende
Tochter. Eine Weile saß ich noch bei ihr und schaute ihr beim
Schlafen zu. Ich war glücklich und ich wünschte Ricky, sie würde
irgendwann auch jemanden finden, der sie so glücklich machte
wie Lucy mich.

Kapitel 8

Der Wind und die Regenschauer der letzten Tage hatten nachgelassen und die Temperaturen stiegen. Die Sonne strahlte und ein süßlicher, sommerlicher Geruch lag in der Luft.

„Ich habe überhaupt nichts zum Anziehen!", sagte Melissa und ließ sich enttäuscht neben mir aufs Bett fallen. Ich lachte. „Ach nein? Und wie nennst du dann die Dinger, die deinen gesamten Kleiderschrank füllen?" Sie schnaufte und ließ sich zur Seite rollen. „Das sind nur Lückenfüller." Ich lachte und ging zum Kleiderschrank, um mich von ihrer Aussage zu überzeugen. Dann schnappte ich mir eine kurze Hose und eine Bluse und schmiss ihr die Sachen aufs Bett. „Hier! Zieh das an", sagte ich. Es waren die ersten Sommertage und ein Klassenkamerad veranstaltete eine Poolparty bei sich, um die warmen Tage auszunutzen.

Während sich Melissa umzog, betrachtete ich mich im Spiegel. Ich trug ein rotes Oberteil, das an den Ärmeln mit ein wenig Spitze verziert war, und eine einfache schwarze Shorts. Mein rotes Haar fiel mir in Wellen über die Schulter. Melissa und ich hatten ihrer Mutter heute den gesamten Tag im Garten geholfen, sodass meine Wangen von der Sonne leicht gerötet waren. Ich trug Wimperntusche und ein wenig Lipgloss. „Du siehst hübsch aus", sagte Melissa hinter mir und lächelte. „Und jetzt lass mich auch endlich ran", fügte sie hinzu und stieß mich sanft zur Seite, sodass sie sich den Platz am Spiegel ergatterte.

Als uns Erik abholte, hatten wir schon einige Weingläser genossen und waren bereits guter Laune. Erik fing lauthals an zu lachen, als er uns beide durch die Haustür hüpfen sah. Das würde ein guter Abend werden, dachte ich. Die Party war bereits im Gange, als wir ankamen. Das Haus war modern und sehr geräumig. Es hatte sogar einen Wintergarten, durch den man in den hinteren Teil des Grundstückes gelangen konnte. Als ich den Garten erblickte, war ich sprachlos. Ich hatte noch nie solch einen schönen Garten gesehen. Alles blühte und war geschmückt mit Lichtern und Kerzen. Der eingebaute Pool war groß und hatte sogar einen abgetrennten Bereich mit einem Whirlpool und einen Steg. Ein kleiner Weg, an dessen Rand Blumen und Kräuter wuchsen, führte zu einem Pavillon. Dahinter ging der Weg weiter zu einer Blumenwiese, auf welcher sich einige Bäume und zwei Schaukeln befanden. Unter dem Pavillon hatte sich der DJ sein Reich aufgebaut und spielte gerade *Wherever You Will Go* von *The Calling*. Melissa und ich holten uns etwas zu trinken und setzten uns zu Erik und den anderen an den Pool. Nach einer Weile gesellten sich auch einige meiner Bandmitglieder dazu. Wir unterhielten uns ausgelassen und lachten über gemeinsame Auftritte und Peinlichkeiten, die uns währenddessen unterlaufen waren. Doch ich konnte den Gesprächen kaum folgen, immer wieder glitt mein Blick über die Menge, in der Hoffnung, die stahlblauen Augen und den braunen lockigen Schopf irgendwo zu erblicken. In den letzten Wochen hatte ich immer wieder an das Gespräch und die Nacht mit Leo auf dem Dach denken müssen. Ich hatte ihn nur einige Male in der Mittagspause gesehen, doch er war weder in unserem gemeinsamen Geschichts- noch im Französischkurs erschienen. Als ich einen weiteren Blick über die Menge wagte und ihn nicht entdeckte, ließ ich mich enttäuscht in meinem Stuhl zurückfallen. Warum ging er mir aus dem Weg? Die letzten zwei Wochen hatte ich mir keine Frage häufiger gestellt und jedes Mal war ich zu dem Entschluss gekommen, dass ich ihn vielleicht einfach aus meinem Kopf verdrängen sollte, um Platz für sinnvollere Gedanken zu machen. Mit einem Kopfschütteln versuchte ich, Leo aus meinem Kopf zu verjagen und mich wieder den Gesprächen zuzuwenden. „Er ist nicht da", stellte Melissa fest und sah mich mitfühlend an. Ich schüttelte enttäuscht den Kopf. Dann sprang sie auf und nahm meine Hand. „Komm! Lass uns tanzen! Ich mag es nicht, wenn du so ein Gesicht ziehst", rief sie aufgeregt, um die Musik zu übertönen, der wir uns nun näherten. Sie zog mich zur Tanzfläche unter dem Pavillon. Die Tanzfläche füllte sich bald immer mehr, bis wir nur noch auf der Stelle tanzen konnten. Als mir bereits die Luft ausging und ich meine Füße kaum noch spürte vom vielen Tanzen, entschuldigte ich mich bei Melissa und erkämpfte mir einen Weg zur Bar. Dort goss ich mir gleich mehrere Gläser Wasser ein und beobachtete weiter die tanzende Menge. „Hey", hörte ich plötzlich eine Stimme hinter mir. Ich drehte mich erschrocken um und erblickte Leo mit einem frechen Lächeln auf den Lippen. Er trug eine lockere Jeans und ein weißes Hemd, das an den oberen zwei Knöpfen geöffnet war. „Hey", antwortete ich. Für einen Moment herrschte betretenes Schweigen. Es fühlte sich an, als wären wir wieder Fremde und dennoch waren wir mehr als das. Doch was waren wir eigentlich? Wir waren weder Freunde noch Fremde. Bis vor wenigen Wochen hatte ich ihn noch nicht einmal besonders ausstehen können. Ich mochte weder seine arrogante Art, noch fand ich seine Freizeitaktivitäten für moralisch richtig. Ich konnte nicht einmal genau sagen, ob ich ihn überhaupt mochte. Das Einzige, was ich ausmachen konnte, war die ständige Hitze, die in mir aufstieg, wenn er mich ansah oder mich gar berührte. Schließlich war ich es, die diese Stille nicht mehr länger aushielt. „Wieso warst du in den letzten Wochen nicht mehr in den Kursen?", fragte ich. Leo schenkte sich ein Glas Gin ein und nahm einen Schluck, bevor er mir antwortete.

„Herr Blanc hat mich in einen seiner Nachmittagskurse eingeteilt, weil ich seiner Meinung nach zu viel Stoff verpasst hätte", antwortete er mit einem Schulterzucken. Unter seinen Augen konnte ich dunkle Ringe ausmachen. Auch seine Haare schienen zerzauster als sonst. Er wirkte müde und ein wenig angespannt. Und wieder einmal fragte ich mich, was ihn beschäftigte.

„Dann gehst du mir also nicht aus dem Weg?", sprach ich den ersten Gedanken aus, den ich hatte. Er sah mich verwirrt an. „Wieso sollte ich dir aus dem Weg gehen?", fragte er entsetzt. „Ich weiß auch nicht. Ich dachte einfach …", fing ich an, doch mir blieben die Worte aus. Als ich von meinem leeren Glas, das ich noch immer in meinen Händen hielt, aufschaute, begegnete ich seinem Blick, der mich unnachgiebig fixierte. Für einen Moment dachte ich wieder, wir wären auf dem Dach. Weit weg von der Zivilisation, von dem Lärm, der Musik. Als wären da nur wir beide. Und all die Unsicherheiten und Fragen der letzten Tage verschwanden für einen Moment. Für einen einzigen Moment dachte ich wirklich, in seinen Augen so etwas wie Zuneigung zu erkennen. Doch dieser Moment war schneller wieder vorbei, als mir lieb war. Eine Gruppe Jugendlicher drängte sich lachend an uns vorbei und machte sich an den Getränken zu schaffen. „Hast du Lust zu schwimmen?", fragte mich plötzlich Leo voller Eifer und leerte in einem Zug sein Glas. Ich blickte zu dem Pool, der leer und unberührt in der Mitte des Schauplatzes lag. Aus meinem Blick schloss er, dass ich eher abgeneigt war. „Ach, komm schon", forderte er mich auf und sah mich herausfordernd an. „Vergiss es! Es ist doch sonst niemand im Pool", sagte ich kopfschüttelnd. „Das ist doch eine Poolparty? Oder nicht?", fragte er mich mit einem schiefen Grinsen, das nie etwas Gutes verhieß. „Ja, aber das heißt nicht, dass wir die Ersten sein müssen", antwortete ich und versuchte, mich langsam von Leo und der Poolkante zu entfernen. „Jetzt sei kein Spießer!", hörte ich Leo sagen. „Das letzte Mal, als du das sagtest, sind wir auf dem Dach eines verlassenen Hauses gelandet", erwiderte ich trotzig. Sein Lächeln wurde breiter. „Und hast du es bereut?", fragte er mich mit einem Funkeln in den Augen und ich dachte an den beeindruckenden Ausblick und die kühle Nachtluft, die uns umgeben hatte. Doch ich hatte keine Zeit, weiter in Erinnerung zu schwelgen, denn plötzlich umschlossen mich zwei starke Arme und ich tauchte kopfüber ins kühle Wasser ein. Als ich wieder auftauchte, hatte ich eine Handvoll Wasser im Mund. Ich spuckte und hustete. Leonardo lachte. Ich spritze ihm genau in dem Moment Wasser ins Gesicht, als er seinen Mund zum Lachen weit geöffnet hatte und nun selbst Wasser schluckte. Das endete schließlich in einer riesigen Wasserschlacht. Immer mehr Leute sprangen in den Pool und bespritzen sich gegenseitig mit Wasser. Die gesamte Party, die eben noch außerhalb des Pools stattgefunden hatte, war nun hierhinein verlegt worden. Der Raum zwischen Leonardo und mir wurde kleiner und plötzlich waren wir nur noch eine Handbreite voneinander entfernt. Mein Herz hämmerte schneller in meiner Brust, als mir die Nähe schlagartig bewusst wurde. Ich spürte seine Wärme. Er sah mich neugierig an. Sein Blick wanderte von meinen Augen über mein Gesicht zu meinem Mund und wieder zurück. Dann streifte seine Hand vorsichtig meinen Arm und legte sich an meine Hüfte. Mein Herz setzte aus. Als würde jede Funktion meines Körpers in dem Moment außer Gefecht gesetzt. Ich wusste nicht mehr, wie man atmete. Ich konnte mich nicht mehr bewegen. Er war mir so nah, dass ich das Gefühl hatte, mein Herz würde gleich aus der Brust springen. Er beugte sich zu mir vor. Sein Atem war heiß auf meiner Haut. Fast dachte ich, er wollte mich küssen, als sein Mund zu meinem Ohr wanderte. „Und bereust du es jetzt?", flüsterte er, während sich unsere Körper in dem kühlen Nass berührten. Und dann war ich es, die ihre Lippen auf seine legte. Zuerst schien er überrascht, doch dann erwiderte er den Kuss. Seine Hand zog mich fester an sich und ich schloss meine Arme um seinen Hals. Zuerst war der Kuss zärtlich und vorsichtig, so als hätte er Angst, mich zu verletzen. Doch mit jeder Sekunde wurde er intensiver und drängender. Er verstärkte seinen Griff und ich spürte das Brennen in mir, das immer stärker wurde.

Niemals hätte ich gedacht, dass ich mich in diesen Jungen verlieben würde.

Aber so war es.

Und in diesem Moment dachte ich, so würde es immer sein.

Leo

Es war wahnsinnig, was ich da tat. Einem Mädchen den Kopf zu verdrehen, nur um an Antworten zu kommen. Aber die hatte sie. Obwohl sie es selbst nicht einmal wusste. Denn sie hatte genauso viele Fragen wie ich und auf eine merkwürdige Weise ähnelten sie meinen oder ergänzten sich sogar. In gewisser Weise ähnelten sich sogar unsere Ziele. Nur der Hintergrund war ein anderer und zum Glück kannte sie meinen nicht. Sonst würde sie niemals meinem Deal zustimmen.

Eigentlich wollte ich nicht so weit gehen. Ich wollte nur ein paar Informationen. Dass es so viel Kraft kostete, daran zu kommen, hätte ich nie gedacht. Sie hatte mir keine andere Wahl gelassen. Ich schüttelte den Kopf. So ein Unsinn. Das machte es nicht besser. Nicht meine Schuldgefühle. Und nicht dieser eigenartige flaue Magen. Das alles hatte ich nicht so geplant. Nicht, dass sie mich so ansah. Nicht, dass ich ihr schon viel zu viel von mir erzählt hatte. Und schon gar nicht diesen Kuss. Der Kuss. Ich ignorierte dieses eigenartige Gefühl. Ich war zu weit gegangen. Aber nun hatte ich genug Informationen. Genug Informationen, um diesen Kerl auf eigene Faust zu finden. Und sogar noch mehr. Ich sah zu dem Foto in meiner Hand. Hatte Ricky gewusst, was sie da in ihrem Zimmer aufbewahrt hatte? Sicherlich nicht. Sie war genauso ahnungslos wie ich vor einigen Wochen noch. Aber ich wusste, dass sie dahinterkommen würde. Spätestens, wenn sie ihren Vater gefunden hatte. Aber dann würde es bereits zu spät sein. Und ich wusste, dass sie mich dafür hassen wird.

Ricky

Als ich aufwachte, war ich im ersten Moment verwirrt. Ich lag eingerollt wie eine Mumie in meinem Bett. Draußen war es bereits hell und durch das geöffnete Fenster drang aufgeregtes Vogelgezwitscher. Meine Haare waren feucht. Und dann traf mich die Erinnerung wie ein Schlag. Die Poolparty. Der Kuss. Sofort drehte sich mein Magen um. Ich hatte ihn geküsst. Obwohl er ihn erwidert hatte, schämte ich mich ein wenig dafür. Ich war betrunken gewesen, das war die einzige logische Erklärung für mein Verhalten. Das hätte ich niemals getan, wenn ich nüchtern gewesen wäre. Oder etwa doch? Ich schaute auf meinen Wecker. Es war zehn Uhr. Nach dem Kuss konnte ich mich nur vage an Einzelheiten erinnern. Das letzte, an das ich mich erinnern konnte, war der etwas wackelige Nachhauseweg, auf dem mich Leo stützend begleitet hatte. Ich schrak hoch und sah mich im Zimmer um. Doch Leo war nicht hier. Mein Pulsschlag verlangsamte sich wieder. Da ich nun sowieso schon wach war, beschloss ich aufzustehen. Doch als ich versuchte, meine Füße auf den Boden zu setzen und mich aufrecht aufzustellen, fing das Karussell an, sich zu drehen. Ich streckte meine Arme aus und versuchte, etwas Standhaftes zu finden, das meine Karussellfahrt zum Stillstand bringen würde. Auf dem Weg in die Küche hangelte ich mich am Treppengeländer entlang nach unten. Bevor ich die Küche betrat, roch ich bereits das gekochte Ei und entdeckte kurz darauf meine Mutter am Herd. „Guten Morgen", sagte ich und setzte mich an den bereits gedeckten Tisch. „Guten Morgen", antwortete sie etwas monoton und ohne sich mir zuzuwenden. Anscheinend war sie nicht besonders gut drauf. Ich schaltete mein Handy ein und sofort erschienen mir drei entgangene Anrufe von Melissa und eine ungelesene Nachricht von Erik. Ich hatte ihnen anscheinend nicht Bescheid gesagt, bevor ich gegangen war. Schuldgefühle machten sich in mir breit. Ich würde sie nach dem Frühstück anrufen und alles erklären. Am Frühstückstisch herrschte eine unangenehme Stille. Irgendetwas lag meiner Mutter auf dem Herzen.

Als ich den letzten Bissen meines Brötchens verschlang, unterbrach sie das Schweigen. „Wie war es gestern?", fragte sie, während sie das Ei auf ihre Gabel schaufelte. Doch ihr Blick sagte mir, dass dies nicht das war, was sie eigentlich fragen wollte.

„Ganz gut. Der Garten ist ein Traum. Überall waren Lichter aufgehängt und der Pool war riesig", schwärmte ich, um die Stimmung ein wenig zu heben. Was nicht besonders gut funktionierte. „Leonardo hat dich nach Hause gebracht", stellte sie in genau dem gleichen Ton fest, den sie bereits den ganzen Morgen schon angeschlagen hatte. Das war es also. Sie hatte mich mit Leo erwischt. „Hör zu, Mama, ich weiß, dass du ihn und seine Mutter nicht besonders leiden kannst, was auch immer zwischen euch vorgefallen ist, aber ich mag ihn. Ich ..." Doch meine Mutter unterbrach mich. Sie stand zornig auf und fing beinahe an zu schreien. „Du lässt diesen Jungen nicht mehr in unser Haus! Hast du verstanden? Ich habe dir schon einmal gesagt, du sollst dich von ihm fernhalten!" Ich tat es ihr gleich und stand ebenfalls auf. „Dann erklär mir doch endlich, warum!", schrie ich zurück. Sie holte tief Luft und setzte sich wieder. Dann sah sie mich ernst an. „Ich habe ihn heute früh rausgeschmissen", sagte sie, was zwar nichts erklärte, aber mich umso wütender machte. „Du hast was?", schrie ich aufgebracht. „Ich habe ihn dabei erwischt, wie er dein Zimmer nach etwas durchsucht hat, während du geschlafen hast." Ich sah sie erschrocken an und konnte nicht ganz begreifen, was das zu bedeuten hatte. Mit einem Mal flaute die so plötzlich aufgekeimte Wut auf meine Mutter ab und ein anderes Gefühl machte sich in mir breit. Hunderte Gedanken kreisten durch meinen Kopf, doch es schien keiner greifbar genug zu sein. Ich dachte an die Gespräche von letzter Nacht. An den Kuss.

„Das versteh ich nicht", sprach ich meine Verwirrung aus. „Ricky, manche Menschen sind nicht so, wie sie scheinen", sagte meine Mutter ruhig. Und dann begriff ich. Ich begriff, dass ich benutzt worden war. Dass alles, was ich bisher gefühlt und gedacht hatte, alles, was er getan hatte, damit ich ihn mochte, nicht echt gewesen war. Doch hatte er all das vorgetäuscht, um an Geld zu kommen? Mein Magen zog sich zusammen und ich spürte, wie mein Herz schmerzlich versuchte, mich am Leben zu halten. „Versprichst du mir, dich von ihm fernzuhalten?"

Beschämt, dass ich mich so täuschen lassen hatte, und traurig, dass dieser Junge nicht so war, wie er sich mir gegenüber in den letzten Wochen gezeigt hatte, ließ ich mich wieder auf den Stuhl sinken.

Ich nickte.

Vielleicht hätte ich von Anfang an auf meine Mutter hören sollen.

Kapitel 9

Es regnete in Strömen. Ich zog mir meine Kapuze über den Kopf und rannte in die Schule. Ich war mindestens eine Stunde zu spät. Gestern hatte ich bis kurz vor Mitternacht noch in der Eisdiele ausgeholfen. Vor einigen Wochen hatte mich eine Internetanzeige auf den Nebenjob aufmerksam gemacht. Seitdem halfen Melissa und ich regelmäßig in der kleinen Eisdiele, nur wenige Minuten von unserer Schule entfernt, aus. Zum Teil konnte ich mir damit das restliche Geld für die Reise zu meinem Vater erarbeiten. Doch auch die Straßenmusik brachte nun mehr ein. Seitdem die Tage immer heißer wurden, tummelten sich reichlich Menschen am Hafen und erfreuten sich an unserer Musik. Es machte mich glücklich, das Singen, aber auch der bestätigende Beifall am Ende jeden Songs. Mit dem Job in der Eisdiele und der Musik hatte ich eine ausgefüllte Woche. Mir blieb kaum Zeit, um durchzuatmen, geschweige denn, um über irgendwelche Dinge nachzudenken. Trotzdem schweiften meine Gedanken oft zu Leo. Er hatte nach der Party immer wieder versucht, mit mir zu reden, doch ich war nicht gewillt gewesen, ihn anzuhören oder ihm gar zu verzeihen. Was auch immer er zu sagen hatte, ich wollte es nicht hören. Ich wollte nicht wissen, warum er dem Mann so viel Geld schuldete. Ich wollte nicht wissen, was das für eine Familienangelegenheit war oder wen er in Amerika besuchen wollte. Und ich wollte auch nicht mehr wissen, ob irgendetwas von dem, was er mir gezeigt hatte, echt gewesen war. Ich wollte mich von keinem Jungen mehr ausnutzen lassen. Ich hatte mich in den letzten Monaten schon viel zu oft zur Idiotin gemacht. Und das war jetzt vorbei. Also tat ich das Einzige, was mir richtig erschien. Ich ignorierte ihn. Und ich ignorierte den Schmerz. „Weißt du, irgendwie hatte ich mich schon mit dem Gedanken angefreundet, dass Leo mit dir nach Amerika fliegt. Es sah fast schon so aus, als ob er dich wirklich mag", hatte Melissa vor einer Woche das Thema angeschnitten, was wir seit gut vier Wochen vermieden hatten. Wir hatten, über unsere Hausaufgaben, für die wir seit dem Minijob in der Eisdiele kaum Zeit fanden, gebeugt, in der Schulbibliothek gesessen. Die Mittagspause war nicht sonderlich lang, aber oftmals reichte sie für den Großteil der Aufgaben aus, die wir für die Schulwoche zu erledigen hatten. Melissa hatte nicht den Kopf gehoben, während sie ihre Äußerung machte. Doch ich hatte gesehen, dass sie zwar in ihrem Formelbuch blätterte, den Inhalt aber nicht wahrnahm. „Er kann einfach nur sehr gut schauspielern", hatte ich knapp geantwortet und mich wieder meinen Biologieaufgaben gewidmet. „Das glaube ich nicht. Ich glaube, ihm liegt wirklich etwas an dir ...", hatte Melissa daraufhin mit einem Kopfschütteln erwidert. Doch als sie weiterreden wollte, hatte ich sie unterbrochen. „Er weiß einfach, dass meine Mutter gut verdient. Schließlich ist er bereits in unser Haus eingebrochen. Nur dass ich ihm beim ersten Mal in die Quere gekommen war. Und so war es natürlich viel bequemer, uns zu bestehlen." Melissa hatte mich skeptisch angesehen. „Warum hat er dir dann das Geld zurückgegeben? Und für so doof schätze ich ihn nicht ein, es nochmal bei euch zu versuchen", hatte sie erwidert. „Was soll er denn sonst gesucht haben?", hatte ich Melissa energisch gefragt, doch sie hatte mit den Schultern gezuckt und leise erwidert: „Das weiß nur er. Vielleicht solltest du doch mal mit ihm reden." Ich hatte sie mit einem strengen Blick bestraft und den Kopf geschüttelt. Damit war unser Gespräch beendet gewesen und Melissa hatte Leo nicht mehr erwähnt.

Meine Schuhe gaben quietschende Geräusche von sich, die dem vielen Wasser in ihnen geschuldet waren, als ich die Schultreppe hinaufeilte. Erschöpft und müde war ich gestern mitsamt meinen Klamotten, die ich aufgrund meiner Verspätung noch immer trug, ins Bett gefallen und hatte dabei vergessen, meinen Wecker zu stellen. Und genau so sah ich heute auch aus. Erschöpft, müde, mit den gleichen stinkigen Klamotten, die ich bereits am Vortag getragen hatte, und nun auch noch pitschnass betrat ich das Klassenzimmer. Es war der letzte Schultag. Und mein letzter Arbeitstag. Dann war es endlich soweit. Ich hatte nun genug Geld zusammen, um in Amerika über die Runden zu kommen. Heute Nacht würde ich endlich in den Flieger steigen. Alles war gebucht und geplant. Nun gab es kein Zurück mehr. Meine Mitschüler sahen mich etwas skeptisch an, als ich den Raum betrat, doch meine Kunstlehrerin nickte mir verständnisvoll zu und deutete auf meinen Platz. Ihr waren meine Augenringe wohl nicht entgangen. Ich mochte sie. Ich glaubte, dass alle sie sehr mochten. Dieses Jahr würde sie in den Ruhestand gehen. Das machte alle ein wenig traurig. Sie würde hier fehlen. Ich wusste nicht, an was es lag, doch irgendetwas stimmte mich melancholisch. Gedankenvoll blickte ich in den grauen, trüben Regentag nach draußen. War es das Wetter? War es die Tatsache, dass ich meine Mutter heute Nacht ohne Vorwarnung alleine lassen würde? Ich wusste nicht, was mich in Amerika erwarten würde. Irgendwie fühlte ich mich schon jetzt etwas einsam. „Ricky? Ricky!", holte mich jemand aus meinen Gedanken. Ich blinzelte kurz und sah in das blasse Gesicht meiner Kunstlehrerin.

„Ist alles in Ordnung?", fragte sie mich besorgt. Ich nickte und schenkte ihr ein zögerliches Lächeln, damit sie sich nicht weiter sorgte. „Gut. Die Aufgabenstellung steht an der Tafel. Bitte fang an", erinnerte sie mich daran, dass ich mich noch immer mitten im Unterricht befand und noch keine Ferien hatte. Wir sollten in dieser Stunde möglichst genau ein Familienmitglied von einem mitgebrachten Foto abmalen und schließlich mit Farben den Charakter der Person beschreiben. Ich öffnete mein Hausaufgabenheft und holte das Foto meiner Mutter mit ihrem Freund heraus, das ich vor einiger Zeit in der Kiste, die mir gegeben worden war, gefunden hatte. Wie sollte ich den Charakter meiner Mutter beschreiben? Auf dem Bild sah sie glücklich aus. Sie strahlte und der Mann neben ihr ebenfalls. Dort auf dem Foto sprühte sie regelrecht vor Lebensfreude. So kannte ich sie nicht. Was war passiert? Wo war all die Lebensfreude geblieben? Heute war sie eher kühl und unnahbar. Ich beschloss, sie so zu malen, wie ich sie auf dem Foto wahrnahm. Herzlich, fröhlich, lebendig.

„Schönes Foto." Ich zuckte ein wenig zusammen. Meine Kunstlehrerin stand hinter mir und betrachtete ebenfalls das Foto. „Ich habe deine Mutter auch schon unterrichtet. Wusstest du das?", fragte sie. Ich schüttelte erstaunt den Kopf. „Nein, sie erzählt nicht so viel aus ihrer Schulzeit", erklärte ich und zuckte mit den Achseln.

„Sie war eine gute Schülerin gewesen ... und Franz auch", erzählte sie weiter. „Wer?", fragte ich. Sie tippte auf den Jungen neben meiner Mutter. „Franz. Lucy und Franz waren unzertrennlich. Ein schönes Pärchen. Bis er wegzog. Ich weiß gar nicht, was aus ihm geworden ist ..." Sie schien in Erinnerungen zu schwelgen. Doch dann zuckte sie mit den Achseln und ging langsam weiter durch die Bankreihen. Franz? Diesen Namen hatte ich schon einmal gehört. Nicht gehört. Ich hatte ihn gelesen. Der Brief. Ich sah wieder seine ordentliche, verschnörkelte Schrift vor meinem inneren Auge. Nach dem Einbruch hatte ich den Brief in dem Arbeitszimmer meiner Mutter gefunden. Die beiden waren also Schulfreunde gewesen. Oder sogar ein Paar. In dem Brief hatte er geschrieben, dass er sich etwas zurückholen wollte, was seiner Familie gehörte, und war daher nach Amerika gezogen. Vermutlich lebte er dort noch immer und die Freundschaft hatte sich somit verlaufen. Ich hatte es aufgegeben, meine Mutter nach ihrer Jugend zu fragen. Sie erzählte nicht gerne von früher.

Nachdem wir in die Ferien entlassen wurden, gingen Melissa und ich zur Arbeit. Es war nicht besonders gut besucht. Bei dem Wetter hatte wohl keiner Lust auf ein Eis. Trotzdem hatten wir einiges zu tun. Ich wurde für den Abwasch eingeteilt und Melissa bediente die wenigen Gäste. Es war mir ganz recht, in der Küche zu arbeiten. So hatte ich meine Ruhe und konnte ein wenig meinen Gedanken nachgehen. Ich dachte darüber nach, wie es wäre, nach all den Jahren meinem Vater wieder gegenüber zu stehen. Wie er wohl reagieren würde? Ob er mich überhaupt wiedererkennt? Oder ich ihn? Und was wäre, wenn er mich gar nicht sehen wollte? Nein, ich wollte mir nicht das Schlimmste ausmalen. Sicherlich würde er sich freuen. Er ist mein Vater.

Als es kurz vor einundzwanzig Uhr war, verabschiedete sich Melissa. „Wir sehen uns nachher!" Ich sah ihr nach, als sie den Laden verließ. Doch ihr Gang war nicht so leichtfüßig wie sonst. Anspannung und Besorgnis standen ihr ins Gesicht geschrieben. Sie hieß es nicht für gut, dass ich alleine loszog, und wir beide wussten nicht, wie lange ich wegbleiben würde. Noch nie waren wir über längere Zeit getrennt gewesen. Sie war in all den Jahren unserer Freundschaft wie eine Schwester geworden. Sie war immer für mich da und ich konnte stets auf sie zählen. Ich wusste nicht, was ich ohne sie machen sollte.

Als ich den letzten Tisch abgewischt hatte und alle Stühle wieder an ihrem Platz standen, ging ich in den Abstellraum und bereitete dort alles für den nächsten Tag vor. Anschließend zählte ich die heutigen Einnahmen. Ich konnte mich nicht recht konzentrieren, so viele Gedanken schwirrten in meinem Kopf. Es kam mir wie Stunden vor. Heute hatten wir nicht viel Trinkgeld abstauben können. Schließlich klappte ich die Kasse zu und zog mich um.

Plötzlich hörte ich die Klingel über der Tür. Vielleicht hatte ein Kunde wieder etwas vergessen oder die Chefin wollte noch einmal nach dem Rechten sehen. Ich war überrascht gewesen, dass sie mir vor zwei Wochen den Ladenschlüssel anvertraut hatte. Seitdem war ich fast immer die Letzte, die die Eisdiele verließ. Ich nahm ihren Vertrauensbeweis sehr ernst und achtete gründlich darauf, dass alles an Ort und Stelle war, wenn ich den Laden abschloss. Oft kehrte ich nach ein paar Metern noch einmal um, um mich zu vergewissern, dass ich den Laden auch wirklich abgeschlossen hatte.

Doch es war weder ein Kunde noch meine Chefin.

„Hey!", hörte ich eine vertraute Stimme, als ich die Tür des Abstellraums öffnete und zur Ladenvorderseite zurückkehrte. Ich blickte in die stahlblauen Augen und konnte es nicht verhindern, dass mein Herz einen kleinen Satz machte. Innerlich ärgerte ich mich darüber, dass er noch immer derartige Reaktionen in mir auslöste. Ich blieb hinter der Theke regungslos stehen und sah ihn erwartungsvoll an, ohne seine

Begrüßung zu erwidern. Seine Haare waren nass vom Regen. Er trug eine lockere, lässige Jeans und ein schwarzes Shirt, das ihm vom Regen an seinem Körper klebte. Nichts Besonderes und trotzdem konnte ich meinen Blick nicht von ihm abwenden. Er sah aufgewühlt aus und ich erkannte eine Traurigkeit in seinen Augen, die mich unter anderen Umständen sofort weich werden ließ. „Du redest also immer noch nicht mit mir", stellte Leo trocken fest. Ich antwortete nicht. Eigentlich kannte ich ihn kaum und trotzdem war er mir so wenig fremd. Ich dachte an den Kuss, der mir Jahre her erschien. „Gut, also, wenn du mir nicht antworten möchtest, dann höre mir wenigstens zu", sagte er entschlossen und kam auf mich zu. Mit jedem Schritt schmolz mein Stolz dahin. Die Tür fiel hinter ihm ins Schloss. Nun standen wir uns gegenüber und ich konnte weder die Flucht ergreifen, wie ich es sonst getan hatte, wenn ich ihm in der Schulpause begegnet war, noch ihn ignorieren. „Nein", sagte ich dann und war überrascht über meinen strengen Tonfall. „Egal, was du jetzt sagst. Oder welche Ausrede du mir auftischst, ich werde dir nicht glauben. Du hast mich ausgenutzt." Er schüttelte den Kopf und kam wieder ein paar Schritte näher, bis uns nur noch die Theke trennte. Dann schob er seine Hand in die Hosentasche und holte einen Umschlag heraus. „Das ist das Geld, das ich dir noch schulde", erklärte er und legte den Umschlag auf den Tresen. „Ich will dein geklautes Geld nicht ... Ich will überhaupt nichts mehr von dir", sagte ich und schob ihm den Umschlag zurück. „Ich habe es nicht geklaut. Ich habe es mir erarbeitet. In einer Werkstatt", erwiderte er. „Nimm es!", sagte er und schob mir den Umschlag zurück. Widerwillig nahm ich den Umschlag entgegen und steckte ihn in meinen Rucksack. Dann drehte ich mich um und erwartete, dass sein Anliegen damit geklärt wäre, doch Leo rührte sich nicht vom Fleck. „Ich habe dich nicht bestehlen wollen", sagte er und ich drehte mich erneut zu ihm um. „Nach was hast du dann gesucht?", fragte ich ihn wütend. Er sah zu Boden und ich merkte, dass er nach den richtigen Worten suchte.

„Nach Antworten …", sagte er schließlich. Sein Blick veränderte sich und ich sah die Verzweiflung darin. Erst jetzt bemerkte ich die tiefblauen Ringe unter seinen Augen. Er sah erschöpft aus. „Ich suche schon seit einer ganzen Weile nach Antworten. Du nicht auch?", hörte ich ihn fragen. Doch noch immer war ich nicht imstande, seinem rätselhaften Auftreten einen Sinn zu entnehmen. „Ricky! Wach doch endlich mal auf! Ganz eindeutig verheimlichen unsere Familien etwas vor uns!", sprach er nun etwas energischer. „Wovon sprichst du?", erwiderte ich ebenso energisch und spürte die aufglühende Wut, die er provozierte, indem er mich so zum Narren machte. Er sah mich enttäuscht an, als wäre ich ein Kind, dem man vergebens etwas zu erklären versuchte. Langsam schritt er zur Tür, doch ließ mich dabei nicht aus den Augen. „Das Foto. Mit deiner Mutter und dem Jungen in ihrer Schule. Erinnerst du dich? Es war in deinem Hausaufgabenheft, als wir den Geschichtsvortrag vorbereiteten", erklärte er. Ich nickte und hatte das Foto vor Augen, das ich gerade heute erst im Kunstunterricht ausgiebig betrachtet hatte. „Ja. Was ist damit?" Nun konnte ich meine Ungeduld kaum zurückhalten.

„Als ich es sah, habe ich es zum ersten Mal begriffen." Ich wartete darauf, dass er meine Unwissenheit endlich aufklärte. Doch stattdessen öffnete er die Tür und die warme frische Luft des Sommerregens erfüllte den Raum. Die dicken Wolken hatten sich fast verzogen und die untergehende Sonne blitzte am Horizont schüchtern hervor. Vereinzelt schalteten sich bereits einige Straßenlaternen ein. „Was begriffen?", fragte ich und kam um den Ladentisch herum.

„Warum wir uns nicht fremd sind", antwortete er. Für einen kurzen Moment sagte er nichts. Und ich blickte ihn erwartungsvoll und zugleich verwirrt an.

„Der Junge auf dem Bild", begann er. „Der Junge ist mein Vater." Und damit schloss sich die Tür und ließ mich zurück in dem dunklen Laden. Mit all meinen Fragen.

Der Junge auf dem Bild.

Der Schulfreund meiner Mutter.

Franz.

Franz war Leos Vater.

Ich lag in meinem Bett und versuchte, noch etwas Schlaf zu finden, bevor mein Flug ging. Doch das war schier unmöglich. Ich wälzte mich von einer Seite zur anderen, rückte mein Kissen immer wieder zurecht und als ich endlich die Augen für ein paar Minuten geschlossen hatte, klingelte auch schon mein Wecker. Es war zwölf Uhr. In drei Stunden würde mein Flug gehen. Ich schüttete mir kaltes Wasser ins Gesicht, sodass ich wieder halbwegs wach wurde, band mir einen Zopf und zog mir meine bequemsten Sachen an. Leise tappte ich mit meinem Rucksack die Treppen hinunter und versuchte, jede knarrende Stufe zu umgehen. Den Brief für meine Mutter, in dem ich ihr alles in meiner schönsten Handschrift erklärte, legte ich auf den Küchentisch. Ich versuchte, nicht daran zu denken, wie sie reagieren würde, wenn sie ihn morgen früh las. Wenn sie ganz unverhofft in die Küche ging und ihren morgendlichen Kaffee machte und währenddessen ihre Tochter bereits in einem Flugzeug auf dem Weg nach Amerika saß, um auf eigene Faust ihren Vater zu suchen. Ich hätte ihr gerne von meinem Plan erzählt, aber ich wusste, dass sie mich versucht hätte aufzuhalten. Sie hätte mich nicht gehen lassen. Ich wusste nicht, was zwischen ihr und meinem Vater vor all den Jahren vorgefallen war. Es war etwas gewesen, was sie ihm bis heute nicht verziehen hatte. Doch ich würde es nie wissen, wenn ich es nicht selbst herausfand. Als ich die Haustür öffnete, stand Melissa bereits mit dem Auto ihres Vaters vor dem Haus. Ich lächelte. Auf sie konnte ich mich immer verlassen. Es hatte aufgehört zu regnen und die Wolken hatten sich verzogen. Der Himmel war sternenklar und die Luft war frisch und warm. Ich atmete tief ein und wieder aus. Dann rannte ich zum Auto, warf meine Tasche in den Kofferraum und sprang neben Melissa ins Auto. Wir redeten kaum ein Wort auf der Fahrt zum Flughafen. Sie drehte die Musik auf und ich lehnte mich zum Fenster raus und ließ den Wind meine Haare zerzausen. Dann schaute ich zu den Sternen hinauf und versuchte, an nichts zu denken. Ich genoss den Moment. Der Sommer war so schnell da gewesen, dass man ihn kaum wahrgenommen hatte. Doch nun war er spürbar. Ich hörte die Grillen zirpen und spürte die feuchte Wärme der Abenddämmerung nach dem Regen. Am Straßenrand blühten der Klee und die Mohnblumen und einige Singvögel veranstalteten ihr letztes Abendkonzert. Eine Stunde später kamen wir am Flughafen an. „Pass auf dich auf!", nuschelte Melissa, als sie mich in ihre Arme schloss. „Ich gebe mein Bestes!", gab ich zurück und versuchte ein Lächeln aufzusetzen, als wir uns wieder voneinander lösten. Dann nahm sie meine Hände in ihre und sagte entschlossen: „Du wirst ihn finden!" Ich nickte. Wir sahen uns an und brauchten keine Worte mehr zu wechseln. „Ich habe dich lieb!", rief sie mir noch hinterher und ich hörte, wie ihre Stimme bei den Worten brach.

Einige Stunden später stieg ich in den Flieger. Es war soweit. Auf diesen Moment hatte ich schon lange gewartet. Bald würde ich meinen Vater zum ersten Mal wieder sehen. Ich schaute hinaus auf die Landebahn. Es herrschte noch immer ein Gewusel. Doch jeder schien seine eigene Aufgabe zu haben. Die Passagiere stiegen noch immer in Massen in das Flugzeug und die Flugbegleiter begrüßten jeden einzeln mit einem freundlichen „Hallo!". Eine junge Frau mit braunen langen Haaren und einem bereits gut gebräunten Teint setzte sich neben mich. Sie hatte rötlich lackierte Fingernägel und trug ein sommerliches weißes Kleid mit roten Blumen, die der Farbe des Lacks auf ihren Nägeln treu blieben. Ihrem Teint nach zu urteilen war sie geradewegs aus einem Sonnenstudio in den Flieger gestiegen. Langsam füllte sich das Flugzeug. Es waren noch knapp zehn Minuten bis zum Start. Nun trafen nur noch einige wenige Nachzügler ein. Ich dachte an meine Mutter, die nun noch in ihrem Bett zuhause lag und tief und fest schlief. Ich dachte an meinen Brief auf dem Küchentisch. Wenn sie erwachte und den Brief fand, würde ich mich bereits über dem Atlantischen Ozean befinden. Ich fühlte mich schuldig, dass ich ihr hatte nichts davon erzählen können. Trotz der Strapazen, die wir ab und an miteinander hatten, hatte ich sie dennoch niemals derartig belogen oder ihr etwas verschwiegen. Das allerdings hatte ich von ihr niemals behaupten können. Sie hatte mich stets im Unwissen gehalten, war meinen Fragen über meinen Vater ausgewichen und hatte mir den Kontakt zu ihm verboten. Wie also hätte ich jemals an Antworten kommen sollen? Dann dachte ich an Leo und an das, was er mir gestern verkündet hatte. Doch noch immer wollte mein Gehirn diese Information nicht verarbeiten. Ich konnte noch nicht ganz begreifen, wie all das zusammenpassen sollte. Wieso hatte mir meine Mutter nie etwas davon erzählt? Ganz eindeutig kannten sich unsere Mütter und konnten sich nicht besonders ausstehen. Ganz eindeutig kannte meine Mutter auch Leo. Sie hatte mich vor ihm und seiner Familie gewarnt, aber nie hatte sie ein Wort über die Gründe dafür verloren. Die ganze Zeit über hatte ich das Gefühl gehabt, dass ich Leo kennen würde. Leo. Den geheimnisvollen Jungen. Den Jungen, der in mein Haus eingebrochen war und nun auch noch in mein Leben – was für eine Ironie. Der alles auf den Kopf gestellt hatte und so viele Fragen aufwarf. Doch irgendetwas sagte mir, dass ich genau das in meinem Leben brauchte. Denn ohne diese ganzen Fragen würde es niemals Antworten geben. Und ich wusste, dass diese Antworten irgendwo dort draußen waren. Ich starrte in den wolkenlosen Himmel, der nun langsam wieder heller wurde. Noch zwei Minuten bis zum Start. „Entschuldigen Sie, wollen Sie Ihren Platz mit meinem Fensterplatz tauschen?" Die Frau neben mir stand begeistert auf. „Sehr gerne!", sagte sie und bedankte sich überschwänglich, während sie sich ihren Weg zu ihrem neuen Platz freikämpfte. Und da stand er. Dieser geheimnisvolle Junge. Er stand dort im Gang und rührte sich nicht. Er blickte mich aus seinen strahlend blauen Augen an und verzog das Gesicht zu einem Lächeln. Ich konnte es nicht glauben. „Wir starten in zwei Minuten. Bitte finden Sie sich alle auf Ihren Plätzen ein", ermahnte eine Stewardess die noch stehenden Fluggäste. Leo packte seinen Rucksack in die Handgepäckablage und setzte sich lässig neben mich, während ich ihn noch immer entsetzt ansah. „Guten Tag, Mademoiselle. Wollten Sie etwa ohne mich fliegen?", sagte er mit einem spielerischen

Unterton. Ich schüttelte perplex den Kopf und bekam noch immer kein Wort zustande.

Das Flugzeug setzte sich in Bewegung.

Wir hatten sofort einen Draht zueinander. Er war offen, herzlich und hatte stets eine positive Einstellung. Das mochte ich an ihm und es dauerte nicht lange, da wurden wir die besten Freunde. Doch er hatte viele Sorgen, die an ihm hafteten. Die ihn nicht losließen und ihm viele schlaflose Nächte bescherten. Er hatte einen sechsjährigen Sohn in Deutschland und als dessen Mutter starb, musste er zurück. Ich beschloss, ihm in dieser schweren Zeit beiseitezustehen, und kam mit ihm nach Deutschland. So lernte ich sie kennen. Diese wundervolle Frau, die mich vom ersten Moment an umhaute. Sie war eine enge Schulfreundin, so beschrieb er sie. Doch die Art, wie er sie ansah, sagte mir, dass sie mehr für ihn war. Ich wusste, dass es falsch war, was ich tat. Doch ich mochte sie. Das war der erste Fehler.

„Was liest du da?“ Leo sah mir über die Schulter. Ich rückte ein wenig von ihm ab. Ich wollte nicht, dass er mir so nah war. Ich traute ihm noch immer nicht. „Bist du immer noch sauer auf mich?“, fragte er etwas spöttisch. Ich schlug das Buch meines Vaters zu und sah ihn wütend an. „Die Frage hat sich dann wohl erübrigt“, stellte er fest.

„Was zur Hölle tust du hier? Woher wusstest du …?“, fing ich an. „Hat Melissa dir gesagt, wann ich fliege?“ Niemand anderes hatte davon gewusst, doch ich konnte nicht glauben, dass sie das getan hatte.

„Ihr ist es eher herausgerutscht. Ich hatte sie vor ungefähr einer Woche gefragt, ob sie mit dir reden könnte. Du wolltest mir ja nicht zuhören“, erklärte er. Ich dachte an das Gespräch mit Melissa vor einer Woche in der Bibliothek. Deswegen also hatte sie das Thema angesprochen. „Warum hast du mich nicht einfach gefragt, anstatt mein Zimmer zu durchsuchen? Ich meine, es ist ja nicht so, als würde mich das nichts angehen!“, erwiderte ich wütend. „Es tut mir leid. Es war falsch. Das weiß ich jetzt." Seine Entschuldigung klang ehrlich und ich spürte eine Spur Schuldbewusstsein in seinen Worten.

„Ich will dich in nichts mit reinziehen", fügte er schließlich knapp hinzu. Ich schüttelte verständnislos den Kopf. „In was denn mit reinziehen?", fragte ich ihn.

Er dachte einen Moment über etwas nach. Doch dann schüttelte er den Kopf. „Ich kann dir davon nicht erzählen", sagte er. „Noch nicht", fügte er entschlossen hinzu. Ich seufzte erschöpft von den vielen Fragen, auf die ich bei jeder neuen Information über meine Vergangenheit und der meiner Familie stieß. Doch ich ließ das Thema ruhen. Vielleicht würde ich irgendwann hinter all die Geheimnisse kommen und seine Worte gaben mir Hoffnung darauf.

„Was weißt du noch? Über unsere Familien. Warum will mich meine Mutter von dir fernhalten? Und warum können sich unsere Familien nicht ausstehen?" Ich hatte noch mehr Fragen, doch er unterbrach mich. „Ich weiß weniger, als du denkst", sagte er und sah nachdenklich aus dem Fenster. „Aber anscheinend weißt du mehr als ich", stellte ich fest. Dann dachte ich an das Bild von meiner Mutter und seinem Vater als Schulkinder. „Wie kann das sein, dass meine Mutter und dein Vater Schulfreunde waren? Ich dachte, du und deine Familie kämt aus Amerika", fragte ich ihn schließlich neugierig.

„Mein Vater kam ursprünglich aus Deutschland und ist damals nach Amerika gezogen, wo er meine Mutter kennenlernte", erzählte er. Mir fiel auf, dass er bisher seinen Vater mit keiner Silbe erwähnt hatte. Ich erinnerte mich an das Gespräch auf dem Dach. Er hatte dabei ausschließlich von seiner Mutter und ihm erzählt, wie sie nach dem Tod seiner Großeltern nach Deutschland gezogen waren und das Haus übernommen hatten.

„Was ist mit deinem Vater?", sprach ich die Frage aus, die mir im Kopf herumschwirrte.

„Mein Vater ist tot." Einen Moment war ich still. Geschockt von diesem Geständnis. Seine Augen sahen traurig aus und ich merkte, wie viel Kraft ihm diese Worte gekostet hatten. „Das tut mir leid", sagte ich mitfühlend und wollte seine Hand nehmen. Doch er zog sie weg und rückte sich in seinem Sitz zurecht. Dann nahm er sich eine Zeitschrift und war vertieft. Sein Blick war wie versteinert und ich wendete mich von ihm ab. Ich sah aus dem Fenster in die Tiefe und die Weiten des Ozeans. Genau in diesem Moment müsste der Wecker meiner Mutter klingeln und sie würde bald darauf meinen Brief in ihren Händen halten. Dann fiel ich in einen traumlosen Schlaf.

Kapitel 10

„200 Dollar! Der hat doch wohl eine Meise!", schimpfte Leo, als er vom Taxistand wiederkam. Es war fast achtzehn Uhr und wir hatten nun zweiundzwanzig Stunden Flug mit zwei Zwischenlandungen hinter uns. Im Flieger hatte ich kaum schlafen können und auch Leo schien nicht besonders ausgeschlafen zu sein. Wir brauchten dringend ein Bett und etwas Warmes zu essen. Leo schnaufte wütend. Er hatte nun schon eine gute halbe Stunde mit dem Taxifahrer diskutiert. Es war amüsant zu sehen, wie Leo anfing, wie wild mit den Armen herumzuwirbeln, und sein Gesicht verzerrte, wenn er sauer war. „Wie sieht es mit dem Bus aus?", fragte er mich, als er sich schließlich etwas gefasst hatte. Ich zuckte mit den Achseln. In die Gegend, in der mein Vater wohnte, fuhr nicht ein einziger Bus. „Na toll. Und jetzt?" Leo schaute sich hilfesuchend um. „Vielleicht fährt ja irgendjemand dorthin", überlegte er laut und marschierte erneut davon. Ich konnte noch immer nicht glauben, dass er das alles für mich tat. Fast hätte ich vergessen können, dass auch er hier einer *Familienangelegenheit* nachging. Während Leo zielstrebig auf einen Passanten zulief, beschloss ich, uns etwas zu essen zu besorgen. In dem kleinen überschaubaren Flughafen hatte man das Gefühl, die Zeit wäre 1980 stehen geblieben. Der Boden war aus dunklem Parkett und die Sessel aus braunem Leder. Überall standen hohe, silberne Lampen, die den Raum beleuchteten. Die Menschen wuselten hektisch herum. Man hörte Kinder schreien. Absätze über den Boden poltern. Frauenstimmen. Männerstimmen. Koffer rollen. Alles war in Bewegung. Und ich stand hier mitten drin und konnte noch gar nicht so recht begreifen, wo ich eigentlich war. Vor einem Jahr hatte ich angefangen, den Plan zu schmieden. Ich war der Band beigetreten und hatte angefangen, meinen Stolz zu überwinden und auf der Straße zu singen. Ich hatte meine Mutter angelogen. Bis vor ein paar Monaten hatte ich meine Hoffnung wieder aufgegeben, nachdem der Junge, mit dem ich nun hier war, mein gesamtes Geld gestohlen hatte. Wir hatten einen Deal gemacht und ich hatte mein Geld und meine Hoffnung zurückerlangt. Und nun stand ich hier. War bereit, meinen Vater zu treffen. Meinen Vater. Den Mann, den ich seit meinem dritten Lebensjahr nicht mehr gesehen hatte. Ob er mich erkennen würde? Oder mich überhaupt sehen wollte? Vielleicht hatte er bereits eine neue Familie und mich schon längst vergessen. Ich riss mich aus meinen Gedanken und betrat einen nahegelegenen Bäcker. Als ich auf meine Bestellung wartete, schaltete ich mein Handy ein und verband mich mit dem WLAN. Ich schrieb Melissa eine Nachricht, dass ich angekommen war. Meine Mutter hatte mich bereits mehrere Male anzurufen versucht und einige Nachrichten geschickt, die nun nach und nach eintrudelten. Bei der letzten Nachricht meiner Mutter hielt ich einen Moment inne. „Ricky, bitte! Er ist nicht in der richtigen Verfassung, um ihn zu treffen. Komme wieder heim." Nicht in der richtigen Verfassung? Was sollte das heißen? Ein komisches Gefühl machte sich in meinem Magen breit. Mit so etwas hatte ich als Letztes gerechnet.

„Kommt noch etwas dazu?", fragte die Verkäuferin auf Englisch und holte mich damit aus meiner auflodernden Panikattacke. Ich verneinte und kramte in meiner Tasche nach dem Geld, das wir in der Wechselstube erhalten hatten. Als ich bezahlte, kam Leo hereingestürmt. „Ich habe dich schon gesucht! Ich habe jemanden gefunden!", sagte er freudig erregt. „Beeile dich. Sie will jetzt losfahren!", fügte er noch hinzu und nahm mir die Tüte mit dem Gebäck aus der Hand.

Es war die Frau mit den rot lackierten Fingernägeln und der gebräunten Haut aus dem Flugzeug. Sie sagte etwas auf Englisch, was ich nicht ganz verstand, aber es war zu meinem Glück keine Frage. Leo erwiderte etwas und die beiden lächelten. Als wir in einem roten Toyota, sehr passend zu ihr, wie ich fand, saßen, fragte sie mich nach der genauen Adresse und sie erzählte uns, dass sie nur einige Straßen weiter wohnen würde. Doch meinen Vater kannte sie nicht, da sie erst vor Kurzem in die kleine Wohnung gezogen war. Es waren drei Stunden Autofahrt bis in die Kleinstadt. Drei Stunden, die nicht vergingen. Wir bogen auf den Freeway und es begann eine Abenteuerfahrt, wie ich sie noch nie erlebt hatte. Rebecca, so hieß die Frau mit den roten Fingernägeln und dem dazu passenden Toyota, konnte viel erzählen. Sehr viel. Nach einer Weile aber hörte ich gar nicht mehr zu. Ich schaute hinaus und beobachtete die vielen Häuser und Einkaufszentren, die an uns vorbeizogen. Ich fühlte mich, als wäre ich in einen der vielen amerikanischen Filme eingetaucht, und konnte es noch gar nicht recht glauben, dass ich hier war. Alles erschien mir so fern. So gigantisch. Die vielen Autos, die an uns vorbeifuhren, waren mindestens doppelt so groß, als ich sie aus meiner Heimat kannte. Rebecca arbeitete sich mit gekonnten Zügen durch die Automassen durch. Mir rutschte einige Male das Herz in die Hosen, als sie abrupt auf die Bremse drückte, um einen Unfall zu umgehen, oder ihrem Hintermann mit einem Tritt auf das Gaspedal auswich. Doch Rebecca ließ sich nicht beirren, sondern redete munter weiter. Die Fahrweise schien hier Normalität und das ging scheinbar nicht immer so gut aus, wie man an den Dellen der Autos, die hier fuhren, erkannte. Schließlich bogen wir auf den Highway. Wir fuhren an Villen vorbei und an kleinen Farmen, an Casinos und süßen Cafés. Alles hier war so anders. Ich hatte beinahe vergessen, wo wir eigentlich hinfuhren. Doch als es mir wieder bewusst wurde, stieg meine Nervosität und ich musste an die Nachricht meiner Mutter denken. Wahrscheinlich war das nur ein erneuter Versuch meiner Mutter gewesen, um mich von meinem Vorhaben abzubringen. Ich schaute zu Leo hinüber. Rebecca hatte aufgehört zu reden. Wahrscheinlich hatte sie bemerkt, dass wir ihr nicht mehr ganz folgen konnten. Auch Leo war in Gedanken. Was ihm wohl durch den Kopf ging? Ich dachte wieder an das, was er mir im Flugzeug erzählt hatte. Ob sein Vater krank gewesen war oder er einen Unfall gehabt hatte? Auch ich war ohne meinen Vater aufgewachsen, doch seinen Vater auf diese Art zu verlieren, musste unerträglich sein. Ich hoffte, dass er mir irgendwann mehr anvertrauen würde und mich hinter seine Fassade blicken ließ, die er tagtäglich so eifrig versuchte, vor sich zu errichten.

Ich glaubte, dass dahinter vielleicht sogar ein sehr verletzlicher und einsamer Junge steckte. Als er meinen Blick bemerkte, sah er mich an und lächelte. Ein freudloses, aber aufrichtiges Lächeln. Ich konnte nicht wegsehen. Mein Bauch fing ein wenig an zu kribbeln. Ob er das Gleiche spürte? „Danke!", sagte ich. „Dass du mir hilfst." Er nickte. Seine Haare waren noch etwas zerzaust vom Flug und unter seinen Augen hatten sich Ringe gebildet, aber ich sah wahrscheinlich nicht besser aus. „Bist du aufgeregt?", fragte er und sah zu meiner zerkauten Lippe. Ich nickte. „Ja, etwas", antwortete ich. Er nahm meine Hand und drückte sie sanft. Meine Haut fing an zu kribbeln. „Ich bin bei dir", beruhigte er mich.

Und dann waren wir da.

„Wenn ihr einen Schlafplatz braucht und nicht wisst, wo ihr hinsollt, könnt ihr gerne zu mir kommen", bot uns Rebecca in einem akzentfreien Englisch an und gab uns ihre Adresse, während wir unsere Taschen aus dem Kofferraum entluden. Wir bedankten uns bei ihr und sie fuhr davon. Ich konnte es noch immer nicht glauben. Ich war hier. Ich stand vor dem Haus meines Vaters. Die Straße war gesäumt von Palmen und den buntesten und schönsten Häusern, die ich je in meinem Leben gesehen hatte. Am Horizont sah man den weiten Ozean. Die Sonne war bereits fast untergegangen, doch die Luft war noch immer erhitzt vom Tag. Wir standen vor einem weißen Holzhaus mit einer kleinen Veranda vor dem Eingang. Ein niedriger Zaun grenzte das Grundstück ab. Es war wie aus einem Bilderbuch. Eine breite Treppe führte zu dem Eingangsbereich. Leo beobachtete mich von der Seite, als ob er Angst hatte, ich würde gleich zusammenbrechen.

Ich war froh, dass er da war.

Ich schob den kleinen Riegel des Tors auf und öffnete es. Leo folgte mir, als ich langsam die Treppe hinaufstieg. Mein Herz hämmerte. Am liebsten wäre ich auf der Stelle wieder umgedreht. Aber das durfte ich nicht. Nicht nach all dem, was ich bisher auf mich genommen hatte. Ich nahm meinen ganzen Mut zusammen und ohne ein weiteres Mal darüber nachzudenken, wanderte mein Finger zur Klingel. Das darauffolgende schrille Geräusch ließ mich zusammenfahren. Die Minuten vergingen und nichts regte sich. Mich eingeschlossen. Ich konnte an nichts denken. Alles in mir verkrampfte sich. Selbst meinen Atem hatte ich angehalten. Dann öffnete sich die Tür.

„Hallo", piepste eine Kinderstimme. Ich war wie erstarrt. Vor mir stand ein kleiner Junge und sah mich aus misstrauischen Augen an. Mein Mund war trocken und ich trat einen Schritt zurück. „Oh, Entschuldigung! Hallo?!" Eine hektische Frau im Jogginganzug trat an die Tür und schob den kleinen Jungen ein Stück beiseite. Die Frau sprach in einem gebrochenen Englisch. Sie schien nicht von hier zu kommen. Langsam fing ich wieder an zu atmen. Leo rettete mich, bevor die Situation peinlich werden konnte. „Hallo. Entschuldigung für die Störung. Wir suchen einen Maxim Taake! Ist er da?", fragte Leo höflich. Die Frau schob sich an dem Jungen vorbei und ging einen Schritt aus der Tür.

„Maxim Taake?", wiederholte die Frau. „Der wohnt hier nicht. Da müssen Sie sich vertan haben", antwortete die Frau. Dann erwachte ich wieder aus meinem Trancezustand. „Das kann nicht sein! Er hat mir vor ungefähr einem Jahr von dieser Adresse einen Brief zugeschickt", erzählte ich und unterdrückte meine Enttäuschung. Dann fiel mir das Bild von meinem Vater ein, wie er an seinen grünen Jeep gelehnt vor genau diesem Haus stand. Es war zwar schon etwas älter, doch das einzige Bild, das ich von ihm hatte. Ich nahm das Bild heraus, das ich vor der Abreise zwischen die Seiten seines Buches „Wie zerbrochenes Glas" gelegt hatte, und zeigte es der Frau.

„Oh ja. Taake … natürlich", fiel ihr plötzlich ein, nachdem sie das Bild näher betrachtet hatte. „Wir sind erst vor Kurzem hier eingezogen. Das Paar, das hier vorher wohnte, hatte sich getrennt und das Haus verkauft. Man sagt, der Mann, dem das Haus gehörte, hatte wohl einige Drogenprobleme. Die Frau hat das Haus an uns verkauft. Sie heißt Franziska Law. Vielleicht kann sie euch weiterhelfen." Die Frau lächelte und nahm den Jungen auf den Arm, der nun zu quengeln begann.

„Vielen Dank. Schönen Abend noch", verabschiedete sich Leo. Dann war das Gespräch beendet und die Tür wurde geschlossen. Mein Vater war also nicht hier. Wo war er? Langsam prasselten die Worte der Frau auf mich ein. Drogenprobleme? „Wir werden ihn schon finden!", versuchte Leo mich aufzumuntern. Ich setzte mich erschöpft auf die Treppe und betrachtete das Foto von meinem Vater, wie er dort breit grinsend vor seinem Jeep stand.

„Ich glaube, ich kann mich sogar noch daran erinnern ...", sagte ich nachdenklich.

„An was?", fragte Leo.

„An seinen Jeep. An den Geruch der Sitze. Ist das verrückt? Vielleicht ist es nur Einbildung ..." Leo setzte sich neben mich und ließ seinen Arm um meine Hüfte gleiten. Dann schob er mich näher an sich heran und ich lehnte meinen Kopf gegen seine Schulter. Er strich mir über den Rücken. Ich spürte seine Wärme und es tat so gut. Langsam löste sich die Anspannung und ich wollte nur noch in ein warmes Bett fallen.

Als die Nacht hereingebrochen war, standen wir vor einem etwas heruntergekommenen Hostel. In dem kleinen Örtchen gab es nicht viele Übernachtungsmöglichkeiten. Doch da die Kleinstadt bei Touristen wegen der bunten Häuser und der schönen Hafenanlage anscheinend sehr beliebt war, kosteten die Zimmer in den wenigen anderen Hotels über unserem Limit. Ich hatte das meiste Geld meiner Ersparnisse für diese Reise bereits für den Flug ausgegeben und brauchte das restliche noch für den Rückflug. So blieb nicht mehr allzu viel übrig. Die Kreditkarte, auf der ich meine Ersparnisse der letzten Jahre hatte, funktionierte hier nicht und darüber war ich insgeheim ganz froh. Ich wollte nicht das Geld, welches mir meine Mutter für meine Zukunft gesichert hatte, dafür ausgeben. Trotzdem war ich etwas aufgeschmissen, als mir am Flughafen klar wurde, dass ich mit dem Geld, das ich in meinem Portemonnaie dabeihatte, irgendwie klarkommen musste. Auch Leo konnte nicht mehr viel haben und ich hoffte inständig darauf, dass er es sich nicht mehr anderweitig besorgen würde. Das Hostel lag nur einen zehnminütigen Fußmarsch vom ehemaligen Haus meines Vaters entfernt. Wir waren die Hauptstraße, die geradewegs zum Wasser führte, hinab gegangen und nach rechts in die Hafenstraße eingebogen. Unterwegs waren wir einigen Touristen, aber auch Einheimischen, die sich untereinander freudestrahlend grüßten, begegnet. Wenn mein Vater noch hier wohnte, würde es nicht schwer werden, ihn zu finden, da sich hier jeder zu kennen schien. Es war zwar eine Kleinstadt, allerdings schien sie eher wie ein idyllisches Dörfchen. Am Hafen standen mehrere Segelboote und Kähne und die Promenade war mit den buntesten und schönsten Blumen gesäumt. Zwischendrin standen immer wieder vereinzelt Bänke, die zum Ozean ausgerichtet waren und auf denen es sich einige Touristen bereits gemütlich gemacht hatten und die nächtliche Schönheit genossen. Palmen standen entlang der Straße und auf einem kleinen Platz, an dem wir vorbeigingen, hatte sich eine Traube von Menschen gebildet, die sich um zwei Straßenmusiker versammelt hatten. Die Menschen lachten und klatschten im Rhythmus der Musik in die Hände. Ich wusste nicht genau, was es war, was dieses wohlige zufriedene Gefühl in mir auslöste. Der Sänger mit seiner souligen Stimme, die Menschen, die hier so glücklich wirkten, die bunten kleinen Häuschen am Straßenrand, der Ozean oder das Gefühl, meinem Vater so nahe zu sein. Obwohl ich gerade erst hier gelandet war, hatte ich nicht das Gefühl, dass dieser Ort mir vollkommen fremd war. Und irgendetwas an der Art, wie Leo lief und die Umgebung ansah, sagte mir, dass ihm dieser Ort auch nicht fremd war. Als ich vor dem Hostel stand, wusste ich, dass ich den Antworten auf die ganzen Fragen in meinem Kopf nun schon einen Schritt näher war.

„Wie geht's dir?", fragte mich Leo, als ich ihm zu unserem Zimmer folgte. Wir hatten den ganzen Weg kaum ein Wort gewechselt, weil wir so damit beschäftigt waren, die Umgebung in uns aufzusaugen. „Ganz gut, denk ich", antwortete ich knapp und Leo öffnete die Tür zu unserem Zimmer. „Du zuerst, Prinzessin!", sagte er mit einem schelmischen Lächeln auf den Lippen und gab mir mit einer Handbewegung zu verstehen, dass ich eintreten sollte. Ich setzte einen Schritt vor den anderen und folgte einem kurzen Flur, von dem aus es ins Badezimmer zu gehen schien, in einen kleinen Raum. An der Seite stand ein kleiner Schreibtisch aus dunklem Holz, auf dem eine Vase mit den gleichen Blumen stand, die auch draußen an der Promenade wuchsen. Ein Stuhl, der mit einem weißen Stoff überzogen war, stand daneben. Das große Fenster wurde von langen Vorhängen verdeckt. Und in der Mitte stand ein Doppelbett. Mir stockte der Atem. Ein Bett. Leo folgte meinem Blick und fing erneut an zu grinsen, als er meinen Blick sah. „Jetzt beruhig dich! Ich werde dich in der Nacht schon nicht aufessen", scherzte er lachend und zog die Vorhänge zur Seite. Wow. Wir hatten wohl die tollste Aussicht im ganzen Hostel erwischt. Die Sonne war gerade hinterm Horizont verschwunden und die Sterne funkelten bereits am Himmel. Das Zimmer war im sechsten Stock und man konnte von hier direkt auf den Hafen mit der schön beleuchteten Promenade schauen. Die beiden Musiker spielten noch immer, doch nun waren die meisten Menschen schon verschwunden. Als Leo das Fenster einen Spalt öffnete, hörte ich sogar leise die Melodie der Gitarre.

Es war schon merkwürdig, im gleichen Zimmer wie Leo zu schlafen. Aber im gleichen Bett zu schlafen, war noch merkwürdiger. Eigentlich war mir Leo noch immer fremd, auch wenn es sich nicht so anfühlte. Die Röte in meinem Gesicht und dieses Kribbeln in meinem Bauch ließen einfach nicht nach. Ich stand vor dem Spiegel in dem süßen Bad und hatte mir nun schon drei Ladungen kaltes Wasser ins Gesicht gespritzt. Doch die Röte blieb. Reiß dich zusammen, Ricky, befahl ich mir. Eigentlich hätte das alles schon längst ein Ende haben müssen. Schließlich hatte er immer noch etwas zu verbergen und die Tatsache, dass er dafür in Häuser, mitunter auch mein eigenes, einbrach, zeigte, dass es für ihn keine Grenzen gab. Welche Grenzen hatte er wohl noch überschritten? Oder würde es? Doch auf wundersame Weise brachte er mich dazu, auch meine eigenen Grenzen zu überwinden. Im Leben hätte ich nicht gedacht, dass ich das hier wirklich durchziehen würde. Wäre Leo nicht gewesen, hätte ich bereits vor dem Haus meines Vaters kehrtgemacht. Ich wäre nie nachts über einen Zaun in ein fremdes Grundstück gestiegen und auf das Dach eines verlassenen Hauses geklettert. Ich wäre nie einem fremden Jungen gefolgt und hätte mich dann hinter Mülltonnen versteckt, was zugegeben nicht besonders clever gewesen war. Ich wäre auch nie mit einem Taschenmesser und einer Lampe bewaffnet in den Vorgarten meines Hauses gestapft, um nachzusehen, wer dort herumschlich. Ich hätte nie gedacht, dass ich mich jemals von Clemens lösen würde und ihn sogar vergessen könnte. Ohne Leo wären nie diese ganzen Fragen aufgetaucht. Wahrscheinlich wäre ich auch nie in den Flieger gestiegen und hätte nie den Mut gehabt, nach Antworten zu suchen. Nach meinem Vater zu suchen. Ich musste mir eingestehen, dass Leo mich veränderte. Ob ich es wollte oder nicht. Aber er brachte mich dazu, meine eigenen Grenzen zu überwinden. Welche würde ich wohl noch überwinden?

Wir lagen eine ganze Weile still nebeneinander und starrten an die Decke. Sein Atem war genauso unregelmäßig wie meiner. Er konnte auch nicht schlafen. Die Musiker draußen hatten aufgehört zu spielen und das Einzige, was man hören konnte, war das Rauschen des Ozeans und das Ticken der Uhr in unserem Zimmer. Ansonsten war es still. Zu still. Es gab so viel zum Nachdenken, dass ich nicht wusste, wo ich anfangen sollte. Eigentlich wollte ich nicht an nichts mehr denken. Doch die Stille war unerträglich. Und der Schlaf wollte nicht eintreten. Ich wollte ihm so viele Fragen stellen. Doch es gab viel zu viele und ich traute mich keine davon laut auszusprechen. Also blieb ich still. Ich blieb einfach still in diesem fremden Zimmer mit diesem fremden Jungen, von dem ich noch immer viel zu wenig wusste. Doch dann hielt ich es nicht mehr aus ...
      „Wieso bist du hier?", fragte ich leise.
      Als er nicht sofort antwortete, fügte ich hinzu: „Wieso machst du das alles? Ich meine ... ist es nur wegen des Deals? Damit du deine Familienangelegenheit klären kannst? Oder ... oder

machst du das auch für mich?", stotterte ich noch immer leise, um die Stille noch nicht ganz zu durchbrechen. Dann wendete er seinen Blick von der Decke ab und drehte seinen Kopf in meine Richtung. Ich tat es ihm gleich. Ich sah in seine strahlenden blauen Augen, die so tief schienen wie der Ozean dort draußen. Seine Haare waren unordentlich und er trug ein ausgewaschenes Shirt mit irgendeiner Basketballmannschaft darauf. Seine Arme hatte er hinter seinem Kopf verschränkt. Doch jetzt setzte er sich ein wenig auf, um mich besser ansehen zu können. Mein Herz machte wieder einen kleinen Satz und ich versuchte, es zu unterdrücken. Doch er war mir schon viel zu nahe. Er sah in meine Augen. Ich konnte seinen Blick nicht ganz deuten. Für einen kurzen Moment huschte sein Blick zu meinen Lippen. Unweigerlich dachte ich an unseren Kuss im Pool. Ich merkte, wie ich erneut rot wurde. Jetzt wusste ich gar nicht mehr genau, ob er ihn überhaupt richtig erwidert hatte oder es nur Einbildung gewesen war. Warum sagte er denn nichts? Diese quälenden Sekunden brachten mich halb um. Dann sah er weg. In seinem Blick mischte sich ein wenig Trübsal. Doch er blieb noch immer über mich gebeugt. „Ich kann das nicht, Ricky", flüsterte er und ich sah, wie seine Augen eine Spur Traurigkeit annahmen. Das war nicht die direkte Antwort auf meine Frage, aber er hatte verstanden, was ich insgeheim fragen wollte. Was war da zwischen uns? War es nur dieser Deal? Und diese ganzen Geheimnisse, denen wir versuchten auf den Grund zu gehen? Oder war da doch mehr?

Und er hatte mir nun eine klare Antwort gegeben.

„Okay", sagte ich trocken und drehte mich weg. Ich spürte ein stechendes Gefühl in meiner Brust. Ich wollte den Grund gar nicht wissen. „Ricky ...", sagte er leise und zog mich am Arm wieder zurück, sodass er mich wieder ansehen konnte. Ich spürte seinen Atem auf meiner Haut. „Es ist nicht so, dass ich es nicht will ... aber es geht nicht."

„Wieso machst du eigentlich aus allem so ein Geheimnis?", fragte ich ihn schroff. Wütend drehte ich mich wieder von ihm weg. Und ich merkte, wie auch er sich wieder auf seine Hälfte sinken ließ. „Ich bin halt ein geheimnisvoller Kerl", witzelte er, wahrscheinlich um die Situation wieder zu entschärfen. Aber das schaffte er nicht. Ich war noch immer verletzt und wütend. „Nein! Du bist ein arroganter, selbstverliebter Kerl, der niemanden an sich heranlassen möchte, weil er Angst davor hat, dass die Leute hinter seine Fassade blicken könnten!", brachte ich heraus.

Dann sagte er für einen kurzen Moment nichts.

„Das ist hart", erwiderte er schließlich etwas zu ruhig. Doch er widersprach mir nicht. „Wahrscheinlich hast du recht. Aber, wenn die Leute ... wenn du ... alles von mir wüsstest, dann würdest du wahrscheinlich weit Schlimmeres von mir sagen. Und ja, davor habe ich wahrscheinlich Angst. Dass du mich hasst, wenn du alles wüsstest." Ich drehte mich wieder zu ihm um und sah in dieses Gesicht, das so viel Schmerz mit sich zu tragen schien.

„Ich könnte dich nie hassen", sagte ich dann leise. Damit drehte er sich wieder zu mir und wir sahen uns an. „Ich mag dich, Ricky. Wirklich. Aber ich bin nicht der Richtige für dich", sagte er dann und ich merkte, wie schwer ihm diese Worte fielen. „Warum?", fragte ich.

Er schüttelte den Kopf. „Ich habe schon so viel Mist in meinem Leben angestellt. Ich treffe immer die falschen Entscheidungen und mache damit alles nur noch schlimmer. Ich stecke in dieser Sache drin und ich will dich nicht mit hineinziehen. Lass mir wenigstens diese eine richtige Entscheidung! ... Ich wünschte, es wäre nicht so und zwischen uns würde nicht so viel stehen. Aber so ist es und ich kann es nicht ändern" Seine Stimme war nicht mehr, als ein raues Flüstern. In meiner Brust zog sich alles zusammen bei diesem kläglichen Anblick, der einst dieser arrogante Kerl war. „Nein!", sagte ich und diesmal war ich es, die den Kopf schüttelte. „Das kann ich nicht akzeptieren. Ich will dir dabei helfen. Lass uns das doch einfach mal vergessen, was alles zwischen uns steht. Diese ganzen Geheimnisse unserer Familien und das, was du mir nicht verraten kannst. Wenn das alles nicht wäre ..." Ich redete nicht weiter. „Ja", sagte er nur. „Vielleicht würde es sogar funktionieren", fügte er dann leise hinzu und ein schwaches Lächeln umspielte seine Lippen. Und das gab mir Hoffnung.

„Dann lass es uns probieren. Wenigstens für einen Tag oder einen Abend ...“, hörte ich mich sagen.

„Du meinst ein Date?“, fragte er und seine Mundwinkel hoben sich erneut.

„Wie auch immer du es nennen möchtest“, sagte ich grinsend. Er überlegte kurz, doch dann nickte er.

„Okay. Morgen Abend gehen wir aus“, schlug er dann entschlossen vor. Es war keine Frage, aber ich antwortete trotzdem darauf. „Mhm ... ich überleg es mir ...“, neckte ich ihn und grinste ihn an, so wie er es immer tat. Damit hatte ich die angespannte Stimmung vollends aufgelöst und er fing an, mich in die Seite zu piksen. Ich begann zu lachen und drehte und wälzte mich, um dem zu entkommen. Doch er hörte nicht auf. „Sag, dass du mit mir ausgehst, und ich höre auf!“, sagte er lachend. „Okay ... okay, schon gut!“, brachte ich unter einem Lachanfall und den kläglichen Versuchen, ihm auszuweichen, hervor. „Aber nur unter einer Bedingung!“, sagte ich dann atemlos, als er aufgehört hatte. „Und die wäre?“ Er zog eine Augenbraue hoch.

„Morgen Abend gibt es keine Geheimnisse!“, forderte ich.

Er lächelte etwas schief. „Einverstanden, Prinzessin.“

Kapitel 11

Das Rauschen des Ozeans und einige Kindergeräusche weckten mich. Für einen Moment war ich verwirrt und ich stellte fest, dass das alles kein Traum gewesen war. Ich war wirklich hier in Kalifornien. In der Kleinstadt, in der mein Vater lebte. Und das nicht allein. Mit einem Lächeln drehte ich mich um und es verschwand innerhalb von Sekunden wieder. Die andere Hälfte des Bettes war leer. Ich schreckte auf und sah mich im Zimmer um. „Leo?" Keine Antwort.

Und dann sah ich den kleinen Zettel, der aus irgendeiner Zeitung herausgerissen war. In einer unordentlichen Handschrift war darauf etwas geschrieben.

Guten Morgen, Prinzessin :)
Ich muss noch etwas erledigen. Bin heute Abend wieder zurück.
Wir treffen uns um sieben unten vorm Hostel.
P.S.: Sorry. Mach dir keine Sorgen.

Ich würde ihn umbringen. Konnte er mich nicht einmal nicht im Unwissen lassen? Aber ich konnte es ihm nicht verübeln. Schließlich war das unser Deal. Er musste seine Familienangelegenheit klären und ich meinen Vater suchen. Eigentlich hatte ich sogar damit gerechnet, dass er sich gleich vom Acker machen würde. Aber das hatte er nicht. Und dafür war ich ihm mehr als dankbar. Denn ohne ihn hätte ich es nicht geschafft.

Ich zog mir mein bequemstes Sommerkleid über, kämmte mir die Haare und trug etwas Make-up auf, bevor ich mit meinem Gepäck auf den Schultern auscheckte und auf die Straße stolperte. Ich hatte keinen Plan, was ich nun tun sollte. Es war Montagmorgen und die Straßen waren nun voller als noch vor ein paar Stunden. Auf dem Platz tummelten sich Touristen und Einheimische, die schnellen Schrittes vorbeirauschten und gelegentlich zu einem Plausch mit einem anderen Einheimischen anhielten oder einigen Touristen den Weg zeigten. Die Musiker hatten sich wieder auf dem Platz eingerichtet und stimmten ihre Instrumente. Ich schaute ihnen zu und setzte mich auf eine Bank. Der Sänger mit der souligen Stimme hatte schwarze glatte Haare, die ihm in die Stirn fielen. Er trug eine braune Jacke und eine lockere Hose, die ihm gut stand. Der Gitarrist hatte ebenfalls dunkle Haare und war etwas moderner gekleidet. Die beiden mussten, wie ich schätzte, nur wenige Jahre älter sein als ich. Als der Gitarrist meinen Blick auffing, lächelte er und ich sah etwas peinlich berührt zur Seite. Wie lange hatte ich sie wohl schon angestarrt?

Dann holte ich mein Handy heraus. Ich legte meine neue SIM-Karte ein, die ich mir noch in Deutschland geholt hatte, und rief Melissa an. Sie ging sofort ran. „Hallo?"

„Hey, ich bin's!", klärte ich sie auf.

„Hey Süße! Wie geht es dir?", fragte sie dann erleichtert.

„Mir geht es gut. Wir haben ihn noch nicht gefunden", griff ich dann Melissas nächsten Frage vor. Und dann erzählte ich ihr von meinem gestrigen Abend und davon, dass Leo mich nach einem Date gefragt hatte und nun wieder verschwunden war. Es tat gut, Melissas Stimme zu hören. Wir waren bisher kaum einen Tag getrennt gewesen. Doch nun trennten uns gleich so viele Kilometer. Sie brachte mich ebenfalls auf den neusten Stand und schwärmte von Erik. Als wir alles bis ins kleinste Detail ausgetauscht hatten, fragte sie mich: „Und was wirst du nun tun?"

„Ich weiß es nicht genau", antwortete ich wahrheitsgemäß. Bisher hatte ich noch keine Zeit gehabt, mir etwas zu überlegen. „Ich denke, ich werde zuerst einige Einheimische fragen. Die Stadt ist ziemlich klein und wie es aussieht, kennt sich hier so gut wie jeder", fügte ich dann hinzu.

„Das hört sich doch schon mal nach einem Plan an", bestätigte Melissa mich. „Und Ricky! Du solltest deine Mutter zurückrufen. Sie macht sich ganz schön Sorgen. Sie hat mich gestern gefragt, ob ich was von dir gehört habe", sagte sie. „Das werde ich, aber noch nicht gleich. Danke, Melissa."

„Ich muss jetzt los. Die Arbeit ruft und sie haben mir jetzt noch eine Extraschicht aufgebrummt", beschwerte sich Melissa. „Halt mich auf dem Laufenden! Und viel Spaß heute Abend." Ihr Unterton war unüberhörbar. Ich musste etwas lächeln. „Mach ich. Hab dich lieb!", rief ich noch in den Hörer, bevor sie auflegte. Ich ließ mein Handy in meine Tasche gleiten. Die Menschenmassen hatten sich etwas aufgelöst und es war heller geworden. Dann meldete sich mein Magen und ich beschloss, mir etwas zum Essen zu holen, bevor ich mich aufmachte.

Ich ging einmal über die Straße und betrat ein kleines pastellfarbenes Café, das, nach der geschwungenen Schrift über dem Eingang zu urteilen, *Majas Café* hieß. Wie sich herausstellte, war Maja eine kleine zierliche Frau, die nach meiner Schätzung Ende Zwanzig sein musste und strohblondes Haar hatte. Winzigen Sommersprossen zierten ihr Gesicht und ihre großen Augen funkelten neugierig. Sie war die Art Mensch, die man sofort mochte, ohne dass sie großartig etwas dafür tat. Mit einem strahlenden herzlichen Lächeln begrüßte sie mich und ich setzte mich an einen der freien Tische am Rand. Die Bänke waren aus Holz und mit bunten Kissen und Decken überzogen. Hier fühlte man sich sofort wohl. Alles war in hellen Farben eingerichtet und wirkte gemütlich. Ich bestellte bei Maja einen Bagel und einen Pott Kaffee, damit ich wach wurde. Auf dem kleinen runden Tisch vor mir stand ein Topf mit denselben Blumen wie schon im Hostel und an der Promenade. Diese Blumen schienen hier wohl sehr beliebt, dachte ich. Doch ich kannte die Sorte noch immer nicht. „Das sind Mittagsblumen", klärte mich Maja auf Englisch auf, als sie im Vorbeigehen meinen Blick bemerkte. „Schön, nicht wahr?" Ich nickte. „Sie blühen eigentlich erst Ende August, aber hier blühen sie fast das ganze Jahr über. Deswegen sind sie fast schon das Markenzeichen der Stadt. Sie stehen für die Harmonie unter den Menschen, die Freiheit und ein vollkommenes, glückliches Leben." Sie lachte etwas verlegen. „Tut mir leid, dass ich dich hier so vollquatsche. Aber als ich hierherkam, habe ich mich sehr dazu belesen und das hat mich irgendwie fasziniert." Sie lächelte mich an, dann hob sie die Hand und streckte sie mir entgegen. „Maja", stellte sie sich vor. Ich lächelte sie ebenfalls an. „Ricky", erwiderte ich dann und schüttelte ihre Hand. „Du bist nicht von hier", stellte sie fest. Ich schüttelte den Kopf. „Nein, aus Deutschland", sagte ich. „Oh, wirklich?", fragte sie überrascht. Dann wechselte sie in ein perfektes Deutsch. „Da komme ich ursprünglich auch her. Ich bin vor zwei Jahren hierhergezogen und habe das Café eröffnet", erklärte sie mit einem warmen Lächeln auf den Lippen. Ich mochte sie einfach auf Anhieb. „Wie kam es dazu, dass du hierhergezogen bist?", fragte ich neugierig.

„Ich habe mich einfach in diese Stadt verliebt. Die Menschen sind hier so freundlich und offen. Nach einem Urlaub vor einigen Jahren habe ich festgestellt, dass dieser Ort viel besser zu mir passt als der, aus dem ich herkomme", erzählte sie. Dann schien ihr etwas einzufallen. „Was machst du hier?", fragte sie mich neugierig. „Ich bin auf der Suche nach meinem Vater. Maxim Taake. Kennst du ihn?" Doch Maja schüttelte traurig den Kopf. „Leider nicht. Tut mir leid", antwortete sie. Ich versuchte, mir meine Enttäuschung nicht anmerken zu lassen. Im nächsten Moment kamen zwei Frauen herein, die sie freundlich begrüßten. „Okay, ich muss wohl weiter an die Arbeit", stellte sie fest und einige Minuten später standen ein heißer Kaffee und ein Bagel mit Frischkäse und Marmelade auf meinem Tisch. Während ich meinen Bagel genüsslich aufaß, beobachtete ich die Menschen um mich herum. Das Café hatte sich nun gut gefüllt und Maja hatte einiges zu tun. Immer wieder plauschte sie mit einigen Besuchern des Cafés. Man hörte schallendes Gelächter und die Menschen hier wirkten glücklich. Ich musste ebenso lächeln. Ich konnte mir vorstellen, warum dieser Ort Maja so in den Bann gezogen hatte. Beinahe hätte ich vergessen, warum ich eigentlich hier war. Nachdem ich meinen Kaffee leer getrunken und meinen Bagel verputzt hatte, verabschiedete ich mich von Maja. „Bis bald, Ricky!", rief sie mir noch hinterher, als die Tür in den Rahmen fiel. Die Sonne stand nun schon weit oben und wärmte meine Haut. Es war angenehm warm und kein einziges Wölkchen bedeckte den Himmel. Als ich die Straße hinaufging, in der das ehemalige Haus meines Vaters stand, checkte ich mein Handy. Keine neue Nachricht. Leo hatte sich noch immer nicht gemeldet. Sollte ich mir Sorgen machen? Aber er hatte ja ausdrücklich geschrieben, dass ich es nicht tun sollte. Ich dachte wieder an den gestrigen Abend. So viel hatte er noch nie von sich preisgegeben. Was hatte ihn bloß zu diesem arroganten, verschlossenen Menschen gemacht? Und wo war er? Heute Abend würde ich es vielleicht erfahren. Ich schaltete mein Handy wieder aus und verstaute es in meiner Tasche. Aber jetzt würde ich erst einmal meinen Vater finden. Ich stolzierte die Straße entlang, bis ich wieder vor dem Haus stand. Rechts ragte ein hohes Haus mit einer langen Auffahrt, gesäumt von Palmen, auf. Links stand etwas versteckt hinter Büschen und Bäumen ein niedliches Häuschen. Instinktiv zog es mich dorthin. Vor dem kleinen orangenen Häuschen stand ein Damenrad mit einer gefüllten Einkaufstasche im Körbchen am Lenkrad. Ich ging durch das niedrige Tor in den Vorgarten und folgte einem Weg mit Feldsteinen zu einer Treppe. Noch bevor ich an der Eingangstür angekommen war, öffnete sich diese und eine ältere Frau kam heraus. Sie schien mich erst gar nicht zu bemerken, sondern noch damit beschäftigt zu sein, etwas in ihrer Handtasche zu suchen. Die alte Dame war etwa einen Meter fünfzig groß und hatte graues Haar, das sich um ihr rundes Gesicht ringelte. Sie wirkte etwas zerstreut und schien in Gedanken. Als ich mich räusperte, erschrak sie und fiel beinahe von der Treppe. „Huch", stieß sie aus und sah mich erschrocken an.

„Du kannst mich doch nicht so erschrecken, Mädchen!", rügte sie mich schroff, doch in ihren Augen funkelte etwas Herzliches. „Tut mir leid", entschuldigte ich mich auf Englisch. Dann bemerkte ich etwas direkt vor meinen Füßen. „Suchen Sie die hier?", fragte ich und hob die Brille auf. „Ach Gott!", stieß sie aus. „Ich dachte schon, ich hätte sie verloren." Sie klang erleichtert und nahm sie mir ab.

„Das macht sich wohl nicht so gut, ohne Brille eine Brille zu suchen", sagte ich und die Frau musste lachen. „Nein. Beim letzten Mal habe ich sie erst nach Wochen durch Zufall wiedergefunden. Das war schrecklich. Ich habe nicht mal mehr die Postfrau erkannt", sagte sie immer noch lachend. Nachdem sie ihre Brille aufgesetzt hatte, sah sie mich von oben bis unten an. „Aber was möchtest du von mir, mein Kind?", fragte sie dann. Ich räusperte mich erneut. „Ich suche einen Maxim Taake", erklärte ich. „Kennen Sie ihn? Oder wissen Sie zumindest, wo er jetzt wohnt? Er hat vor einigen Jahren noch in dem Haus nebenan gewohnt."

Das Lächeln der Frau verschwand. „Jaja, ich kenne Maxim", antwortete die Frau und mein Herz machte einen Satz.

„Er ist mein Vater", erklärte ich dann, weil ich es für richtig hielt. Die Frau sah mich mit großen Augen an. Dann sagte sie: „Ich erzähl dir alles, was ich weiß. Aber komm erst einmal rein."

Nachdem ich ihren Einkauf hineingetragen und sie mir einen Pfefferminztee gemacht hatte, saßen wir uns an einem niedrigen Tisch im Wohnzimmer des Hauses gegenüber. Die Frau stellte sich als Magret vor und erzählte mir, dass sie in der Stadt so gut wie jeden kenne, der hier in den letzten siebzig Jahren gelebt hatte. Magret wohnte seit zehn Jahren alleine in dem Haus. Ihr Mann war verstorben und Kinder hatte sie nie bekommen können. Das stimmte mich traurig, doch Magret ließ sich trotzdem nicht unterkriegen. Sie war eine tapfere Dame und hatte trotz der Einsamkeit ihren Humor beibehalten. Ich bewunderte sie.

„Maxim war ein wirklich anständiger junger Mann. Er war immer hilfsbereit und höflich und hat mir so oft bei der Gartenarbeit geholfen oder meine Einkäufe hineingetragen. Ich mochte ihn." Dann dachte sie kurz nach. „Oh ja, ihr wart sogar mal zusammen hier gewesen. Als du noch ganz klein warst und er noch mit ... ach je, Namen vergesse ich immer so schnell ... mit einer jungen Dame, die in dem Apartment in der 52. wohnte, zusammen war." Dann machte sie wieder eine Pause. „Lucy?", fragte ich. Die Frau nickte. „Genau. Genau. Lucy. Deine Mutter. Sie waren ein glückliches Pärchen." Dann lachte sie bei einer Erinnerung. „Jaja ... Lucy und Maxim ... und Franz und Emilia. Die vier waren unzertrennlich gewesen. Man hat sie nur zusammen gesehen. Das war eine Freundschaft wie aus einem Bilderbuch

130

gewesen. Eine richtige Legende in unserer kleinen Stadt." Die Frau lachte wieder auf. „Sie haben ein bisschen Wind hineingebracht. Besonders die beiden Jungs haben hier die Leute ordentlich auf Trab gehalten", erzählte sie und ihr Blick schwelgte noch immer in einer verlorenen Vergangenheit umher. „Was ist dann passiert?", hakte ich nach. Ich konnte die ganzen Informationen noch nicht ganz verarbeiten. Ich wusste, dass wir einige Jahre, bevor sich meine Eltern getrennt hatten, in Amerika gelebt hatten. Doch meine Mutter hatte nie erzählt, wo wir gewohnt hatten. Wahrscheinlich um zu verhindern, dass ich genau das tat, was ich jetzt tat. Nämlich nach Antworten zu suchen. Sie waren also beide mit Franz befreundet gewesen. Franz. Dem Schulfreund meiner Mutter. Dem Vater von Leo. Dem, der vor einigen Jahren gestorben war. „Ach Liebes ..." Magrets Miene verdüsterte sich. „Es ist eine schreckliche Tragödie ..." Ihr Atem stockte für einen kurzen Moment, dann erzählte sie weiter: „An einem Morgen hat man Franz gefunden. Tot. Er war ermordet worden. Und das von seinem eigenen Sohn. Es ist schrecklich. Und ich war in der Nacht, in der es passierte, dort gewesen. Seitdem sind die vier auseinander gegangen." Sie sah mich traurig an. „Deine Mutter und dein Vater haben sich getrennt und Emilia ist mit ihrem anderen Sohn weggezogen. Ich glaube, Maxim ist nie damit klargekommen. Franz und er waren unzertrennlich gewesen. Man sagte zwar, dass sie in der Zeit oft aneinandergeraten waren, aber sie waren schließlich Freunde." Sie nahm einen Schluck aus ihrer Tasse.

„Und wo ist er jetzt?", fragte ich. Ich konnte noch immer nicht so recht verarbeiten, was ich da gerade alles erfuhr. Franz war von seinem eigenen Sohn getötet worden. Von Leos Bruder. Ich hatte nicht einmal gewusst, dass er einen hatte. Und sein eigener Vater war ermordet worden. War das etwa die Familienangelegenheit? Zumindest konnte ich jetzt etwas verstehen, warum er daraus ein Geheimnis machte. Aber warum sollte ich ihn deswegen hassen? Ganz im Gegenteil. Ich verspürte nur Mitgefühl. Wo war er? Wo war Leo? Und was machte er gerade? In was wollte er mich nicht hineinziehen? Zu viele Fragen.

„Maxim hat vor Jahren eine neue Frau kennengelernt. Franziska Law. Sie kam aus Minnesota und hatte eigentlich nur hier Urlaub machen wollen." Die alte Frau wusste wirklich viel. Vielleicht sollte ich demnächst vorsichtiger sein, wenn ich meinen Nachbarn etwas erzählte. „Die beiden waren sehr glücklich. Aber nach Franz' Tod war er nicht mehr der Alte. Er hat sich zurückgezogen und ..." Sie sah mich an und schien darüber nachzudenken, ob sie mir die nächsten Worte sagen konnte. „Er hat etwas zu sich genommen. Vor einem Jahr war er dann für eine ganze Weile im Krankenhaus deswegen. Er hat es nicht mehr in den Griff bekommen." Meine Mutter hatte es also gewusst. Sie hatte mich davor gewarnt, dass er in keiner *guten Verfassung* war. Deswegen hatte ich zu meinem Geburtstag also nur einen Brief bekommen. Er hatte mich wahrscheinlich in diesem Zustand nicht anrufen wollen. Und meine Mutter hatte das alles gewusst. Aber woher? Hatten die beiden etwa noch Kontakt?

„Franziska hat es wohl nicht mehr ausgehalten. Kurz danach haben sich die beiden getrennt und das Haus verkauft", beendete sie schließlich ihre Geschichte.

„Und wissen Sie, wo mein Vater jetzt lebt?", fragte ich Magret noch immer etwas niedergeschlagen und verwirrt aufgrund all der neuen Informationen, die ich gerade erfahren hatte.

Sie schüttelte traurig den Kopf. „Ich habe seit einer ganzen Weile nichts mehr von ihm oder Franziska gehört." Sie sah mich mitfühlend an und goss sich noch eine Tasse Tee ein. „Es tut mir wirklich leid, dass ich dir nicht weiterhelfen kann."

„Oh doch, das konnten Sie", erwiderte ich etwas leiser und nachdenklich. Nun wusste ich zumindest mit Klarheit, warum mir Leo schon vom ersten Moment an bekannt vorkam. Wir waren bis zu unserem dritten Lebensjahr zusammen aufgewachsen. Unsere Familien waren befreundet gewesen, doch nach dem Tod seines Vaters auseinander gegangen. Doch aus irgendeinem Grund wurde ich das Gefühl nicht los, dass in der Nacht noch mehr passiert war. Meine Eltern hatten sich kurz darauf getrennt und meine Mutter war mit mir nach Deutschland gezogen. Ganz eindeutig mochten sich Leos und meine

Mutter nicht besonders. Und sie hasste meinen Vater. So sehr, dass ich in ihrer Gegenwart nicht mal seinen Namen erwähnen durfte. Was hatten sie also noch zu verbergen? Was war noch vorgefallen? Und wenn das alles vor vielen Jahren vorgefallen war, was hatte dann Leo noch zu klären?

Und die wichtigste Frage: Wo war mein Vater?

Ich hatte das Gefühl, dass nach jeder neuen Information sich noch dreimal mehr Fragen stellten. Nichts brachte mich weiter. Nichts brachte mich näher zu meinem Vater. Alle Antworten trieben mich nur noch mehr auf den Ozean der Geheimnisse und Lügen heraus, den meine Familie erschaffen hatte. Als ich den Tee ausgetrunken hatte, half ich Magret, das Geschirr in die Küche zu tragen, und verabschiedete mich. „Danke für den Tee", fügte ich dann noch hinzu.

„Ich habe zu danken, mein Engel. Komm mich gerne mal wieder besuchen", sagte sie mit einem freundlichen Lächeln im Gesicht und hielt mir die Tür auf. Als ich schon fast am Gartentor war, rief sie mir noch etwas hinterher: „Und lass dir nie etwas anderes einreden. Dein Vater war einer der freundlichsten und tollsten Menschen, denen ich je in meinem Leben begegnet bin." Noch bevor ich etwas erwidern konnte, war sie im Haus verschwunden und hatte die Tür geschlossen.

Mit dem Blick auf mein Handy stellte ich fest, dass es schon sechzehn Uhr war. Ich hatte also noch zwei Stunden Zeit, bis ich mit Leo verabredet war. Bei dem Gedanken, dass wir dann unser erstes Date hatten, zog sich alles in mir zusammen. Mein Kopf schwirrte und ich lief zum Wasser hinunter. Dort setzte ich mich ganz vorne auf einen der Stege und tippte in die Suchmaschine in meinem Handy Franziska Law ein. Es ploppten einige Zeitungsberichte und eine Facebookseite auf. Ich durchforstete die Facebookseite und stellte fest, dass die Frau auf der Seite aus der Türkei kam und Ende Sechzig war. Obwohl Magret kein Alter genannt hatte oder sonstiges, bezweifelte ich, dass es die Franziska Law war, die ich suchte. Doch bevor ich weitere Seiten öffnen konnte, wurde der Bildschirm meines Handys schwarz. „Shit!", fluchte ich. Der Akku war leer.

Widerwillig ließ ich mein Handy in die Tasche gleiten und sah auf die Weiten des Ozeans hinaus. Die Sonne stand nun schon etwas niedriger und wärmte meine rechte Gesichtshälfte. Einige Segler trudelten nun nach und nach in den Hafen ein. Es wehte kaum mehr als ein kleines Lüftchen, das meine Haare leicht zur Seite wehen ließ. Eine leichte Gänsehaut zog sich über meinen Körper und ich zog meine Beine näher an mich. Die Luft war frisch und klar und ich atmete sie tief ein. Die Wellen funkelte im Sonnenlicht und für einen Moment versuchte ich an nichts zu denken. Nur das Hier und Jetzt zu genießen. Eine Gruppe Jugendlicher kam auf den Steg. Zwei Jungen und zwei Mädchen. Der größere der beiden Jungen nahm eines der beiden Mädchen auf den Arm und polterte über den Steg. Die anderen Jugendlichen lachten. Nur das Mädchen auf seinen Schultern schrie. Mit dem Mädchen auf dem Arm sprang der Junge ins Wasser und als sie wieder auftauchten, lachten sie beide.

Ich stellte mir Franz, Emilia und meine Eltern zusammen vor und dachte an das Buch meines Vaters. Mit diesem Gedanken traf mich eine Erkenntnis. Die vier Freunde, über die er geschrieben hatte, waren sie gewesen.

Dann wandte ich meinen Blick wieder von den vier Jugendlichen, die nun alle im Wasser gelandet waren, ab und sah zum Ozean hinaus.

Ich fühlte mich wie ein Einbrecher. Als würde ich in eine Geschichte einbrechen, die nicht mir gehört, in eine Vergangenheit, die nicht meine ist, und Dinge hervorholen, die längst vergangen sind und mich eigentlich nichts angingen. Vielleicht wollte mein Vater nicht gefunden werden. Vielleicht war es falsch, in all diesen Dingen herumzuwühlen. Vielleicht ging es mich einfach nichts an und ich sollte auf der Stelle umkehren und wieder nach Hause fliegen. Vielleicht sollte ich wieder anfangen, mein eigenes Leben zuhause aufzunehmen, und diese ganze Sache vergessen. Aber ich wusste schon viel zu viel. Zu viel, um jetzt wieder umzukehren. Außerdem war das hier auch einst mein Zuhause gewesen, obwohl ich mich daran nicht mehr erinnern konnte.

Plötzlich legten sich zwei Hände auf meine Augen und eine Stimme flüsterte viel zu nah an meinem Ohr: „Hey, Prinzessin!" Ich schrak hoch und schlug um mich. Als ich bemerkte, dass es Leo war, der mich nun erstaunt ansah, taumelte ich einige Schritte zurück und wäre fast im Wasser gelandet. Fast. Denn Leo packte mich mit seinen rauen Händen am Arm und zog mich zu sich heran. „Vorsicht", stieß er amüsiert aus. „Du brauchst doch nicht schon wieder solche Angst vor mir zu haben." Damit befreite ich mich aus seiner Umarmung und stieß ihn ein Stück weg. „Bilde dir ja nichts darauf ein!", tat ich seine Bemerkung ab. Er grinste und sah mich mit funkelnden Augen an.

„Du glaubst gar nicht, was ich heute ergattert habe", wechselte er dann freudestrahlend das Thema.

Wir standen vor einem weißen, etwas verrosteten Pick-up. Die Sitze waren aus braunem Leder und sahen schon etwas versessen aus. „Na? Was sagst du?", fragte mich Leo begeistert. Ich ging einmal um den Pick-up herum und blieb dann wieder neben Leo stehen. „Aus welchem Vorgarten hast du denn den geklaut?" Es sollte ein Witz sein, doch mein Tonfall war ernster als beabsichtigt.

„Jetzt hör mal auf mit deinen Moralpredigten!", tat Leo meine Bemerkung ab und stieg auf den Fahrersitz des Wagens. „Leo!", stieß ich ernst aus. Aber er lachte nur. „Der ist nicht geklaut. Jetzt beruhig dich und steig endlich ein!"

„Ich steig nicht ein, bevor ich nicht weiß, woher der Wagen ist!", sagte ich und verschränkte beleidigt meine Arme. „Steig in den Wagen, Prinzessin!", forderte er mich etwas amüsiert auf. „Nein!", erwiderte ich und hob meinen Kopf demonstrativ an. „Du hast mir gestern was geschworen, Leo!" Leo stöhnte etwas missgelaunt. „Spielverderberin", sagte er, doch dann erzählte er mir widerwillig, dass er den Wagen von einem alten Bekannten seines Vaters ausgeliehen hatte. Er hieß Larry und betrieb eine Autowerkstatt. Ich nickte zufrieden und stieg neben ihm in den Wagen. Doch dann erinnerte ich mich an die letzte Fahrt mit ihm und wäre am liebsten wieder ausgestiegen. Als er Gas gab, hielt ich mich an dem Türgriff fest. Leo lachte bei meinem Anblick. „Vertrau mir. Ich bring dich schon sicher wieder zurück. Wir machen nur eine kleine Spritztour", sagte er grinsend und als wir aus der Stadt hinausfuhren und auf den Highway einbogen, gab er Vollgas. Wir zogen an den anderen Autos vorbei und es gab kein Halten mehr. Nach einer Weile entspannte ich mich schließlich und ließ mich fallen. Ich genoss es sogar. Ich öffnete die Fensterscheiben und lehnte mich etwas hinaus, sodass meine Haare wie wild umherwehten. Dann streckte ich meinen Arm hinaus und schrie. Das hatte ich schon immer mal machen wollen. Doch dann kam mir noch ein viel besserer Einfall. Ich war völlig verrückt geworden. Ich öffnete die Luke zur Ladefläche und kletterte hindurch. Leo beobachtete mich mit einem Lächeln auf den Lippen durch den Rückspiegel. Er ging etwas vom Gas hinunter, doch als ich auf der Ladefläche stand, rauschte der Wind noch immer viel zu schnell an mir vorbei. Langsam traute ich mich aufzustehen. Dann ließ ich erst die eine und dann die andere Hand los und streckte beide Arme weit von mir aus. Ich schrie ein zweites Mal. Es war ein Glücksschrei. Denn in diesem Augenblick war da nur ich. Nichts weiter. Ich dachte an nichts. Sondern genoss einfach diesen unbändigen Rausch. Dieses Adrenalin, das durch meine Adern zog und etwas in mir auslöste. Wie ein kleines Feuer, das ich nie wieder missen wollte. Und im Nachhinein wusste ich nicht, ob dieses Feuer schon immer dagewesen und ich es vorher immer wieder im Keim erstickt hatte oder es erst jetzt entstanden war. Seit dem Augenblick, an dem Leo in mein Leben kam. Er hatte es entfacht. Es war verrückt. So verrückt. Ich fühlte mich so frei wie noch nie.

Dann stieg ich wieder hinein zu Leo. Ich war noch immer so berauscht, dass ich keinen klaren Gedanken fassen konnte. „Du bist wahnsinnig!", sagte Leo und lachte.

Als es fast dunkel war, hielt Leo an einem verlassenen Strand an. Der Strand war breit und menschenleer. Es wehte ein leichter Wind, doch es war noch immer warm. Ich hörte, wie die Wellen an dem Ufer zerschellten. Am Horizont war die Sonne fast untergegangen. Es würde nur noch wenige Minuten dauern, bis sie vollkommen verschwunden war. „Lust auf eine Abkühlung?", fragte Leo mich mit einem Funkeln in den Augen und sprang aus dem Wagen. „Ich habe keine Badesachen", stellte ich mit Erschrecken fest. Er sah sich demonstrativ um. „Die brauchen wir doch nicht", antwortete er grinsend und ging zum Wasser. Ich blieb einen kurzen Moment stehen und beobachtete ihn. Leo war so voller Energie. Nichts konnte ihn von etwas abhalten. Er tat, was er wollte, ganz egal, was die Leute dachten. Und das mochte ich so sehr an ihm. „Jetzt komm schon!", schrie er, als er bemerkte, dass ich noch immer wie angewurzelt stehen blieb. Er war gerade dabei, sich sein Shirt auszuziehen, und sah mich herausfordernd an. Ich rannte los und entledigte mich im Rennen meiner Kleider, bis ich in Unterwäsche an Leo vorbei ins Wasser brauste. „Huh, ist das kalt!", schrie ich und hüpfte im Wasser umher. Leo konnte sich gar nicht mehr halten vor Lachen. Dann sprang auch er mit einer eleganten Bewegung ins kühle Nass. Er tauchte unter und kam neben mir wieder aus dem Wasser. „Drei Fragen", sagte er dann. „Was?", fragte ich verwirrt. „Ich stelle dir drei Fragen und du musst sie ehrlich beantworten", klärte er mich auf. „Okay."

„Was ist deine Lieblingsfarbe?", fragte Leo mich und kam ein Stückchen näher. „Blau, wie der Ozean." Und Leos Augen.

„Wann war dein erster Kuss?" Er kam noch ein Stück näher. Ich überlegte. „In der Sechsten, glaub ich." „Glaubst du?", hakte Leo nach. „So was vergisst man doch nicht", fügte er dann noch hinzu. Ich zuckte mit den Schultern. „Er war nicht besonders spektakulär", antwortete ich. „Wann war deiner?", fragte ich neugierig. „In der Vierten beim Flaschendrehen", antwortete er. „Standard", erwiderte ich und bekam kurz darauf eine Ladung Wasser ins Gesicht. „Auch nicht besonders spektakulär", fügte er noch hinzu und wir sahen uns an. Ich merkte, dass er an dasselbe dachte wie ich. An den Kuss im Pool. Ob der für ihn spektakulär gewesen war? Ich konnte mich kaum noch an den Abend erinnern, weil ich viel zu viel getrunken hatte. Aber an den Kuss erinnerte ich mich noch glasklar. Um ein wenig Abstand von Leo zu gewinnen, damit ich nicht wieder einen derartigen Fehler beging, schwamm ich ein Stück von ihm weg. „Und deine letzte Frage?", fragte ich Leo, der noch immer dort stand und mich genauestens beobachtete. Er überlegte eine Weile. „Wovon träumst du?", fragte er dann. Ich hielt in der Bewegung inne und wollte mich aufstellen, bis ich merkte, dass ich keinen Boden mehr unter den Füßen hatte. Ich schwamm ein Stück, bis meine Füße wieder den sandigen Boden berührten. „Ich habe oft denselben Traum, dass ich auf einer Klippe stehe. Manchmal ist da noch mein Vater. Manchmal bin ich alleine. Unter mir ist Wasser. Aber ich stehe meistens nur da und sehe hinauf in den Himmel oder zu den Wellen hinunter … Ich weiß nicht, was das zu bedeuten hat", antwortete ich ehrlich. Das hatte ich noch nie jemandem erzählt. Leo beobachtete mich interessiert.

„Vielleicht sehnst du dich insgeheim nach etwas", antwortete Leo und schwamm mir ein Stück entgegen.

„Ja, vielleicht", erwiderte ich.

„Und jetzt bin ich dran! Drei Fragen!", lenkte ich dann wieder vom Thema ab. „Zwei!", korrigierte mich Leo. „Eine hast du mir ja schon gestellt. Die mit dem Kuss."

„Ach Mist", fluchte ich. „Okay", gab ich mich geschlagen.

„Warst du schon einmal verliebt?", fragte ich ihn. Er schwamm wieder ein Stück, bis er fast bei mir war. „Nein, ich denke nicht", antwortete er dann. „Noch nie?", hakte ich nach. Er schüttelte den Kopf. „Bisher hat mich noch nie jemand umgehauen. Jedenfalls bis jetzt nicht", sagte er und sah mich mit einem Funkeln in den Augen an. Mein Herz setzte für einen kurzen Moment aus. Ich schluckte etwas zu hart und ließ mich dann wieder ins Wasser gleiten. Meine letzte Frage würde ihm nicht gefallen. „Wo warst du heute?"

Jetzt hatte ich ihn. Er musste darauf antworten und das sogar ehrlich. Keine Geheimnisse. Das war der Deal. „Das waren schon drei Fragen", sagte Leo. Ich ließ mich wieder auf die Füße gleiten. „Was? Nein! Gar nicht!", protestierte ich. Wieder kam sein schelmisches Grinsen zum Vorschein. „Doch", erwiderte er. „Du hast mich gefragt, ob ich noch nie verliebt war."

„Ach, komm schon! Das war doch keine richtige Frage gewesen", schimpfte ich.

„Ach nein? Wieso musste ich dann darauf antworten?", neckte er mich. Und dann war er es, der eine Ladung Wasser abbekam. Plötzlich fing es an zu donnern und ein Blitz erhellte den Himmel. Wir rannten aus dem Wasser und sammelten unsere Sachen ein, bevor es anfing, wie aus Eimern zu schütten. „Komm, du lahme Ente!", schrie Leo mir unter dem tosenden Wind und Regen entgegen. Er war mir schon einige Meter voraus, als ich noch dabei war, meine Klamotten einzusammeln.

Als ich alle Klamotten zusammen hatte, hüpften wir ins Auto und schlossen die Türen. Sofort war alles still. Man hörte nur noch unser schweres Atmen und den Regen, der gegen das Autodach hämmerte. „Bist du okay?", fragte Leo mich. Er war pitschnass und trug noch immer seine Shorts, die er zum Baden angehabt hatte. „Total!", entwich es mir mit einem breiten Grinsen auf den Lippen. Ich spürte so viel Energie und Lebensfreude in mir, dass mein Herz fast daran zu platzen drohte. Er lächelte mich an.

Wir zogen uns trockene Klamotten aus unserem Gepäck über und fuhren wieder zurück in die Stadt. Als unsere beiden Mägen anfingen zu knurren, wussten wir, was unser nächster Stopp sein würde. Direkt neben dem Hostel, im Keller eines Hauses, gab es eine Bar, wie uns bereits ein Schild zehn Meter davor ankündigte. Weil es noch immer schüttete, stellten wir den Wagen an der Straße ab und rannten so schnell wir konnten in die Bar.

Die Bar war voll, doch wir ergatterten trotzdem einen Tisch in einer Nische. Die meisten Menschen hatten sich am Tresen oder vor der Bühne versammelt, wo die Straßenmusiker spielten, die ich auch schon an den letzten beiden Tagen gesehen hatte. Dieses Mal waren sie allerdings zu dritt. Denn neben dem Gitarristen und dem Sänger war nun noch jemand am Schlagzeug. Erstaunt stellte ich fest, dass der Gitarrist mich wiedererkannte, denn er hielt für einen kurzen Moment meinem Blick stand und zwinkerte mir zu. Ich lächelte etwas verlegen zurück. Leo bekam davon zum Glück nichts mit. Er war vertieft in die Speisekarte und überlegte mit gerunzelter Stirn, was er nehmen sollte. Gerade spielten sie Use Somebody von *Kings of Leon*. Ich wippte im Takt der Musik mit, bis eine hübsche Kellnerin plötzlich vor uns stand. „Hallo. Wie geht's? Was möchtet ihr bestellen?", fragte sie höflich auf Englisch. Ich bestellte das Erste, was mir auf der Karte in den Blick kam. Einen Burger. Pommes. Und eine Limonade. Ich hatte solch einen Hunger. Leo bestellte sich das Doppelte. Das Essen kam kurz darauf und wir fielen darüber her. Als wir beide satt in unsere Stühle zurücksanken, ließ ich meinen Blick durch den Raum schweifen. Die Band hatte nun einen langsamen Song angestimmt und das Publikum fing an, sich in Paarkonstellationen schaukelnd zu bewegen. Es waren alte sowie junge Leute hier und alle schienen unbeschwert. Dann war das Lied vorbei und die Menschen verteilten sich wieder an den Rand, um etwas zu trinken oder sich auf den Bänken niederzulassen. Hier drin war es laut. Aus allen Himmelsrichtungen ertönten Stimmen und Gelächter und die Bar roch nach einer Mischung aus Tabak, Alkohol und einem süßlichen Geruch, den ich nicht einordnen konnte. Nach einer kurzen Pause betrat der Gitarrist die Bühne und griff sich das Mikrofon. „Nun kommen wir zu unserem wöchentlichen Ritual", sagte er dann mit einer etwas rauen Stimme. „Jetzt darf einer von euch einen Song mit uns singen. Ganz egal, welchen Song. Ihr sucht ihn aus! Freiwillige?"

Ein Raunen brach durch die Reihen und immer wieder wurde jemand von seinen Freunden angestupst und ermutigt, doch niemand meldete sich. „Ach, kommt schon, Leute!", ermutigte der Gitarrist das Publikum. „Vielleicht jemand von unseren Neuankömmlingen?", sagte er dann und sah plötzlich mich an. Mir blieb das Herz stehen vor Schreck. Dann hoben sich ein paar Hände, doch er fixierte noch immer mich. „Was ist mit der jungen Frau dahinten?", fragte er dann mit einem herausfordernden Lächeln und zeigte auf mich. Plötzlich drehte sich die Menge zu mir um und ich hatte das Gefühl, keine Wahl mehr zu haben. Ich schüttelte immer wieder den Kopf und hörte, wie sich Leo neben mir amüsierte. „Ach, komm schon! Keine Angst!", forderte mich der Gitarrist erneut auf. Ich blickte zu Leo, der mich feixend beobachtete. Doch dann stand ich auf und musste bei Leos erstauntem Blick grinsen. Ich bahnte mir einen Weg durch die Menschen zur Bühne. Einige klatschten und pfiffen oder riefen mir aufmunternde Sprüche entgegen. „Hey, ich bin Mike!", stellte sich der Gitarrist vor. „Ricky!", entgegnete ich. „Welchen Song möchtest du singen, Ricky?" „Ich ... ähm ...". Ich überlegte einen Moment, bis mir ein Song einfiel, den ich erst vor Kurzem mit Melissa zusammen gehört hatte. „*Weightless* von Natasha Bedingfield", sagte ich dann bestimmt. Mike lächelte zufrieden. „Gute Wahl! Ich denke, den sollten wir spielen können. Warte, ich frage mal Luke." Damit drehte er sich zu dem Sänger der Band um, der gerade die Bühne betreten hatte. Ich ließ meinen Blick über die Menge schweifen. Es hatten sich eine Menge Leute auf der kleinen Tanzfläche versammelt, die nun interessiert zu mir hochsahen. Wenn ich mit meiner Band gespielt hatte, waren zu unseren Konzerten, die wir ab und an in Bars oder Cafés gegeben hatten, vielleicht die Hälfte an Menschen anwesend gewesen. Langsam wurde ich nervös. Doch dann blieb mein Blick an Leo hängen, der mich aufmunternd ansah.

„Gut, also, bist du bereit? Hier ist dein Mikrofon", sagte Mike schließlich wieder an mich gewandt. Er testete kurz das Mikro und gab es mir. Luke stellte sich neben mich auf und nickte mir aufmunternd zu. „Hey, Ricky. Ich bin Luke", stellte er sich dann ebenfalls vor. Der Schlagzeuger spielte den Takt an und ich machte mich bereit für meinen Einsatz. Sofort war ich in meinem Element und hatte die vielen Menschen, die mich von dort unten ansahen, vergessen. Als ich zum Refrain überging, setzte auch Luke mit ein.

Er lächelte mich erstaunt an und die Musik und Emotionen nahmen mich mit jeder Zeile mehr und mehr ein. Ich ließ sie durch meine pulsierenden Adern fließen und mich von ihnen entführen. Dieser Song war so leicht und gleichzeitig doch so tiefgründig. Ich wollte nicht, dass dieser Moment endete. Dass dieser Song endete. Doch schließlich erklangen die letzten Takte und ich kam wieder im Hier und Jetzt an. Die Menschen klatschten und tobten. „Wow! Das war klasse!", sagte Luke begeistert. „Deine Stimme ist der Wahnsinn!", rief Mike über das Klatschen der Menge hinweg. Mike und Luke bedankten sich für den Song und ich ging wieder zurück zu meinem Platz. Dort wartete ein entgeisterter Leo auf mich. „Was ist?", fragte ich nur und wollte dabei lässig rüberkommen, doch meine Stimme klang von den vielen Emotionen, die durch mich hindurchflossen, ganz schrill. Als ich mich setzte, sah mich Leo noch immer erstaunt an. „Das war ... das war ...". Ihm schienen die Worte zu fehlen. „Wow, Ricky! Das war einfach der Wahnsinn!", beendete er schließlich seinen Satz. Das hörte ich nun schon zum zweiten Mal diesen Abend und ich konnte mir mein stolzes Grinsen nicht verkneifen. „Danke!", sagte ich kichernd. Es dauerte nicht lange, da gesellte sich Mike zu uns an den Tisch. „Darf ich mich setzen?", fragte er höflich. „Klar!", stieß ich noch immer freudestrahlend aus.

„Ich bin Mike", stellte er sich bei Leo vor und ließ sich auf einen der freien Stühle sinken. Er hatte haselnussbraune Augen und ebenso braunes Haar und trug die gleiche schwarze Lederjacke wie schon am Tag zuvor. „Leo!", erwiderte Leo knapp und umfasste Mikes ausgestreckte Hand.

„Du hast eine klasse Stimme!", sagte dann Mike an mich gewandt. „Danke!", entgegnete ich etwas perplex. Ich mochte ihn auf Anhieb. Er fing an, Geschichten aus seinem Alltag als Straßenmusiker zu erzählen, und man konnte gar nicht anders, als sich von seinem Enthusiasmus mitreißen zu lassen. Bei seiner Beschreibung musste ich einfach lachen. Anfangs schien Leo etwas steif und skeptisch, doch nach einer Weile wurde auch er etwas entspannter. Und als der Sänger, Luke, noch hinzukam, wie sich herausstellte waren die beiden sogar Brüder, eröffneten sie die erste Runde und gaben uns ein Bier aus. Der Abend wurde noch lustiger als erwartet und Leo scherzte mit Mike und Luke um die Wette. Als wir bereits die dritte Runde hinter uns hatten, die diesmal Luke ausgab, befreiten wir uns schließlich aus dem Trubel der Bar und stolperten hinaus ins Freie. Es war nun bereits nach Mitternacht und wir hatten für diese Nacht noch keinen Schlafplatz, stellten wir fest, als wir am Pick-up ankamen. Ich schaute in mein Portemonnaie. Eine weitere Nacht in einem Hotel oder Hostel konnte ich mir nicht leisten. „Wir können im Pick-up schlafen!", schlug Leo vor. „Na klar, weil da auch so viel Platz ist", erwiderte ich. Dann fiel mir Rebecca ein. Sie hatte uns angeboten, bei ihr zu schlafen, wenn wir nicht wussten, wo wir hinsollten. Leo gefiel die Idee. Also fuhren wir zu der Adresse, die sie uns gegeben hatte.

Rebecca sah verschlafen aus, als sie uns die Tür öffnete, aber sie ließ uns in ihr Apartment. Die Wohnung war riesig und sehr modern eingerichtet. In kühlen Tönen gehalten und viel zu ordentlich für meinen Geschmack. Sie hatte sogar ein Gästeschlafzimmer mit Bad. Mehr hätten wir uns nicht wünschen können. Es war wieder ein Doppelbett, doch nach der letzten Nacht hatte ich bereits meine Beklemmungen abgelegt. Das Bett war weicher als im Hostel. Fast, als würde man auf Wolken schlafen. Ich hörte, wie Leo beim Duschen summte. Ich hatte ihn noch nie summen gehört. Es war ein beruhigendes Geräusch. Und ohne, dass ich es hätte verhindern können, schlief ich in den weichen Laken gehüllt ein.

Erst wenig später wachte ich wieder auf, als das Bett anfing zu knarzen und ich durch eine Bewegung am anderen Ende des Bettes wieder in meine Kuhle zurückgerollt wurde. Ich blinzelte und öffnete meine Augen zu einem Spalt. Durch die beiden Schlitze entdeckte ich Leo, der dabei war, sich eine Hose überzustreifen. Was hatte er vor? Wo wollte er hin? Mit seinem T-Shirt in der Hand ließ er die Tür leise ins Schloss einrasten. Oh nein. Diesmal konnte er sich nicht einfach davonschleichen. Ich wollte endlich herausfinden, in was für krumme Dinger er verwickelt war. Was sollte ich nicht wissen? Ich konnte nicht länger auf Antworten warten. Ich stieg aus dem Bett und streifte mein Kleid vom Vortag über den Kopf. Es war sechs Uhr morgens, stellte ich mit einem Blick auf den Wecker neben dem Bett fest. Wo wollte er um diese Uhrzeit hin? Ich hörte, wie die Haustür ins Schloss fiel. Leise schlich ich aus dem Zimmer.

„Wo wollt ihr denn hin?", ertönte eine etwas heisere Stimme hinter mir. Ich zuckte zusammen. Rebecca stand mit einem rosa Schlafanzug bekleidet vor mir und blickte mich aus verschlafenen Augen skeptisch an.

„Ich will wissen, wohin er sich immer schleicht", erklärte ich ihr schnell, weil ich Angst hatte, Leo durch diese Zeitverzögerung zu verlieren. Rebecca nickte verständnisvoll und nuschelte nur etwas wie: „Männer!". Doch bevor ich die Tür zu Rebeccas Wohnung öffnete, fiel mir etwas ein. Er hatte einen Pick-up.

„Rebecca?", rief ich und wandte mich erneut zu ihr um. „Darf ich mir kurz dein Auto ausleihen?" Rebecca betrachtete mich für einen Moment stirnrunzelnd, doch zuckte schließlich mit den Schultern. Sie griff zur Kommode und warf mir ihren Autoschlüssel zu. Ich fing ihn gekonnt auf. Mit einem Augenzwinkern sagte sie: „Tu, was du tun musst."

Ich stürmte mit dem Autoschlüssel in der Hand den Treppenflur hinab und versuchte, nicht daran zu denken, dass ich zwar den Führerschein hatte, aber seitdem nicht mehr mit einem Auto gefahren war. Ich hatte Glück. Leo stieg gerade erst in seinen Pick-up, der mit einem dröhnenden Geräusch startete. Rebeccas Auto stand nicht weit entfernt hinter einem Baum. Ich sprang hinein und startete das Auto. So weit, so gut. Kupplung drücken, Gang einlegen. Moment. Automatik. Natürlich. So etwas wie eine Gangschaltung gab es hier nicht. Zum Glück war ich in meinen Fahrstunden einmal mit Automatik gefahren und kannte das System. Ich schaltete den Hebel auf „drive" und betätigte das Gaspedal. Als ich wieder aufsah, war Leos Wagen verschwunden. Ich glitt aus der Parklücke und entdeckte den Pick-up einige Meter entfernt. Bei der ersten Ampel hatte ich ihn eingeholt. Ich folgte ihm um einige Straßenecken und ein merkwürdiges Gefühl überkam mich, als wir schließlich die Stadt verließen. Ein kurzes Stück fuhren wir auf einer Landstraße, bis er auf einen gepflasterten Weg einbog. Wo wollte er hin? Vielleicht wohnte hier Larry, der alte Freund seines Vaters. Oder ein Familienmitglied. Vielleicht ein alter Freund. Oder eine Freundin.

Holpernd folgte ich ihm mit ein wenig Abstand den schmalen Weg entlang. Als der Wald um uns herum sich langsam lichtete und wir dem Ziel am Ende des Weges mit jedem Meter näher kamen, drehte sich mein Magen um.

Mit allem hätte ich gerechnet.

Mit allem.

Nur nicht damit.

Er hielt vor einem riesigen grauen Gebäude. Die Gitter vor den Fenstern und der Stacheldraht um das Grundstück ließen mich zusammenfahren.

Mit allem hätte ich gerechnet.

Ich sah die riesigen Mauern des Gefängnisses hinauf.

Aber nicht damit.

Was tat er hier? Oh Leo, in was hast du dich bloß verwickelt?

Besuchte er hier jemanden? Und wenn, wen?

Ich hielt ein Stück entfernt am Straßenrand und schaltete das Licht aus. Leo hatte seinen Pick-up auf dem Besucherparkplatz vor dem Gebäude abgestellt. Dann wartete ich, bis er die Tür zu seinem Pick-up öffnete und ausstieg. Mit wenigen Schritten hatte er die riesige Stahltür erreicht und war verschwunden.

Eine Weile harrte ich in dem Auto aus, doch dann hielt ich es nicht mehr aus und stieg aus dem Wagen. Leo war jetzt schon seit mehr als einer halben Stunde dort drin. Ich ging an dem Wagen auf und ab und überlegte, was ich nun tun sollte. Dann kramte ich mein Handy hervor, bloß um festzustellen, dass der Akku noch immer leer war. Ich hätte so gerne Melissa gesprochen und mir einen Rat geholt. Wieder stieg ich in den Wagen und verweilte dort. Wie viel Zeit war inzwischen vergangen? Eine Stunde? Zwei?

Ich erschrak, als eine Katze auf meiner Windschutzscheibe landete und gemütlich über das Dach des Autos spazierte. Dann konnte ich nicht mehr anders. Geduld war noch nie meine Stärke gewesen. Ich öffnete erneut die Tür und lief zu der gleichen Stahltür, in der Leo vor über einer Stunde verschwunden war. Als sie hinter mir ins Schloss fiel, begrüßte mich ein etwas missgelaunter älterer Herr. Der erste Mensch, dem ich hier begegnete, der nicht lächelte. „Wen wollen Sie besuchen, junge Dame?“, fragte er mürrisch.

„Ähm …“, stotterte ich. Ich war einfach hineingestürmt und hatte mir noch nicht einmal überlegt, was ich tun sollte. Mein Blick glitt über die verschlossene Glastür, die mich von dem Warteraum dahinter abschirmte und mir durch das Trübglas den Blick versperrte.

„Ich … ich wollte zu Leo. Leonardo Dom. Er ist vor Kurzem rein“, erklärte ich etwas verlegen. Der Mann musterte mich skeptisch und antwortete schließlich: „Ja, Leo besucht noch seinen Bruder. Möchtest du hier solange warten?“ Ich schüttelte abrupt den Kopf. „Nein. Nein. Ist schon …“ Der Wärter unterbrach mich. „Ach, da ist er ja auch schon“, sagte er und ich wäre am liebsten im Erdboden versunken. Was für eine blöde Idee.

„Ricky?“, ertönte Leos entsetzte Stimme. „Was tust du hier?“, fragte er, als die Glastür sich automatisch öffnete. Er sah wütend aus. Auf seiner Stirn hatten sich Falten gebildet und seine Hände waren zu Fäusten geballt. „Ich … ähm … ich …“, stotterte ich und sah zu dem Wärter, der nun Leos Ausweis hervorholte und ihm reichte. Er beobachtete uns neugierig, während Leo mich förmlich hinaus schupste.

„Ricky! Was machst du hier? Warum bist du mir gefolgt?“ So missgelaunt hatte ich ihn noch nie erlebt. War das noch der gleiche Leo wie gestern Abend? Ich wusste nicht, ob es an mir lag oder ob dort drinnen bereits etwas vorgefallen war, was ihn verärgert hatte. Er packte mich am Arm und zog mich zu seinem Pick-up. „Wieso, Ricky? Wieso tust du das? Ich habe gesagt, dass du dich nicht einmischen sollst!“ Ich versuchte, meinen Arm seinem Griff zu entreißen. Er war so wütend, dass er gar nicht bemerkte, wie fest er zugriff. „Aua!“, stieß ich aus und er ließ abrupt los.

„Tut mir leid“, sagte er etwas ruhiger. „Aber hör auf damit! Hör auf, mir ständig zu folgen!“

„Dann sag mir doch endlich mal, was das hier ist! Warum schleichst du dich davon? Und was soll das hier?“ Ich zeigte auf das Gefängnis hinter mir. „Warum würde ich dich hassen, wenn ich davon erfahre? Was hat das Ganze mit mir zu tun? Rede endlich mit mir!", brüllte ich ihn wutentbrannt an. „Ich hasse das, Leo! Ständig diese Unwissende zu sein! Das dumme kleine Mädchen, das keinen Schimmer hat! Diese ganzen Fragen ... Ich bin es leid! Niemand erzählt mir hier irgendetwas! Alles muss ich selbst herausfinden. Und wenn du es mir nicht erzählen willst und lieber weiter ein Geheimnis draus machen willst, dann werde ich es eben selbst herausfinden! Ich mache ja sowieso nichts anderes mehr!" Mein Atem ging unregelmäßig und mein Kopf glühte. Doch Leo schien mit jedem meiner Worte ruhiger zu werden. Er blickte mich nun fast schon etwas mitleidig an. Dann ging er einige Schritte davon und verschränkte seine Hände über dem Kopf. Als er sich wieder umdrehte, war seine Wut vollkommen aus seinem Gesicht gewichen. Er sah traurig aus. Dieser Gesichtsausdruck war viel zerstörender und ich ahnte, dass er mir jetzt etwas erzählen würde, was mir ganz und gar nicht gefiel.

„Ricky, ich ... ich kann das nicht." Sein Blick ging zum Boden. Ich ging einige Schritte auf ihn zu und machte eine Handbreit vor ihm halt. Dann nahm ich seine Hand und er sah wieder auf. Ich sah den Schmerz in seinem Blick. „Erzähl es mir!", flüsterte ich. Er verschränkte seine Finger in meinen und drückte etwas fester zu. Es fühlte sich gut an. Es fühlte sich richtig an. Und ich merkte, wie er daraus wieder neue Kraft schöpfte.

Und dann erzählte er es mir.

Wie zerbrochenes Glas
Kapitel 20, Seite 356

Es war stockdunkel. Nur das Flimmern des Fernsehers erhellte noch ein wenig den Raum. Ich saß auf dem Sofa in unserem Apartment. Allein. Wieder mal allein. Lucy hatte Ricky ins Bett gebracht und war danach im Bad verschwunden. Wir hatten schon seit einigen Wochen kein richtiges Gespräch mehr geführt. Wenn ich sie etwas fragte, nickte sie nur schwach oder schüttelte den Kopf. Aber ich stellte ihr kaum Fragen. Nur die nötigsten. Ich liebte sie noch immer. Schließlich konnte dieses Gefühl nicht von einem auf den nächsten Tag verschwinden und die Tatsache, dass sie und Ricky bald ausziehen würden, brach mir noch mehr das Herz. Noch mehr als das, was sie mir angetan hatte. Aber ich hätte damit rechnen müssen. Es war nur eine Frage der Zeit gewesen, dass so etwas passierte. Trotzdem traf es mich stärker als erwartet. Franz war mein bester Freund und ich wusste, dass die beiden mehr füreinander empfanden, als sie zugegeben hatten, schon immer, aber trotzdem war ich so wütend, dass er mir so etwas antat. Dass die beiden mir so etwas antaten. Franz hatte mir alles genommen. Nicht nur meine Frau und mein Kind, sondern auch die Firma meines Vaters. Natürlich hatte er es nur gut gemeint. Ich war nicht in der richtigen Verfassung, um dieses Geschäft weiterzuführen, hatte er gemeint. Er würde es mir wieder überlassen, wenn ich soweit wäre. Er hatte keine Ahnung, was mir diese Firma bedeutet. Die Firma meines Vaters. Und nun war er es, der sie in den Ruin stürzte. Ich hatte es satt mit anzusehen, wie er mein Leben übernahm und ich nichts dagegen tun konnte. Er war mein bester Freund. Der, der mir das alles erst ermöglicht hatte. Der mich dazu angetrieben hatte, mein Leben zu führen, wie ich es wollte. Aber das hatte ich nie gewollt. Ich wollte mein Leben zurück. Ich wollte meine Frau und mein Kind zurück. Ich wollte meine Firma zurück. Und ich wollte meinen besten Freund zurück. Nicht den, der er jetzt war. Sondern den, der er war, bevor er mein Leben für mich angefangen hatte zu führen. Ich wollte meine Freunde zurück und diese Zeit, in der alles noch so einfach und sorglos gewesen war. Ich sprang vom Sofa auf, schnappte mir meine Jacke und stürmte aus der Haustür. Seit Monaten war das überfällig. Ein richtiges Gespräch zwischen Franz und mir. Wir hatten uns lauthals angeschrien und uns hasserfüllte Blicke geschenkt, aber richtig geredet hatten wir nie. In all den Wochen und Monaten, die nun vergangen waren und in denen ich allein abends auf meinem Sofa gesessen hatte, hatte ich viel Zeit zum Nachdenken gehabt und nun verstand ich ihn sogar ein wenig. Er hatte gedacht, wenn er mir all die Last mit der Arbeit abnehmen würde, dann würde er mir damit helfen. Hätte er mich doch nur ein einziges Mal nach meiner Meinung gefragt und nicht wieder alles selbst in die Hand nehmen wollen. Und dann war da noch die Sache mit der Affäre. Ja, selbst das verstand ich sogar ein wenig. Es war nicht so, dass ich mir das selbst eingestehen wollte, aber ich brauchte dieses Verständnis, um ihn nicht wieder wutentbrannt anzuschreien. Ich öffnete die Tür meines Jeeps und schwang mich hinein. Franz und Emilia hatten sich in letzter Zeit viel gestritten. Es ging um Franz' Sohn, Julius, der im letzten Jahr viel Ärger gemacht hatte. Er hatte sich einer Gruppe Jugendlicher angeschlossen, die ihn zu etwas machten, das weder Emilia noch Franz aufhalten konnten. Er war gewalttätig geworden, nahm Drogen und brach in Geschäfte ein. Am Anfang dachten alle, es wäre nur eine Phase, aber niemand hatte ihn mehr unter Kontrolle. Ich merkte, wie die Familie unter ihm litt. Emilia hatte sichtlich Angst um sich selbst und Leo. Er schikanierte Emilia und ließ nichts aus, um der Familie Ärger zu bereiten. Doch Franz ignorierte alle Anzeichen, zu was sich sein Sohn entwickelte. Nach all dem, was in der Familie los war, hatte sich Franz Lucy zugewandt. Sie waren sich nähergekommen. Und ich kannte die Briefe, die sie sich früher zugeschickt hatten. Lucy hatte in einem Brief sogar ihre Liebe zu ihm gestanden, aber er war nie jemand gewesen, der viel von seinen Gefühlen preisgab. Mit Emilia hatte er jemanden gefunden gehabt, die all das nicht brauchte, weil sie selbst es nicht konnte. Ich hatte immer gedacht, die beiden wären perfekt füreinander geschaffen. Aber das war falsch. Er hatte sich schon immer zu Lucy hingezogen gefühlt, weil sie nicht so war wie er oder Emilia. Ich glaubte sogar, dass Lucy aus ihm vielleicht eine andere Seite hervorlockte. Aber das war nun zu spät. Lucy und ich waren glücklich gewesen und Ricky sollte bei einer glücklichen und gesunden Familie aufwachsen. Ich startete den Motor und parkte in wenigen Minuten vor der Haustür von Emilia und Franz. Emilia war sichtlich überrascht, mich zu sehen, aber wenigstens war zwischen uns alles in Ordnung. Ich mochte sie. Als Franz sie uns zum ersten Mal vorgestellt hatte, war ich zugegeben nicht besonders begeistert gewesen. Sie war stets ziemlich ernst und hatte einen trockenen Humor. Aber umso mehr Zeit wir miteinander verbrachten, umso mehr fing ich an, genau das an ihr zu mögen. Sie war direkt und konnte gut zuhören und genau das machte sie zu einer guten Freundin. Doch die Sache mit Julius bescherte ihr sichtlich viel Sorge und Angst. Sie ging kaum noch raus, ihre Haut wirkte fahl und ihre Augen waren mit dunklen Rändern versehen. Sie sah nicht gut aus. Ich merkte, wie sie litt. Wie konnte Franz das alles ignorieren? Ohne dass ich es wollte, stieg wieder Wut in mir auf. Als ich Emilia fragte, wie es ihr ginge, zuckte sie nur mit den Achseln. Ich kannte ihre Antwort. Dafür brauchte ich ihr nur ins eingefallene Gesicht sehen.

In der Garage brannte Licht, als ich den Hof überquerte. Franz arbeitete wieder an seinem Auto. Dieses Hobby hatte er erst, seitdem er sich mit Larry angefreundet hatte. Larrys Vater hatte eine Autowerkstatt in der Stadt und Larry würde sie bald übernehmen. Seitdem zwischen Franz und mir so viel vorgefallen war, hatte er mich durch Larry ersetzt. Die beiden waren nun fast unzertrennlich. Aber an dem Abend war Larry nicht da. Stattdessen kam Julius wutentbrannt aus der Garage gestürmt, als ich gerade die Türklinke hinunterdrücken wollte. Er begrüßte mich nicht. Ich ging hinein. Auch Franz begrüßte mich nicht. „Was willst du hier?", fragte er mich und bastelte weiter an seinem Auto herum. „Ich will reden!", antwortete ich.

Kapitel 12

Leo

Ich hatte nicht vorgehabt, es Ricky zu erzählen. Aber sie hatte mir keine andere Wahl gelassen. Sie hatte recht, sie würde es herausfinden. Sie hätte herausgefunden, was ich vorhatte. Sie war clever und neugierig, was eine gefährliche Kombination ergab. Und sie hasste es, weniger zu wissen als alle anderen. Ich hatte noch nie jemanden mit so viel Ehrgeiz und Willenskraft getroffen. Ich bewunderte sie.

Und ihre Stimme. Ich konnte nicht glauben, dass aus solch einer zierlichen Person eine solche Stimme kommen konnte. Und dann war da noch diese verrückte und spontane Seite, die sie nur manchmal zeigte, aber die mich so faszinierte. Wie sie auf die Ladefläche geklettert war und die Arme ausgestreckt hatte. Und obwohl sie es selbst nicht wusste, war sie die stärkste Person, die ich je kennengelernt hatte. Sie hatte mich einfach verzaubert.

Doch nun war alles vorbei.

Sie hasste mich. Wie ich es von Anfang an gewusst hatte. Und trotzdem hatte ich nicht aufhören können, sie zum Lachen zu bringen und bei ihr zu sein. Wie hatte sie es bloß geschafft, mich so einzunehmen, dass ich fast an nichts anderes mehr denken konnte als an sie? Ich hatte mich noch nie verliebt. Aber diesmal hatte es mich erwischt. Ohne dass ich es wollte. Obwohl ich mich so sehr dagegen gewehrt hatte. Obwohl ich sie hätte hassen müssen. Ab dem Moment, ab dem ich erfahren hatte, wer ihr Vater war.

Denn für ihn empfand ich puren Hass.

Er hatte mir nicht nur meinen Vater, sondern auch meinen Bruder genommen.

Und ich wollte diesen Menschen hinter Gitter sehen. Ganz gleich, wie weh ich Ricky damit tun würde. Das hatte ich meinem Bruder versprochen.

Wenn ich schon nicht meinen Vater zurückholen konnte, dann wenigstens meinen Bruder. Er war zwar nicht mein richtiger Bruder, aber für mich spielte es keine Rolle. Für mich hatte er schon immer zur Familie gehört. Auch wenn meine Mutter das anders sah. Er war mein Bruder. Nicht nur zur Hälfte. „Du musst diesen Mistkerl finden!", hatte er gesagt. „Und vergiss dieses Mädel!"

Doch noch immer tappte ich auf der Stelle. Ich hatte bereits so viele Beweise, die gegen Maxim sprachen, aber keinen ausschlaggebenden, wie es die Polizei formulierte. Ich hatte bereits mehrere Detektive engagiert, um ihn aufzuspüren und Beweise zu finden. Aber nichts. Immer wieder erlosch der Funken Hoffnung wieder. Alles führte zu nichts. Und mein Bruder saß noch immer dort drinnen, während der wahre Mörder meines Vaters dort draußen frei herumlief. Das war keine Gerechtigkeit. Die Polizei weigerte sich, Maxim aufzusuchen. Schließlich hatten sie einen Schuldigen.

Erneut kam ich von der Polizeiwache. Ich hatte ihnen das Buch geliefert, in dem Ricky gelesen hatte. Maxim hatte es zugegeben. Er hatte geschrieben, was in der Nacht passiert war. Das war sein Geständnis. Doch der Polizist hatte es abgetan, als hätte es keine ernstzunehmende Bedeutung. „Wir werden es uns ansehen", hatte er gesagt. Doch ich wusste, dass es, nachdem ich aus der Tür raus war, schließlich unter den riesigen Bergen Papierkram verschwinden würde. Ich war so wütend. Ich konnte verstehen, warum Ricky es hasste, weniger als alle anderen zu wissen. Doch sie wusste nicht, wie es war, mehr als alle zu wissen. Mehr zu wissen, aber nicht verstanden zu werden. Nicht gehört zu werden.

Ich kam keinen Schritt voran. Immer wenn ich glaubte, nun wäre es soweit, stellte sich mir die nächste Hürde. Und ich stand wieder am Anfang.

Ich hörte noch immer Rickys verzerrte Stimme. „Nein! Nein!", hatte sie unter ständigem Kopfschütteln geflüstert, nachdem ich ihr alles erzählt hatte. „Das glaube ich dir nicht! Du lügst!" Und schließlich war sie wortlos weggefahren. Eine Leere hatte sich in mir gebildet, die ich vorher noch nie gespürt hatte. Ich schüttelte den Kopf. Mein Bruder hatte recht. Ich musste sie vergessen. Wichtig war nun, dass ich ihn dort herausholte. Doch immer wieder schweiften meine Gedanken zu Ricky. Was tat sie nun? Wo war sie?

Vergiss dieses Mädel!, befahl ich mir. Doch der weinerliche Klang ihrer Stimme ging mir nicht aus dem Kopf. „Du hast mich bloß ausgenutzt! Du Mistkerl! Ich hasse dich!" Ihre Worte hatten mehr wehgetan, als hätte sie mir ins Gesicht geschlagen. Ich wünschte, sie hätte mir einfach ins Gesicht geschlagen. Mit diesem Schmerz hätte ich besser umgehen können.

Doch dieser Blick. Und diese Worte. Schmerzten noch viel mehr. Sie hasste mich. Und ich hasste mich noch viel mehr dafür.

Im Radio meines Pick-ups erklangen die ersten Zeilen des Songs *Bad Liar* von *Imagine Dragons* und ich ließ es mit einer schnellen Handbewegung verstummen.

Ricky

„Was hat er getan? Was hat dieser Kerl angestellt?" Rebecca redete nun schon seit einer gefühlten Stunde auf mich ein, doch ich lag noch immer in dem Gästebett, umhüllt von Kissen und Decken und rührte mich nicht. Wie sollte ich ihr das auch erklären? Ich wollte nicht aussprechen, was ich gerade erfahren hatte. Leo hatte mich ausgenutzt. Mein Vater war ein Mörder. Und wenn ich ihn fand, dann fand ihn auch Leo, um ihn ins Gefängnis zu bringen. Ich hätte nie gedacht, dass sich das alles zu so etwas wenden würde. Hätte ich das gewusst, wäre ich nie in den Flieger gestiegen. Nun wusste ich, warum meine Mutter ihn hasste. Er hatte seinen besten Freund getötet. Den Schulfreund meiner Mutter. Den Vater von Leo und seinem Halbbruder. Und dann hatte er Leos Halbbruder alles in die Schuhe geschoben. War das also mein Vater? Der Mann, den Magret als einen der freundlichsten und tollsten Menschen, dem sie je in ihrem Leben begegnet war, beschrieben hatte? Der gleiche, der mich jeden Geburtstag angerufen hatte? Fast jeden. Ob ihm etwas zugestoßen war? Und das alles hatte Leo die ganze Zeit vor mir geheim gehalten. Nur um ihn zu finden. Was wäre gewesen, wenn er in diesem Haus noch gewohnt hätte? Hätte ihn dann Leo sofort abführen lassen? Zum ersten Mal war ich froh, dass ich meinen Vater noch nicht gefunden hatte.

„Hat er dich betrogen?", hakte Rebecca nach und strich mir weiter über den Rücken. „Wir sind nicht zusammen!", nuschelte ich ins Kissen. „Oh, nicht? ... Aber ihr würdet ein echt süßes Paar abgeben", überlegte sie dann. Ich sah sie böse an. „Tschuldigung", murmelte sie dann, als ihr die Situation wieder klar wurde und sie merkte, wie unpassend das gewesen war.

„Ich meine ja nur", sagte sie dann etwas leiser. Ich vergrub mich weiter ins Kissen und Rebecca stand schließlich auf. „Willst du lieber alleine sein, Ricky?", fragte sie. Ich nickte. Ich war dankbar dafür, dass sie mich trösten wollte, allerdings wollte ich nichts lieber, als jetzt alleine zu sein.

Nach einer Weile schlief ich ein. Ich hatte gar nicht bemerkt, wie müde ich war. Erst wenige Stunden später, als die Sonne schon hoch am Himmel stand, wachte ich wieder auf. Doch ich fühlte mich noch immer ausgelaugt. Eine Weile blieb ich noch still liegen und hörte zu, wie sich Rebecca einen Kaffee kochte und schließlich nach einem hektischen Gewusel die Tür zufiel. Ich wusste noch immer nicht, wo sie eigentlich arbeitete, um solch eine Wohnung zu besitzen. Aber sie schien dort gut zu verdienen. Vor einigen Tagen war sie mir schon nach wenigen Minuten auf die Nerven gegangen. Doch nun war ich so dankbar darüber, dass sie uns hier schlafen ließ und mir ohne auch nur mit der Wimper zu zucken ihr Auto überlassen hatte, dass ich schon fast Schuldgefühle deswegen hatte. Rebecca war ganz anders, als ich erwartet hatte. Auf irgendeine Art mochte ich sie und sie schien mich auch zu mögen.

Ich tapste mit nackten Füßen in die Küche und fand einen gedeckten Tisch vor. Ein frisch gebrühter Kaffee stand in einer Kanne bereit und die Brötchen waren noch warm. Das munterte mich etwas auf. Der Kaffee machte mich wacher und die Songs aus dem Radio vertrieben meine Gedanken zumindest für eine Weile. Mein Handy hatte über Nacht an der Ladestation gehangen und erwachte nun wieder zum Leben, als ich es bediente. Erneut tippte ich den Namen der Frau ein, von der ich mir erhoffte, zu erfahren, wo mein Vater war. Ich hatte einen Entschluss gefasst. Ich war hierhergekommen, um meinen Vater zu finden, und das würde ich auch. Und dann wollte ich seine Sicht hören. Ich wollte wissen, warum er zu so etwas fähig war oder ob das alles eine Lüge war. Ich wollte ihn finden, bevor Leo es tat. Ich nippte an meinem Kaffee und scrollte nebenbei durch die Zeitungsartikel und Anzeigen. Dann blieb ich bei einem Artikel stehen und öffnete ihn. Es war die Webseite eines Reiterhofes, der für Kinder Reitstunden anbot. Franziska Law war eine der Reitlehrerinnen. Ich scrollte weiter zu der Adresse des Reiterhofes und machte einen Screenshot davon. Vielleicht würde ich dort Franziska finden. Ich sah auf der Karte, dass der Reiterhof ein wenig außerhalb lag. Rebeccas Auto konnte ich heute nicht nutzen, da sie damit auf Arbeit gefahren war, und ich wollte ihre Hilfsbereitschaft auch nicht überstrapazieren. Zu Fuß würde ich mehrere Stunden brauchen und ein Fahrrad hatte ich nicht. Doch dann fiel mir das Fahrrad von Magret ein, das vor ihrem Haus stand. Ich schob mir den letzten Rest Brötchen in den Mund und trank meinen Kaffee aus, bevor ich losstürmte.

Magret freute sich, mich zu sehen, und hatte nichts dagegen, mir ihr Fahrrad zu leihen. Im Gegenzug versprach ich, ihr später bei der Gartenarbeit zu helfen. Sie winkte ab, doch sie war nicht mehr die Jüngste und ich merkte, dass sie ein wenig Hilfe gebrauchen konnte.

Dann machte ich mich auf den Weg. Es brauchte eine Weile, bis ich mich an die Sitzposition gewöhnte. So gerade wie auf diesem Fahrrad hatte ich mein ganzes Leben noch nicht gesessen.

Magret kannte den Reiterhof und hatte mir eine ausführliche Beschreibung des Weges mit zahlreichen Abkürzungen geliefert. Ich versuchte mir in Gedanken die Beschreibung einzuprägen. Geradeaus einen Berg hoch, am Ende der Straße links, dann bis zur Hauptstraße und dort rechts herum, über die Kreuzung hinweg und immer geradeaus bis zu einem holprigen Weg, der in den Wald hineinführte. Von dort aus war es nicht mehr weit. Das Schild des Reiterhofes war unübersehbar, laut Magret. Ich hoffte insgeheim, sie hatte nichts ausgelassen. Es war ziemlich naiv von mir, einer alten Frau zu vertrauen, doch das Internet auf meinem Handy wollte ich mir noch aufheben, also blieb mir nichts anderes übrig. So radelte ich den Berg hoch und versuchte, die Wegbeschreibung vor mir her zu singen, um sie mir besser einzuprägen. *Links, rechts, über die Kreuzung, rechts und dann bis zum Schild.* Eigentlich gar nicht so schwer. Doch meine Gedanken schlugen immer wieder in andere Richtungen um. Was machte Leo wohl gerade? *Links.* Wo war er? Als der Fahrtwind meine Haare nach hinten wehen ließ, dachte ich an die Fahrt in dem Pick-up und daran, wie er mich angesehen hatte. War das alles nur gespielt gewesen? Ich konnte es noch immer nicht so recht glauben. Ich wollte es nicht glauben. Ich kam an der Hauptstraße an. *Rechts.* Er hatte mich seitdem weder angerufen noch mir geschrieben. Wahrscheinlich hatte er mich bereits vergessen.

Vielleicht sollte ich das auch tun. Ihn einfach vergessen. Ich radelte die Straße entlang und ein Schwall Benzinduft schlug mir entgegen. Und dann war da noch die Sache mit meinem Vater. Mein Vater sollte ein Mörder sein? Das war unvorstellbar. Das konnte nicht wahr sein. Ich wollte Leos Worten keinen Glauben schenken.

Ich konnte es nicht. Ich konnte nicht glauben, dass mein eigener Vater zu so etwas fähig war.

Nach zehn Minuten kam ich, wie von Magret beschrieben, an einer Kreuzung an. Ich passierte sie und folgte der Straße geradeaus. Langsam kam ich außer Atem. Ich fuhr nun schon seit einer halben Stunde die gleiche Straße entlang. Müsste die Waldeinfahrt nicht endlich kommen? Langsam begann ich, an Magrets Beschreibung zu zweifeln. Es wollte einfach keine Einfahrt kommen. Seit vierzig Minuten versuchte ich mich nun schon auf das Fahren zu konzentrieren, um meine Gedanken auszuschalten. Vierzig quälende Minuten. Bis die Einfahrt endlich kam. Erleichtert bog ich auf die kaputte Straße ab, die

Magrets klappriges Fahrrad auf die Probe stellte. Alles wackelte und klapperte und ich hoffte, dass es durchhielt.

Dann endlich entdeckte ich das Schild und ich hätte fast einen Jubelschrei losgelassen.

Ich stellte das Fahrrad an einem Weidenzaun ab und ging an den offenen Ställen vorbei zu einem alten Bauernhaus. Dort klingelte ich an der Holztür. Doch nach dem vierten Mal machte noch immer keiner auf und ich ging zurück zu den Ställen. Bis auf drei Pferde, die in ihren Boxen standen, war der Stall leer. Ich ging wieder hinaus und ließ meinen Blick über den Hof wandern. Mistgabeln lagen auf dem Hof verteilt und an den Stallungen gegenüber standen mit Äpfeln und Möhren gefüllte Eimer. Doch dann hörte ich Gewieher und eine Frauenstimme in der Ferne. Ich folgte den Geräuschen entlang der Ställe, hinter dem Haus und dann zwischen einem kleinen Buchenwald zu einer Koppel, auf der eine Frau in Reiterklamotten stand und ein Pferd an einem Seil trainierte. Sie war so darin versunken, dass es eine Weile brauchte, bis sie mich bemerkte. „Heute sind keine Reitkurse!", rief sie mir beiläufig zu. Ich schüttelte den Kopf.

„Ich wollte zu Ihnen!", rief ich zurück. Die Frau hielt das Pferd an und band es an einem Pfahl fest. Dann kam sie zu mir hinüberstolziert. Sie hatte einen aufrechten, leicht wippenden Gang.

„Hallo. Was kann ich für dich tun?", fragte sie höflich und blieb auf der anderen Seite des Zaunes mir gegenüber stehen.

„Hey, ich wollte fragen, wo ich Franziska finden kann. Franziska Law", sagte ich dann. Die Frau sah mich etwas verwirrt an. „Franziska? Die hat schon vor Jahren hier aufgehört", antwortete sie. „Oh", stieß ich aus. „Ich dachte nur, weil ihr Name auf der Webseite stand", erklärte ich mich.

„Die hat seit Jahren keiner mehr geändert oder angerührt. Entschuldige! Wir haben es alle hier nicht so mit der Technik." Die Frau lachte.

„Wissen Sie, wo sie jetzt ist?", fragte ich enttäuscht. „Nein. Tut mir leid, ich habe schon seit Ewigkeiten keinen Kontakt mehr zu ihr", erwiderte sie ungerührt. „Was willst du denn von ihr?"

„Ich suche eigentlich meinen Vater. Maxim Taake. Kennen Sie ihn?" Doch die Frau schüttelte erneut den Kopf und ich spürte, wie jeglicher Hoffnungsschimmer wieder im Keim erstickt wurde. Ich bedankte mich bei ihr und wollte mich gerade wieder zum Gehen bereit machen, als der Frau etwas einfiel. Sie kramte in ihrer Hosentasche und holte ihr Handy hervor. „Aber ich habe noch ihre Handynummer. Vielleicht hilft dir die weiter." Mein Herz machte einen kleinen freudigen Satz. Sie gab mir die Nummer und ich speicherte sie in meinem Handy ein. „Danke", stieß ich erneut aus. „Viel Glück!", rief die Frau mir noch hinterher, bevor sie sich wieder ihrem Pferd widmete.

Das konnte ich gebrauchen.

Doch das Glück war nicht auf meiner Seite.

Als ich den Hof verließ und zu meinem Fahrrad zurückkehrte, wählte ich die Nummer.

„Kein Anschluss unter dieser Nummer", ertönte die englische Version meines ,Glückes'. Natürlich. Warum sollte es mir Gott denn auch so leicht machen?! Fluchend setzte ich mich auf Magrets Rad und fuhr zurück. Ich roch nach Mist und Pferd und noch mehr nach Enttäuschung.

Bleib stark, Ricky! Bleib stark!, sagte ich mir immer wieder. Ich werde meinen Vater finden. Auch wenn ich nun wieder bei null angekommen war.

„Wieder nichts?", fragte mich Magret mitfühlend. Ich schüttelte enttäuscht den Kopf. „Kopf hoch, mein Engel! Du findest ihn schon noch." Und dann erzählte sie mir eine Geschichte aus ihrem Leben. Sie erzählte mir, wie sie einmal einen alten Freund gesucht hatte und als sie kurz vorm Aufgeben gewesen war, waren sie sich zufällig in einem Café begegnet. Das wäre zu schön, um wahr zu sein, dachte ich nur. Dann rümpfte sie die Nase. „Aber du solltest erst einmal ein Bad nehmen. Ich mach dir einen Tee und danach hilfst du mir bei der Gartenarbeit", sagte Magret in einem fast schon mütterlichen Ton. Es tat gut, sich abzulenken. Nicht vollkommen an meinen Vater und Leo zu denken. Und nicht über alle möglichen Dinge, die in der letzten Zeit in meinem Kopf herumschwirrten, nachzugrübeln. Ich hatte noch immer viel zu viele Fragen. Doch an diesem Nachmittag mit der alten Frau vergaß ich all das.

Nachdem mich Magret mit einer reichlichen Mahlzeit versorgt und sich die Wolken bereits wieder zu einem dunklen Imperium zusammengezogen hatten, machte ich mich auf den Weg zurück zu Rebeccas Apartment. Ich war noch gar nicht richtig eingetreten, da überrumpelte Rebecca mich schon mit einer Neuigkeit. Bis sie mich mit in die Küche zog und davon anfing, was sie heute erfahren hatte, war ich noch fest davon überzeugt gewesen oder wenigstens hatte ich die Hoffnung gehabt, dass Leo hier gewesen wäre und nach mir gefragt hätte. Doch Leo hatte sich weder Blicken lassen, noch hatte er sich gemeldet. Ich schüttelte den Kopf und versuchte, mich wieder darauf zu konzentrieren, was Rebecca mir gerade erzählte. Bei dem Namen „Maxim Taake" wurde ich schließlich gänzlich hellhörig. „Du hattest mich mal bei der Autofahrt nach ihm gefragt und ich habe heute in der Firma nachgefragt, ob ihn jemand kenne und mein Chef meinte, dass ihm die Firma mal gehört hatte, bis ihm die von seinem damaligen besten Freund nach einem Streit der beiden abgekauft wurde. Das war damals ein richtiger Skandal gewesen. Die beiden haben lange Zeit zusammengearbeitet und sich immer wieder gestritten wegen irgendwelcher Geschäftsideen und da Maxim nicht mehr besonders flüssig gewesen war zu diesem Zeitpunkt, hat Franz Dom ihm die Firma abgekauft. Dann hat er die ganze Firma in den Ruin getrieben. Er hatte so viele Schulden, dass er sie schließlich aufgegeben hatte. Es gab bei den beiden damals wohl zu dem Zeitpunkt auch Probleme in der Familie und kurz danach wurde dieser Franz tot aufgefunden." Rebecca redete ohne Punkt und Komma. Sie hatten also sogar in der gleichen Firma gearbeitet. Und wegen eines Geschäfts hatten sie sich so sehr gestritten? So sehr, dass mein Vater ihn schließlich ermordet haben soll? Das konnte ich mir einfach nicht vorstellen. „Maxim hatte die Firma wohl von seinem Vater übernommen", fügte Rebecca dann noch hinzu. „Das ist doch echt mal eine Neuigkeit, oder?" Sie war ganz aufgeregt.

Als sie sich wieder etwas beruhigt hatte, setzte sie sich zu mir an den Küchentisch. Ich hatte noch immer keinen Ton gesagt. Sie stellte ein Glas Wein vor mir ab und goss sich ebenfalls etwas ein. Dann ließ sie sich mit dem bereits fast leeren Weinglas in ihren Stuhl zurücksinken. „Willst du mir erzählen, warum du diesen Mann suchst?", fragte sie mich sacht. Und dann erzählte ich ihr davon. Ich erzählte ihr alles. Von Anfang bis Ende. Ich erzählte ihr, dass alles mit Leo angefangen hatte. Dass er in mein Haus eingebrochen war und das Geld, das ich für die Reise hierher zusammengespart hatte, geklaut hatte. Dass ich dadurch die Briefe von Franz an meine Mutter gefunden und herausgefunden hatte, dass dieser Kerl ein alter Schulfreund und ausgerechnet der verstorbene Vater von Leo war. Ich erzählte ihr von den Büchern, die mein Vater geschrieben hatte, und von dem Bild, das meine Mutter mit Leos Vater zeigte. Ich erzählte ihr von dem, was Magret mir erzählt hatte, dass Leos und meine Familie einmal befreundet gewesen waren und meine Mutter sich nach der Nacht, in der Franz ermordet worden war, von meinem Vater getrennt hatte. Ich erzählte ihr davon, dass ich Leo verfolgt hatte, weil ich herausfinden wollte, was er mir verheimlichte, und dass er mir dann alles erzählt hatte. Dass mein Vater seinen Vater ermordet hätte und sein Bruder nun deswegen im Gefängnis saß. Und er nun ihn finden und hinter Gitter bringen wollte. Ich erzählte ihr auch davon, dass er mich nur ausgenutzt hatte, damit ich ihn zu meinem Vater führte, und sie sagte immer nur „Oh man!" oder „Ach, du Scheiße!". Ich fühlte, wie sich ein Kloß in meinem Hals bilden wollte, aber ich ignorierte ihn. Ich blieb stark. Ich wollte nicht aufgeben. Ich hatte beschlossen, meinen Vater weiter zu suchen, weil ich deswegen hier war. Und ich wollte Leo für immer vergessen. Was er vorhatte, würde ich ihm niemals verzeihen können. Ich erzählte ihr von den kläglichen Versuchen, meinen Vater aufzuspüren, aber dass er noch immer wie verschollen war. Niemand wusste, wo er war. Und ich erzählte ihr, dass er ein Drogenproblem hatte und meine Mutter anscheinend darüber Bescheid wusste. Aber dieses ganze Wissen führte zu nichts. Ich wusste noch immer nicht, wo er war oder warum er überhaupt untergetaucht war. Oder ob er wirklich der Mörder von Franz war? Und wenn, warum? Wegen des Streites um das Geschäft? Und warum hatte er einen Unschuldigen ins Gefängnis gebracht? War er wirklich solch ein Mensch?

Das wollte ich nicht glauben, bis er mir die Wahrheit erzählte.

„Und was wirst du jetzt tun?", fragte mich Rebecca. Diese Frage hatte ich mir in letzter Zeit schon viel zu oft gestellt.

„Ich werde versuchen, ihn vor Leo zu finden", antwortete ich bestimmt.

Kapitel 13

Leo

„Mein Bruder ist unschuldig!", schrie ich den Polizisten an, der schon längst den Blick von mir abgewandt hatte. Nun sah er mich erneut wütend an. „Raus hier!", schrie er mir entgegen und drohte mir mit seinem Blick. Seine Hand ruhte auf seiner Pistole an seinem Gürtel. Doch das machte mir keine Angst. Das waren nur leere Drohungen. Sowie die leeren Versprechungen, sich um den Fall der Ermordung meines Vaters zu kümmern. Mich konnte nichts mehr einschüchtern. Ich war einfach nur wütend. Auf alles. Auf jeden. Ich hatte meinem Bruder ein Versprechen gegeben und das würde ich halten. Ich sah den Polizisten zornig an.

Nach zwei Wochen hatten sie mich endlich kontaktiert. Ich sollte die Bücher abholen, hatten sie gesagt. Sonst nichts. Alles, was ich tat, alles, was ich ihnen brachte, war nichts wert. Keine eindeutigen Beweise. Es war ihnen egal. Sie hatten Besseres zu tun, als einer Sache nachzugehen, die schon so viele Jahre her war. Dass mein Bruder dort bereits seit fünfzehn Jahren unschuldig festsaß und noch sein gesamtes Leben dort verbringen musste, war ihnen völlig egal. Ich würde nicht aufgeben, bis er endlich wieder den frischen Duft der Freiheit roch.

Eine Polizistin zog mich etwas gewaltsam hinaus. Sie musste neu sein. Ich hatte sie hier noch nie gesehen. „Was war da eben los?", fragte sie. Doch ihr Blick war nicht strafend oder wütend. Sie blickte mir mit neugierigen Augen entgegen.

„Mein Vater wurde vor fünfzehn Jahren ... ermordet und mein Bruder sitzt unschuldig im Gefängnis und diese ... Polizisten", ich spuckte das Wort fast aus, „wollen nichts dagegen unternehmen. Ich habe ihnen schon seit Jahren so viele Beweise geliefert, die meinen Bruder als unschuldig erklären würden und jemand anderen verdächtigen, und sie sehen sie sich nicht einmal an!", rief ich wütend, sodass auch die Polizisten im Vorbeigehen alles mitbekommen konnten. Die Polizistin zog mich vor die Tür. „Das tut mir leid", sagte sie und zum ersten Mal hörte ich Aufrichtigkeit. „Weißt du, wenn ein Fall bereits abgeschlossen ist und jemand dafür verurteilt wurde, ist es schwierig, mit Beweisen eine Wiederaufnahme des Falls zu bewirken", erklärte sie mir in einem sachlichen Ton, doch ihre Augen sahen mich mitfühlend an. „Und was soll ich dann Ihrer Meinung nach tun?", fragte ich sie, froh, dass mir endlich jemand zuhörte. „Nun, an deiner Stelle würde ich bei den Zeugen anfangen. Wenn herauskommt, dass jemand eine Falschaussage gemacht hat, kann ein abgeschlossener Strafprozess wieder aufgenommen werden. Das ist eine Möglichkeit ... eine weitere Möglichkeit ist ein Geständnis", antwortete sie. Ein Geständnis. Ja, dazu musste ich diesen Mann erst einmal finden. Ich nickte und bedankte mich bei ihr für den Rat. Sie lächelte mir aufmunternd entgegen und sagte: „Viel Glück!" Dann schloss sie die Tür und ließ mich vor der Polizeiwache stehen. Wieder ein erfolgloser Tag, dachte ich. Doch das Gespräch mit der Polizistin machte mir Mut. Ich ging zurück zum Pick-up. Auf dem Fahrersitz blätterte ich durch die Seiten des Buches, von dem ich geglaubt hatte, dass es mich weiterbringen würde. Da stieß ich auf ein Bild. Das Bild des Mörders meines Vaters vor einem grünen Jeep. Sie hatten sich das Buch nicht einmal angeguckt, denn ansonsten hätte jemand das Bild erwähnt. Doch da kam mir eine Idee. Ein erneuter Hoffnungsschimmer löste sich in mir aus. Auch wenn das Haus meines Vaters nur wenige Straßen von dem Apartment von Maxim und Lucy entfernt war, wenn ein Amerikaner ein Auto hatte, dann war alles, was mehr als drei Meter entfernt war, zu weit zum Laufen. Und Maxim war gebürtiger Amerikaner gewesen. Und er hatte ein Auto. Und nicht mal eines, was in der Menge unterging. Ein grüner Jeep fiel auf, wenn man ihn in der Nacht sah. Und schon gar in einer solchen Nacht. Wenn ich also herausfinden wollte, ob Maxim in der Nacht, in der mein Vater starb, bei ihm gewesen war, dann musste ich nur jemanden finden, der ihn oder sein Auto in dieser

Nacht gesehen hatte. Bisher hatte ich mich darauf versteift, ob ihn jemand gesehen hatte, aber ich hatte niemanden nach dem grünen Jeep befragt. Das alles würde mich zwar nicht direkt zu ihm führen, aber so hatte ich vielleicht einen ausschlaggebenden Beweis, einen Zeugen, damit die Polizei nach ihm suchte und ein Geständnis erzwingen konnte. Schließlich konnte er sich nicht vor der Polizei oder einer öffentlichen Suche nach ihm verstecken. Ich schaltete den Motor meines Pick-ups ein und fuhr los. Ich hatte einen Plan.

Und ich würde ihn finden.

Ricky

Die Wochen vergingen und ich hatte noch immer keine Spur von meinem Vater. Alles führte in eine Sackgasse und es fiel mir zunehmend schwerer, mich darauf zu konzentrieren. „Ruf ihn doch einfach an!", hatte Rebecca vor einigen Tagen gemeint, als ich wieder mit angeschwollenen Augen in die Küche tappte und mir etwas zu Essen machte. Sie hatte Leo gemeint. Doch ich hatte nur den Kopf geschüttelt und war mit einer gefüllten Müslischüssel in mein Zimmer zurückgestapft.

„Ich kann mir dieses Häufchen Elend nicht mehr länger mit ansehen!", hatte sie heute Abend gesagt und mir ein rotes, frisch gewaschenes Kleid neben mir auf mein Bett geworfen. „Wir gehen aus!", hatte sie mir befohlen und mich mit in die Bar geschliffen, in der Leo und ich unser erstes Date gehabt hatten. Hätte sie das gewusst, hätte sie mit Sicherheit eine andere Bar gewählt. Also saß ich nun etwas missgelaunt neben ihr an der Bar, während sie mit dem Barkeeper flirtete. Mike und Luke waren auch hier und sorgten wieder für reichlich Stimmung in der gut gefüllten Bar. Sie lächelten mir zu, als sie mich erkannten. Ich erwiderte ihr Lächeln. Luke gab mir mit einem Wink zu verstehen, dass ich zu ihnen auf die Bühne kommen sollte, doch ich schüttelte den Kopf. Er zuckte die Schultern und versank wieder in der nächsten Strophe. Ich hatte aufgehört zu zählen, wie viele Tage und Wochen vergangen waren, seit ich meinen ersten Fuß aus dem Flieger gesetzt und dieses merkwürdige Leben hier begonnen hatte. Ich hatte Menschen, die wie Einheimische wirkten, nach meinem Vater gefragt. Die meisten hatten ihn gekannt, aber wo er nun war, hatte mir niemand sagen können. Ich war auf die Suche nach Franziska, seiner Exfrau, gegangen und hatte einen weiteren Zeitungsartikel verfolgt. Sie hatte einmal einem Förderverein der Grundschule ihrer Tochter eine Menge Geld gestiftet und deshalb einen eigenen Artikel in der Zeitung bekommen. Ich hatte die Adresse der Schule herausgefunden und war mit Rebecca, als meine persönliche Fahrerin und weil sie Gefallen an der Detektivarbeit gefunden hatte, zu der Schule gefahren. Die stämmige Sekretärin, deren Brille viel zu weit vorne auf der Nase saß, hatte mir allerdings gut zu verstehen gegeben, dass sie keine Informationen über die Kinder dieser Schule oder deren Elternteile herausgeben durfte. Auch Rebeccas Aufstand hatte nichts gebracht, als sie ihr lauthals erklärte, dass sie damit mir helfen würde, meinen Vater zu finden, und was für eine kaltherzige Frau sie sei. Stattdessen hatte uns ein groß gewachsener Mann, der Hausmeister, wie ich vermutete, aus der Schule geschleift. Als ich merkte, dass mein Geld langsam ausging, hatte ich beschlossen, mir irgendwo eine Arbeit zu suchen. Ich hatte bei Maja im Café nachgefragt und sie hatte mit einem Grinsen gesagt: „Ich habe gehört, du kannst singen." Seitdem sang ich so gut wie jeden zweiten Tag in der Woche im Café für ein bisschen Geld, mit dem ich auskam. Ab und zu sang ich mit Luke und Mike zusammen. Ich wohnte noch immer bei Rebecca und steuerte ein wenig Geld zum Einkauf und zum Sprit, den ich bei der Suche nach neuen Hinweisen täglich verfuhr, hinzu. An manchen Tagen half ich Magret im Garten oder Haushalt und auch sie steckte mir immer wieder ein paar Dollar in die Tasche. Noch immer suchte ich nach Hinweisen, um meinen Vater zu finden, doch seit über einer Woche kam ich einfach nicht weiter. Ich tappte im Dunkeln. Und immer, wenn die Nacht hereinbrach und ich in dem viel zu großen Gästebett in Rebeccas Wohnung lag, ertappte ich mich dabei, wie ich wieder an Leo dachte. Wir hatten uns seit mehr als drei Wochen nicht mehr gesehen oder voneinander gehört. Und obwohl ich es niemals zugeben wollte, vermisste ich ihn. Ich brauchte ihn, denn ich war kurz vorm Aufgeben. Und niemand konnte mich davon abhalten. Außer vielleicht …

„Hey, Meli!", sprach ich in den Hörer, als ich am nächsten Morgen, nach Rebeccas Versuch, aus dem Häufchen Elend wieder die echte Ricky zu machen, in Majas Café saß und an einem Croissant knabberte.

„Ah sie lebt noch!", scherzte Melissa, doch bei ihrer Stimme bildete sich plötzlich ein Kloß in meinem Hals. Sie merkte sofort, dass etwas nicht stimmte. „Was ist los, Süße?", fragte sie mich.

„Ich weiß nicht mehr weiter, Meli", antwortete ich. „Ich habe alles versucht, um ihn zu finden. Ich glaube, ich gebe auf und komme einfach wieder nach Hause."

„Spinnst du?!", rief Melissa empört in den Hörer und ich hielt ihn ein wenig weiter weg. „Wo ist diese ehrgeizige willensstarke Frau hin, die ich kenne? Wenn du jetzt zurückkommst, wirst du es für immer bereuen! Ricky! Du hast so lange dafür gespart und dir so oft vorgestellt, deinen Vater endlich kennenzulernen! Du wirst jetzt nicht aufgeben!", befahl sie.

„Aber ich weiß nicht mehr weiter. Ich weiß nicht, wen ich noch nach ihm fragen soll. Ich finde weder Franziska Law noch ihn", erzählte ich ihr niedergeschlagen.

„Reiß dich zusammen, Ricky. Du bist klug und clever. Dir fällt schon etwas ein", wollte mich Melissa wieder aufbauen. Ich lachte. Es war kein richtiges Lachen. Kein fröhliches.

„Vielleicht solltest du die Polizei um Hilfe fragen", schlug Melissa vor. „Was? Nein! Damit treibe ich ihn doch nur noch mehr in die Arme von Leo und seinem Vorhaben!", stieß ich aus. Es war nicht so, dass ich diesen Gedanken nicht schon einmal gehabt hätte. Aber ich wusste nicht, wie viel die Polizei bereits wusste oder ob sie ihn vielleicht sogar schon suchten. Ich hatte keine Ahnung, wie viele Beweise Leo schon gegen ihn in der Hand hatte. Und ich wollte meinem Vater nicht das erste Mal nach fünfzehn Jahren im Gefängnis begegnen. Als ich mein Croissant verschlungen hatte, legte ich auf. Melissa hatte mir wenigstens wieder ein wenig Ehrgeiz eingeflößt. Maja war heute nicht da, stattdessen bediente eine ihrer Angestellten die Gäste. Ich hätte mich gerne mit Maja wieder über Gott und die Welt unterhalten. Es tat immer wieder gut, mit jemandem auf Deutsch zu sprechen. Nicht, dass mich die englische Sprache besonders anstrengte, allerdings musste ich mich mehr darauf konzentrieren und konnte manches nicht so ausdrücken, wie ich es eigentlich gerne gesagt hätte. Doch durch die Unterhaltungen mit Rebecca und Mike hatte sich mein Englisch verbessert. Nicht nur, weil sie mich ständig korrigierten.

Ich war in den letzten Wochen oft in Majas Café, um mit ihr zu plaudern. Das lenkte mich ein wenig ab und munterte mich auf.

Ich stellte meinen Teller auf einen der Tablettwagen und wandte mich dem Ausgang zu. „Sorry?" Jemand tippte von hinten auf meine Schulter. Ich drehte mich perplex um. Eine große Frau mit einem schmalen langen Gesicht stand vor mir. Sie trat von einem Bein auf das andere. „Tut mir leid. Ich habe dein Gespräch am Telefon zufällig mitbekommen und kann ein wenig Deutsch. Ich habe den Namen Franziska Law gehört, die du suchst ... Ich kenne sie zufällig", sagte die Frau auf Deutsch mit einem geschwollenen amerikanischen Akzent. Sie wirkte etwas nervös. „Wirklich?" Ich konnte es nicht fassen und musste an die Geschichte denken, die mir Magret von der Suche nach ihrem Freund erzählt hatte. Vielleicht gibt es solche Zufälle doch. Keine Zufälle. Wunder.

Die Frau nickte und wechselte wieder ins Englische. „Sie ist eine alte Freundin von mir und in ein Landhaus am Rand der Stadt gezogen. Ich kann dir ihre Adresse geben, wenn du willst?", fragte die groß gewachsene Frau. Ich nickte wie wild. „Jaja! Bitte!" Ich konnte es noch immer nicht fassen. Vielleicht war doch noch nicht alle Hoffnung vergeben. Die Frau, deren Namen ich nicht kannte, gab mir die Adresse. „Bestell ihr schöne Grüße!", sagte sie noch und verschwand dann aus dem Café.

Da stand ich mit der Adresse in der einen Hand und neuer Hoffnung in der anderen. Ich sah der Frau hinterher, die genauso schnell verschwand, wie sie gekommen war. War sie ein Engel gewesen? Das würde sich herausstellen, dachte ich und tippte die Adresse in mein Handy ein. Am Rand der Stadt in einem Landhaus hatte sie gesagt. Ich hatte fast alle Häuser der umliegenden Straßen nach dem Namen abgesucht, aber am Rand der Stadt hatte ich nicht gesucht. Etwas belustigt stellte ich fest, dass ich an dem Haus bereits zwei Male vorbeigefahren war, als ich den Reiterhof gesucht hatte. Ich lief, nein, ich rannte schon fast zu Rebeccas Apartment. Sie hatte mir bereits einen Schlüssel gegeben, damit ich auch zu ihr hineinkam, ohne dass ich sie aufscheuchte oder weckte. Doch als ich vor dem Haus ankam, sah ich, dass ihr roter Toyota bereits weg war. Heute war Samstag. Sie musste also nicht zur Arbeit, aber vielleicht war sie zu Freunden gefahren oder hatte endlich ein Date mit dem Barkeeper, den sie schon seit Langem so sehr anhimmelte. So oder so, sie war nicht da und ihr Auto ebenso nicht. Zu Fuß wäre ich mindestens eine Stunde unterwegs, überlegte ich. Und so lange noch zu warten, hielt ich nicht aus. Also blieb nur noch Magret.

Leo

Julius sah schlimm aus. Als ich ihn das letzte Mal besucht hatte, war sein rechtes Auge blau gewesen, doch nun war fast sein gesamtes Kinn angeschwollen und hatte sich grünlich verfärbt. Ich hasste diesen Anblick meines Bruders. Halbbruders. Schließlich hatte ihn unser Vater mit in die Familie gebracht, als seine Mutter gestorben war. Meine Mutter hasste ihn. Ich war mir nicht mal sicher, ob sie nicht wusste, dass er unschuldig war. „Hey, man!", begrüßte er mich und ließ sich auf den Stuhl vor mir nieder. Seine Besuchszeiten waren ihm eingeschränkt worden. Ich wusste nicht, was er nun schon wieder angestellt hatte, aber so, wie es aussah, konnte er nur das Opfer gewesen sein. „Hey, wie geht's dir?", fragte ich ihn.

Er lachte, aber in seinen Augen war nichts Fröhliches. Er hatte sich verändert. Das Gefängnis machte aus ihm etwas, das mir Angst machte. „Wie es mir geht?", äffte er mich nach. „Sehe mich doch an!" Ich sah zur Seite. „Tut mir leid", flüsterte ich und das meinte ich ehrlich. Es tat mir wirklich leid, dass er das alles hier durchmachen musste und ich nichts dagegen tun konnte. „Ich habe etwas gefunden, was dich vielleicht hier rausbringen könnte", wechselte ich das Thema. Es munterte ihn nicht auf. Das tat es schon lange nicht. „Ja, das hast du schon oft gesagt", meinte er genervt. Er sah mich nicht mehr an. „Wie geht es deiner Freundin?", fragte er, aber ich wusste, dass es ihn eigentlich nicht interessierte. Er wollte mich nur aufziehen. Mich ein wenig quälen. Das hatte er schon immer gern gemacht. „Ich weiß nicht, ich habe keinen Kontakt mehr zu ihr", sagte ich und wollte wieder auf das Thema zurückkommen, das eigentlich von Bedeutung war, doch er ließ meinen Kommentar nicht unbeantwortet. „Das ist auch besser so", flüsterte er und sah mir nun wieder in die Augen. Als ich ihn nur wütend ansah und nichts erwiderte, beugte er sich zu mir über den Tisch. „Man, vergiss sie doch endlich. Sie hat ihren Zweck erfüllt. Du hattest deinen Spaß und sie hat dir Informationen geliefert. Mehr wolltest du doch nicht", sagte er, doch es klang eher wie eine Drohung. Was tat ich hier eigentlich? Ich versuchte, ihn seit Jahren hier herauszubekommen, doch ihn interessierte es nicht einmal. Er wollte mich lieber quälen. Er war es gewesen, der mich dazu angestiftet hatte. Ich dachte, ich könnte es überwinden, aber in all den Wochen konnte ich kaum an etwas anderes denken. Ich wollte sie so gerne sehen und ihr alles erklären. Aber was sollte ich ihr noch erklären? Nichts würde es besser machen. „Tut mir leid", sagte Julius, als er merkte, wie meine Wut aufstieg. Es tat ihm nicht leid. Es tat nur mir leid, was dieser Ort aus ihm machte. Aber das sagte ich ihm nicht.

Dann beugte ich mich ebenfalls vor und brachte ihn flüsternd auf den neusten Stand. In den letzten Wochen hatte ich versucht, an die Liste der Zeugen heranzukommen, und nach einigen vergeblichen Anläufen war es mir nun endlich gelungen. „Die Polizei hatte damals eine Frau befragt, die in der Nacht dort gewesen war. Sie weiß mit Sicherheit, ob sie einen grünen Jeep dort stehen sehen hat. Die Nachbarn haben nichts gesehen, aber sie haben mir den Namen und die Adresse der Frau gegeben. Ich werde sie heute befragen. Sie heißt Magret."

Ricky

Von Rebeccas Apartment waren es kaum einen Kilometer und zwei Straßenecken, bis ich bei Magrets kleinem Häuschen war. All das war mir bisher schon so vertraut geworden, dass mir der Weg und das Begrüßen der Leute, die ich nun schon aus der Bar und Majas Café kannte, gar nicht mehr bewusst war. Es war, als führte ich bereits ohne, dass ich es bisher gemerkt oder überhaupt gewollt hatte, ein Leben hier in dieser Kleinstadt. Ein ganz anderes als zuhause. Aber ein Leben auf Zeit. Das alles wurde mir erst jetzt bewusst, als mein Ziel vielleicht gar nicht mehr so fern war. Ich stand vor Majas Haus und dachte an den kleinen Jungen mit den süßen runden Wangen, der die Post austrug und dem ich jeden Morgen begegnet war, bevor ich mir in Majas Café meinen üblichen starken Kaffee geholt hatte. Ich dachte an den alten Herren, der mir eben von der anderen Straßenseite zugewunken hatte. Er hieß Bernard und war ein Freund von Magret und saß jeden Abend in der Bar und trank sein Bier, während er seine Sportzeitung las. Ich hatte ihn vor einer Woche bei einem Teekränzchen bei Magret kennengelernt. Dann war da noch das junge reiche Pärchen, das mir nach meinem ersten Auftritt im Café zweihundert Dollar in die Hand gesteckt hatte. Mikes Mutter, die mich jedes Mal mit einer Umarmung begrüßte. All diese Leute hatte ich in den letzten Wochen in irgendeiner Weise bereits in mein Herz geschlossen. Und durch die Auftritte, die ich gelegentlich gab, begrüßten mich bereits Menschen, von denen ich dachte, ihnen noch nie in meinem Leben begegnet zu sein. Aber ich genoss es. Die Stadt, die Menschen, all das mochte ich. Und doch fehlte mir etwas hier. Melissa fehlte mir. Meine Mutter fehlte mir. Erik, die Band … und Leo. Ja, auch er fehlte mir. Doch es gelang mir nach und nach immer besser, ihn zu vergessen. Und darauf war ich stolz. Ich würde ihn nun sowieso nie wiedersehen müssen. Ich würde meinen Vater finden. Dann würde ich wieder nach Deutschland zurückkehren. Ich würde mein letztes Schuljahr antreten und dann auf die Uni gehen und Jura studieren. Das war der Plan. Und Leo? Mit seinen Noten würde ihn keine Uni nehmen. Vielleicht würde er hier in Amerika bleiben. Keine Ahnung, was aus ihm werden würde. Aber eins war sicher, ich wollte ihn nie mehr wiedersehen. Nie mehr.

Magrets Fahrrad stand wie üblich vor dem Haus. Sie hatte gesagt, wenn ich es bräuchte, sollte ich es mir einfach nehmen. Allerdings wollte ich sie trotzdem um Erlaubnis fragen. Ich ging einmal um das Haus herum, weil ich vermutete, dass sie bei dem Wetter im Garten war. Doch der Garten war leer. Ich stapfte wieder zur Eingangstür und klingelte.

Zuerst rührte sich nichts und ich überlegte bereits, ob ich es doch einfach nehmen sollte. Vielleicht schlief sie noch. Doch dann sah ich, dass das Fahrrad einen Platten hatte, und klingelte ein weiteres Mal. Ich hörte, wie in dem Haus eine Tür aufgemacht wurde und sich Schritte über die knarrenden Dielen zur Tür bahnten, vor der ich stand.

„Hey Magret, ich wollte mir dein Fahrrad ausleihen, aber ich habe gerade gesehen, dass es einen Platten hat", sagte ich, als die alte Dame die Tür öffnete.

„Hey, mein Engel. Komm doch erst einmal rein. Ich habe Besuch", antwortete sie und ließ mich eintreten. „Oh, ist Bernard da? Ich habe ihn vorhin getroffen", sagte ich und schlüpfte aus meinen Sandalen. Aber es war nicht Bernard.

„Nein, du wirst es nicht glauben!", meinte Magret ganz aufgeregt. Und das tat ich auch nicht. Ich hatte Magret alles über meinen Vater und die Suche nach ihm erzählt. Fast alles. Eine Sache hatte ich ausgelassen.

Ich folgte ihr über den Flur, durch die alte Tür ins Wohnzimmer. Auf dem Tisch standen eine Kanne mit warmem Tee, sie konnte einfach immer Tee trinken, und ein Teller mit verschiedenen Keksen. Die Couch war etwas unordentlich, als hätte sie nicht mit Besuch gerechnet. Und auf dem Stuhl saß jemand mit dunklen, leicht gelockten Haaren mit dem Rücken zu mir. „Er ist der Sohn von Franz und Emilia. Der Sohn von den Freunden deines Vaters. Ihr seid zusammen aufgewachsen", erzählte Magret ganz aufgeregt, was ich bereits wusste. Und dann drehte er sich ruckartig um und ich sah in seine strahlenden blauen Augen. „Das ist Leo", stellte sie ihn zu allem Überfluss vor. Ich konnte es nicht glauben. Er war hier und ich wollte ihm zur gleichen Zeit in die Arme fallen und auf ihn einschlagen. Ich war auf diese Situation nicht vorbereitet worden. Und er genauso wenig.

„Ricky?", stieß er überrascht hervor.

Ich hatte ihn nie wiedersehen wollen. Nie wieder.

Ich hatte ihn vergessen wollen. Für immer.

Und nun stand er vor mir.

Nach all dieser Wut, die ich in den letzten Wochen für ihn empfunden hatte.

Nach allem, was er vor mir verheimlicht hatte.

Nach allem, was er mir vorgespielt hatte.

Nach all den Wochen, in denen er sich nicht gemeldet hatte. Nicht ein Lebenszeichen von sich gegeben hatte.

„Ihr kennt euch also schon?!", stellte Magret fest und ich merkte, dass ihr gerade bewusst wurde, dass ich in meiner Geschichte einen kleinen Teil ausgelassen hatte. „Setzt euch!", befahl sie uns. „Ich hole noch eine Tasse für Ricky." Damit jagte sie in die Küche und ich wünschte mir, sie wäre hiergeblieben und hätte mich nicht mit ihm allein gelassen.

Ich setzte mich auf die Couch. So weit weg von Leo wie nur möglich. Dann sah ich aus dem Fenster. Ich wollte ihn nicht ansehen. Ich wollte ihn überhaupt nicht sehen.

„Ricky", sagte Leo leise, doch ich zwang mich, weiter aus dem Fenster zu sehen. „Es tut mir leid", sprach er weiter. „Ich habe das nie so gewollt ... aber ich habe es meinem Bruder versprochen." Eine Schar Vögel ließ sich auf einem Baum nieder. „Bitte, sprich mit mir! Es tut mir so leid!", flüsterte Leo.

Dann kam Magret mit der Tasse und stellte sie vor mir ab. Sie ließ sich auf das Sofa neben mir fallen und begutachtete erst Leo und dann mich. „Also, ihr kennt euch. Woher?", fragte sie und goss erst Leo und dann mir etwas Tee ein. Wäre ich doch einfach gelaufen, dachte ich.

„Wir gehen in die gleiche Schule in Deutschland", erklärte ihr Leo nach einer unangenehmen Pause. Ich hörte die Nervosität in seiner Stimme.

„Oh, was für ein Zufall. Und jetzt seid ihr beide hier", bemerkte Magret. Was für ein Zufall. „Aber du wolltest mich etwas Wichtiges fragen, Leo?!", wechselte sie dann das Thema.

„Ja ... ich ..." Leos Stimme brach immer wieder und dann musste ich ihn doch ansehen. Unsere Blicke begegneten sich. Er rutschte auf seinem Stuhl hin und her. „Es geht um die Nacht, in der mein Vater ermordet wurde", brachte er dann die Worte hervor. Alles war still geworden. Magret sagte nichts mehr. Ich hörte sie neben mir fast nicht mehr atmen. Hatte sie die Luft angehalten?

Deswegen war er also hier. Er hatte ihn also noch immer nicht gefunden. So wie ich. Aber was wollte er von Magret? „Sie waren in der Nacht dort gewesen", fing Leo an und sein Blick huschte kurz etwas unsicher zu mir. „Wollten Sie meinen Vater besuchen?", fragte er.

Magret starrte Leo an. Dann riss sie sich los. „Ich wollte Emilia besuchen. Ich habe mich gut mit ihr verstanden. Ich habe sie öfter besucht, um ein wenig mit ihr zu quatschen oder sie aufzumuntern", erzählte sie dann mit einem leichten Lächeln auf den Lippen.

„Haben Sie in der Nacht mit ihr gesprochen?", war Leos nächste Frage. „Nein, ich hatte es mir dann doch wieder anders überlegt und war umgedreht", erklärte Magret.

„Warum?", hakte Leo weiter nach. „Hatten meine Eltern vielleicht Besuch gehabt?"

Auf Magrets Stirn bildeten sich Falten. „Was soll das werden? Etwa ein Verhör?", fragte Magret plötzlich wütend. So aufgebracht hatte ich sie noch nie erlebt. Leo schüttelte den Kopf. „Nein, entschuldigen Sie. Ich wollte Sie nicht verärgern. Ich möchte nur mehr herausfinden." Und dann mischte ich mich zum ersten Mal ein. „Von wegen!", spuckte ich förmlich aus. „Du willst meinen Vater hinter Gitter bringen!"

„Bitte, Magret, sagen Sie mir nur eines ...", bettelte Leo. Magret war bereits aufgesprungen. „Du solltest jetzt lieber gehen, Leo!", sagte sie schroff. Leo stand nicht auf. „Haben Sie einen grünen Jeep gesehen in der Nacht?", fragte Leo. Einen grünen Jeep? Mein Vater hatte einen grünen Jeep gehabt. Aber woher wusste er davon? Und dann fiel mir das Bild ein. Ich hatte es mitgenommen. Und es war in meinem ... „Das Buch! Du hast es!", stellte ich dann wütend fest. Ich hatte es in den ganzen Wochen gesucht und gedacht, ich hätte es irgendwo liegen gelassen.

„Haben Sie einen grünen Jeep gesehen?", wiederholte Leo seine Frage. „Geh jetzt!" Magret war außer sich.

„Bitte beantworten Sie mir nur diese eine Frage!" Man hätte fast Mitleid mit ihm haben können. „Geh!", schrie Magret wieder und hielt ihm die Eingangstür auf.

Und dann ging er. Und die Tür fiel krachend in den Rahmen. Magret stand mit dem Blick zur Tür vor mir. Eine ganze Weile verharrte sie in der Position. Ohne ein Wort.

Dann drehte sie sich zu mir um. Ich sah sie immer noch schockiert an.

„Du hast den Jeep gesehen, oder? In der Nacht?", fragte ich sie dann nach mehreren schweigsamen Minuten. Sie sah mich traurig an.

Dann nickte sie.

Mein Vater war in der Nacht, in der sein bester Freund ermordet wurde, bei ihm gewesen.

Leo

Ich konnte nicht fassen, was ich da hörte. Ich konnte nicht fassen, dass ich es endlich geschafft hatte. Zum ersten Mal in all den Jahren hatte ich Erfolg. Ich hatte es geschafft.

Die Polizisten reagierten bereits allergisch auf mich. Und ich ebenso auf sie. Doch als ich an diesem Nachmittag nach dem Besuch bei Magret vor dem dicken alten Polizisten stand, der mich so gar nicht ausstehen konnte, hätte ich ihn am liebsten umarmt. Wie war das möglich? Dabei hatte ich ihnen noch nicht einmal meine neuste Erkenntnis präsentiert.

Nachdem Magret mich aus ihrem Haus geworfen hatte, war ich direkt zur Wache gefahren. Magret hatte mir genau die Antwort geliefert, die ich brauchte. Natürlich hatte sie nicht gesagt, dass sie den Jeep in der Nacht gesehen hatte. Doch manchmal konnte man aus den Reaktionen der Menschen noch viel mehr schließen. Das hatte ich aus all den Jahren Detektivarbeit gelernt. Menschen sagen einem nicht immer die Wahrheit, doch mit ihrem Verhalten und ihrer Mimik können sie nicht lügen. Magret war eine gute Freundin von Maxim und meiner Mutter gewesen. Ich wusste bereits, dass meine Mutter und Maxim unter einer Decke steckten, aber nun war mir klar, dass auch die alte Frau Maxim zu decken schien. Nur konnte sie das nicht so gut verbergen. Sie hatte zwar meiner Befragung aus dem Weg gehen können, aber traf das auch auf die Polizei zu? Würde sie die Polizei anlügen, wenn sie sie nach dem Jeep fragen würden? Eine alte Frau wie sie, die nicht einmal mich täuschen konnte, würde die Polizisten sicherlich nicht täuschen können.

Mit dem Foto in der Hand, das bewies, dass Maxim solch ein Auto gefahren hatte, stand ich nun mal wieder an meinem Lieblingsort. Doch wie ich feststellen musste, brauchte ich das gar nicht mehr. Jedenfalls erst einmal nicht, bis ich endgültig beweisen musste, dass Maxim schuldig und mein Halbbruder unschuldig war.

Ich stand noch immer wie gelähmt da, seitdem der Polizist verkündet hatte, dass die Suche nach Maxim Taake nun lief. Bereits seit einer Woche und sie verfolgten schon eine Spur. Ich konnte es nicht glauben.

Vielleicht würde dieser Kampf nun endlich ein Ende finden.

Als ich mich aus meiner Lähmung befreit hatte, sah ich die Polizistin, die mich beim letzten Mal hinausbegleitet hatte. Sie lächelte mich an und zwinkerte mir dann vielsagend zu. Und dann wusste ich, wem ich das zu verdanken hatte. Ich war ihr so dankbar, wie schon lange nicht mehr jemandem. Sie hatte mir zugehört. Sie war in all den Jahren die Einzige gewesen, die mir zugehört hatte. Die Einzige, die mir nicht nur zugehört, sondern mich auch verstanden hatte.

Bald würden sie den Mörder meines Vaters finden.

Und dann war mein Bruder frei.

Und Maxim Taake saß endlich hinter Gittern.

Hätte ich gewusst, was in dieser Nacht passierte, dann wäre ich nie in meinen Jeep gestiegen und hätte nie den Motor gestartet. Ich hätte nie mein Sofa verlassen und wäre nie zu der hell beleuchteten Garage gegangen. Ich wäre nach einem guten oder weniger guten Film auf dem Sofa, auf dem ich nun schon seit Wochen schlief, eingeschlafen und diese Nacht hätte es nie gegeben. Ich hätte so gern diese Nacht aus meinem Leben gestrichen. Aber das konnte ich nun nicht mehr. Ich war nun Teil dieser grausamen Nacht, die mich nun für immer verfolgen würde. Eine Nacht, die mein Leben veränderte. Seit Jahren trug ich nun schon dieses Geheimnis mit mir herum und es fraß mich innerlich auf. Ich wusste, irgendwann würde dieses Geheimnis, diese Nacht mein Untergang sein. Irgendwann hatte es mich vollständig aufgefressen und ich würde nur noch als eine leere Hülle existieren, die schließlich nach und nach in sich zusammenfiel. Doch ich hatte es Emilia versprochen. Emilia, der einzigen Freundin, die nun noch zu mir hielt. Auch wir mussten uns bald trennen. Sie konnte mich nicht hassen, denn ich hatte ihr Leben gerettet. Doch ich wusste, ein ganz kleiner Teil in ihr hasste mich doch. Es war ein Unfall gewesen, aber es war geschehen. Diese Nacht hatte Emilia und Leo von ihren Schulden, die ich für sie beglich, und von Julius befreit, der ihr das Leben zur Hölle gemacht hatte. Niemand wusste von der Nacht. Fast niemand. Es gab eine Zeugin, aber ich wusste, dass die Zeugin nichts sagen würde. Niemand würde etwas sagen, bevor ich es tat. Bevor ich das Geheimnis lüftete.

Kapitel 14

Zum zweiten Mal, seitdem ich hier angekommen war, stand ich nun schon vor einem unbekannten Haus und musste über meinen Schatten springen, um meinen Finger auf die Klingel zu legen. Doch diesmal stand ich alleine vor dieser Tür. Ich allein musste mich überwinden. Doch ich wusste nicht, was mich dahinter erwarten würde. Ein flaues Gefühl machte sich in meinem Magen breit. Bis auf das Croissant heute früh hatte ich nichts mehr herunterbekommen. Ich war nervös. Los, Ricky. Drück auf die Klingel, ermutigte ich mich selbst. Sonst wirst du es nie erfahren. Sonst wirst du deinen Vater nie kennenlernen. Ich dachte an das, was ich vor wenigen Stunden erfahren hatte. Daran, dass mein Vater ein Mörder sein könnte. Noch immer klang das alles viel zu surreal. Wie aus einem dieser gruseligen Filme, die ich mir mit Melissa oft ansah. Ich wollte nicht daran glauben. Doch eine leise Stimme in meinem Kopf ließ mich nicht in Ruhe. Was war, wenn es stimmte? Wenn Leo recht hatte und sein Halbbruder unschuldig war?

Nachdem Leo aus der Tür gerauscht und Magret noch immer wütend und zerstreut in die Küche gestapft war, hatte ich versucht, den Reifen ihres Fahrrades aufzupumpen. Doch wie sich herausstellte, hatte er ein Loch und ich musste schlussendlich doch laufen. Der Spaziergang hatte mich über eine Stunde Zeit gekostet, in der ich mir unruhig die schlimmsten Gedanken gemacht hatte, was mich nun erwarten würde. Ich hatte im Grunde keine Ahnung, wer mein Vater eigentlich war. Was war, wenn er ein ganz anderer Mensch war, als ich mir bisher ausgemalt hatte? Im Grunde entsprach alles, was ich bisher über ihn erfahren hatte, eher gegen meine Vorstellungen von ihm. Die Drogensucht, der Mord an seinem besten Freund. Was kam noch dazu? Was würde mir seine Exfrau über ihn erzählen? Schließlich hatte sie die letzten Jahre mit ihm zusammengelebt. Sie kannte ihn besser, als jeder sonst. Und vielleicht wusste sie, wo mein Vater war.

Ich verharrte Minuten vor der Tür. Alles war still und wartete darauf, dass ich meinen nächsten Schritt machte. Doch dann, ganz plötzlich, wurde mir diese Entscheidung abgenommen. Die Tür wurde aufgerissen und ich schrak zurück. Mein Herz pochte laut.

Ein kleines Mädchen, vielleicht sechs Jahre alt, mit einem roten Schopf und Sommersprossen stand vor mir und starrte mich aus großen Augen an. In ihrer Hand hielt sie einen Tennisschläger. Meine Mutter hatte mal gemeint, ich hätte die gleichen großen runden dunklen Augen und die gleiche rote Mähne wie mein Vater. Das war eines der wenigen Dinge, die ich von meiner Mutter über ihn erfahren hatte. Und dieses Mädchen vor mir hatte unverkennbar die gleichen Augen und Haare wie ich. Wie mein Vater. Ich wusste, ich stand vor dem richtigen Haus.

Das kleine Mädchen war meine Halbschwester.

Ich hatte eine Halbschwester.

Mein Magen drehte sich bei dieser Erkenntnis um.

„Hey", sagte ich zu dem Mädchen, das mich noch immer mit großen Augen ansah. „Du hast ja auch rote Haare", stellte sie erstaunt fest und zeigte auf meinen Kopf. Ich musste lächeln. „Ja", sagte ich. „Das haben nicht viele, stimmt's?", sprach ich weiter. Das Mädchen schüttelte den Kopf. „Ist deine Mama zuhause?", fragte ich nun. Das Mädchen nickte. „Ja, Mama ist oben", antwortete sie dann. „Könntest du sie bitte holen?!", bat ich sie und sie stürmte wie auf Kommando den Treppenflur hinauf. „Mama!", hörte ich sie von oben rufen. Dann war für einen kurzen Moment Ruhe, bis irgendwo eine Tür aufgemacht und wieder geschlossen wurde und Schritte zu hören waren. Jemand kam die Treppe hinunter. Und dann tauchte dieser Jemand an der Tür auf. „Guten Tag!", begrüßte mich die Frau freundlich und ihr Lächeln bildete leichte Grübchen in ihren Wangen. Sie trug eine runde, goldene Brille auf der Nase und dunkle Kleidung. Ihre dunkelblonden Haare waren zu einem Zopf zusammengebunden.

„Guten Tag!", erwiderte ich. „Ich heiße Ricky und ich suche Maxim Taake … meinen Vater", fügte ich schließlich hinzu.

Die Frau machte große Augen. Sie gab einen überraschten Laut von sich. „Er ist nicht hier. Wir haben uns vor einigen Jahren getrennt."

Ich nickte. „Ja, das weiß ich bereits. Aber wissen Sie, wo er ist?", fragte ich voller Hoffnung. Die Frau schüttelte den Kopf. „Wir haben schon lange keinen Kontakt mehr. Ich weiß nur, dass er aus der Stadt gezogen ist", antwortete sie. Enttäuscht ließ ich meine Schultern sinken. Raus aus der Stadt. Das hieß, dass ich ihn wahrscheinlich niemals finden würde. Er könnte überall sein. Einen kurzen Moment dachte ich sogar daran, dass er vielleicht nach Deutschland gezogen war. „Tut mir leid", sagte Franziska. Das hatte ich in den letzten Wochen schon viel zu oft gehört. Tut mir leid, dass ich dir nicht weiterhelfen konnte! Ich hoffe, du findest deinen Vater! Viel Glück! Gib nicht auf! Du wirst ihn schon finden! So viele Leute und immer waren es die gleichen Parolen. Ich konnte es schon nicht mehr hören. Wieder stand ich am Anfang. Wieder nichts.

„Möchtest du reinkommen?", fragte mich Franziska und lächelte etwas mitleidig, als sie meine wahrscheinlich nicht zu übersehende Enttäuschung bemerkte.

Kurz darauf saßen wir auf einer schön bepflanzten Terrasse vor einem runden Tisch mit Kuchen und Kaffee gedeckt und ich hörte, wie mein Magen knurrte. Meike, das kleine Mädchen, das ich noch nicht als meine Halbschwester bezeichnen konnte, weil es alles noch viel zu neu und verwirrend für mich war, spielte im Garten mit sich selbst Tennis. Dabei ließ sie den Ball immer wieder auf ihrem Schläger aufkommen, um ihn schließlich wieder in die Höhe zu schießen. Franziska saß neben mir und nippte an ihrem Kaffee. Sie wirkte beinahe genauso nervös wie ich. Ich wusste nicht, wie ich das Gespräch beginnen und sie all das fragen sollte, was mir auf der Zunge lag, ohne sie dabei zu überrumpeln. Also beschloss ich, erst einmal ebenfalls an meinem Kaffee zu nippen, bis mir etwas einfallen wollte. Wir beobachteten Meike, wie sie dem kleinen Ball hinterherjagte. Doch dann brach Franziska das Eis. „Du bist aus Deutschland?!", fragte sie, aber es klang nicht ganz wie eine Frage. Ich nickte.

„Maxim hat mir einiges von dir erzählt. Dass du Musik machst und ein paar Auszeichnungen in der Schule bekommen hast für deine Leistungen", erzählte sie. Sie sprach schneller als die Leute, die ich bisher kennengelernt hatte, sogar schneller als Rebecca, aber ich verstand sie trotzdem. Die Sprache war nun schon in Fleisch und Blut übergegangen. Ich nickte wieder. Das hatte ich ihm bei einem unserer Telefonate einmal im Jahr erzählt, als er danach gefragt hatte. „Was treibt dich dazu, jetzt hierherzukommen?", fragte Franziska.

„Ich habe letztes Jahr zu meinem Geburtstag einen Brief von ihm bekommen. Keinen Anruf wie sonst. Aber zum ersten Mal hatte ich seine Adresse. Dann habe ich Geld zusammengespart für die Flüge und alles. Und nachdem ich dieses Jahr zu meinem Geburtstag nichts von ihm bekam, weder einen Anruf noch einen Brief, da habe ich dann endgültig beschlossen, ihn zu besuchen", erzählte ich. Sie nickte. „Den Brief habe ich letztes Jahr geschrieben. Er wollte, dass ich ihn schreibe. Er lag zu dem Zeitpunkt im Krankenhaus ..." Franziska stockte und sah hinab. In ihren Augen glitzerten Tränen. „Er hatte viele Probleme und ist den Drogen verfallen. Ich wollte ihm helfen ... aber es wurde immer schlimmer. Bis er irgendwann ins Krankenhaus eingeliefert wurde. Es war schrecklich", sagte sie und ihre Stimme brach dabei. „Danach habe ich mich von ihm getrennt. Ich habe es einfach nicht mehr ausgehalten. Und ich wollte nicht, dass Meike ihn so sah. Dass sie mit so etwas aufwachsen muss. Wir haben das Haus verkauft und ich bin mit Meike hierhergezogen. Danach hatten wir noch einige Zeit Kontakt, aber dann nicht mehr. Er ist weggezogen. Mehr weiß ich nicht." Sie sah zu Meike hinüber und in ihren Augen glitzerten Tränen. Die Drogensucht und die Trennung schienen sie sehr mitgenommen zu haben. „Es tut mir wirklich leid!", sprach ich aus. Dann sah Franziska mich mit glasigen Augen an. „Ricky, du sollst jetzt kein falsches Bild von deinem Vater haben. Er ist ein sehr liebenswürdiger Mann und war ein guter Vater. Aber irgendetwas in seinem Leben hat ihn kaputt gemacht. Er wollte keine Hilfe. Und manchmal war es so, als wäre er gar nicht richtig da. Ihn

kann niemand retten. Ich habe es so oft versucht, aber er hatte
schon längst aufgegeben", erzählte sie dann traurig weiter. „Er
hat mir nie alles erzählt."

Ich nickte verständnisvoll. Ich dachte an meine Mutter. In
der Hinsicht waren sie sich wohl sehr ähnlich.

Eine Weile sagte keiner etwas. Doch dann bot mir Franziska ein Kuchenstück an und als Meike ihren Ball genau in den
Kuchen schoss, hob die Stimmung sich wieder etwas und wir
konnten sogar darüber lachen. Als ich den letzten Schluck meines Kaffees trank und mich wieder auf den Weg zurück machen
wollte, zupfte Meike an meinem Ärmel. „Wollen wir eine Runde
Tennis spielen?", fragte sie mich. Sie strahlte solch eine Lebens-
lust aus, dass man gar nicht Nein sagen konnte. Ich nahm ihr
den zweiten Schläger ab und folgte ihr auf den Rasen. Sie war
gar nicht mal so schlecht für eine Sechsjährige, dachte ich. Vielleicht würde sie später eine erfolgreiche Tennisspielerin werden.
Wer weiß, wie lange sie schon allein im Garten geübt hatte. Sie
erinnerte mich fast an mich selbst, wie ich alleine in meinem
Zimmer gesessen und Gitarre gelernt hatte, während meine
Mutter von früh bis spät arbeiten war. Auch Franziska schien
einen guten Job zu haben. Ansonsten hätte sie sich nie solch
ein Haus leisten können. Aber all das war nichts wert, wenn
man doch keine Zeit hatte. Das hatte ich früh gelernt. Und das
musste auch Meike lernen. Sie schien so glücklich darüber zu
sein, jemanden gefunden zu haben, der mit ihr Tennis spielte,
dass es mir fast das Herz brach, ihr zu sagen, dass ich langsam
los müsste. Es wurde bereits dunkel und ich hatte noch über
eine Stunde Fußmarsch vor mir. „Nein! Bitte! Nur noch eine
Runde!", bettelte sie und zog mich am Arm wieder in Richtung
der Wiese. „Eine Runde!", ließ ich mich überreden. Meike war
solch ein fröhlicher Geist, dass man ihr gar nichts ausschla-
gen konnte. Nach zwei weiteren Runden war die Sonne bereits
vollständig untergegangen. „Ich muss jetzt wirklich los!", sagte
ich, als Meike mich schon ins nächste Spiel einbinden wollte.
„Wo schläfst du heute?", fragte mich Franziska. „Ich habe eine
Freundin in der Stadt, bei der ich momentan schlafe. Aber ich

muss jetzt wirklich los. Ich muss noch den ganzen Weg zu Fuß zurück", erklärte ich. Franziska hob die Augenbrauen und sah hinaus. „Auf gar keinen Fall! Ich lass dich doch nicht im Dunkeln alleine bis in die Stadt gehen. Du kannst hier schlafen, wenn du willst, und morgen fahre ich dich dann zu deiner Freundin. Wir haben oben ein Gästezimmer." Franziska lächelte mich an, doch ihr Tonfall ließ keinen Widerspruch dulden. „Ja! Und morgen früh spielen wir noch eine Runde Tennis!", freute sich Meike und hüpfte in der Küche umher. Ich musste lachen. „Na gut!", gab ich mich geschlagen.

„Meine Mutter hat mir nie etwas über meinen Vater erzählt. Sie hat mir gut zu verstehen gegeben, dass er es nicht wert ist und er ein schlechter Mensch wäre. Aber jedes Mal, wenn er mich anrief und ich mit ihm sprach, konnte ich da einfach nichts von dem in ihm sehen, was meine Mutter in ihm sah. Manchmal erfuhr er in den paar Stunden, in denen wir redeten, sogar mehr über mich, als meine Mutter je wusste. Er hat mir zugehört und ich habe mich irgendwie immer verstanden gefühlt. Er ist für mich eine ganz andere Person, als ihn all die Leute hier beschreiben, und trotzdem fange ich an, ihnen zu glauben. Ich weiß nicht, wer er eigentlich ist, und das macht mich wahnsinnig", beichtete ich Franziska.

Franziska hatte Meike ins Bett gebracht und nun saßen wir in ihrem Wohnzimmer, das in einem schönen gemütlichen Landhausstil gestaltet war, und tranken Tee. Franziska hörte mir zu und nickte immer wieder. „Er ist ein guter Mensch, ganz gleich, was die Leute erzählen. Er war für Meike immer da gewesen und auch für mich. Aber irgendwann hat er sich abgeschottet. Er hat niemanden mehr an sich herangelassen und da habe ich auch angefangen, mich von ihm zu entfernen. Er hat mir nie gesagt, was ihm auf dem Herzen lag", erzählte Franziska. Ich sah die Trauer in ihren Augen. Sie erzählte mir von der Trennung und den Drogenproblemen und wie sehr es Meike mitgenommen hatte. Plötzlich hörte sie abrupt auf zu erzählen. Meike stand im Türrahmen. Sie hatte ein Stofftier, das einer Katze mit ziemlich langen Ohren glich, in der Hand und sah uns aus müden Augen an. „Ich kann nicht schlafen", sagte sie und fing dabei an zu gähnen, was ihre Aussage nicht ganz so überzeugend klingen ließ. „Geh wieder ins Bett, Meike", antwortete ihr ihre Mutter. Meike sah enttäuscht aus. Doch sie gab keinen Widerspruch. Wahrscheinlich hatte sie diesen Satz schon oft gehört. „Ist schon gut. Ich mach das!", antwortete ich dann und schnappte mir das Buch meines Vaters von den vier Freunden. Franziska war erleichtert darüber und nickte. Meike gab einen kleinen Jubelruf von sich und als sie in ihrem Bett lag, schlug ich das Buch auf und las ihr von den Abenteuern der vier Freunde vor. Es dauerte nicht lange, da waren ihre großen Augen geschlossen und sie gab ein gleichmäßiges Geräusch von sich.

Es war einen Monat her, als ich das erste Mal diese Stadt betreten hatte. Doch es fühlte sich wie eine Ewigkeit an. Noch immer tappte ich bei der Suche nach meinem Vater im Dunkeln. Doch seit gestern hatte ich einen Entschluss getroffen. Nichts brachte mich weiter oder ihm näher. Franziska hatte den Brief an mich geschrieben. Nicht mein Vater. Doch nun wusste ich, dass es nicht beabsichtigt gewesen war. Es war keine geheime Botschaft gewesen, wie ich es vor einem Jahr noch vermutet hatte. Er wollte nicht, dass ich ihn fand. Das musste ich mir nun eingestehen. Ansonsten hätte er sich dieses Jahr zu meinem Geburtstag gemeldet. Niemand wusste, wo er war, und vielleicht sollte das so bleiben. Vielleicht war es besser so. So würden ihn auch Leo und die Polizei nicht finden. Nach all dem, was ich jetzt über ihn wusste, merkte ich, dass es wahrscheinlich besser war, wenn ich ihm nicht begegnete. Womöglich war er einfach nicht mehr der, der er einmal gewesen war. Ich hätte auf meine Mutter hören sollen, als sie meinte, dass er nicht in der richtigen Verfassung wäre.

Es war Sonntag und Rebecca war zuhause, als ich ankam. Ich hatte bis in den Nachmittag hinein wie versprochen mit Meike Tennis gespielt. Franziska und ich hatten noch viel geredet und ich glaubte, es tat ihr gut, das alles jemandem zu erzählen. Sie hatte mir Fotos von ihm gezeigt, auf denen er die meiste Zeit lächelte. Doch trotz seines Lächelns hatten seine Augen eine andere Sprache gesprochen. Es waren traurige, müde Augen gewesen, die mich von den Fotos angeblickt hatten. Ganz anders als auf dem Bild vor dem grünen Jeep. Wer auch immer er war. Wo auch immer er war. Er wollte nicht gefunden werden.

„Was machst du da?", fragte mich Rebecca erschrocken, als sie den bereits zur Hälfte gefüllten Rucksack auf meinem Bett liegen sah. „Ich packe", antwortete ich ihr knapp.

„Warum?", fragte Rebecca. „Hast du ihn gefunden?", fügte sie begeistert hinzu. Ich lachte freudlos auf.

„Nein. Das Ganze hat keinen Sinn mehr", sagte ich.

„Du gibst doch jetzt nicht auf, Ricky? Du suchst ihn doch schon so lange", sagte Rebecca und setzte sich auf das Bett, während ich meine Sachen in den Rucksack stopfte. „Ja! Viel zu lange!", entgegnete ich wütend und drückte die Kleidung in den Rucksack hinein. „Ich habe es jetzt verstanden. Er will nicht gefunden werden. Und das akzeptiere ich. Wenn er mich jemals suchen sollte, dann weiß er ja, wo er mich finden kann! In zwei Wochen fängt mein letztes Schuljahr an. Ich muss zurück."

Rebecca sah mich traurig an. „Es tut mir so leid!", sagte sie. „Ja, das habe ich schon oft gehört. Aber das braucht es nicht. Er hat mich mit drei Jahren verlassen und ich komme seitdem auch ganz gut ohne ihn klar. Er wusste seit Jahren, wo ich wohne, aber er hat mich nie besucht. Und jetzt hat er auch seine andere Tochter verlassen", erzählte ich, während ich meinen Rucksack zuschnürte.

„Er hat noch eine Tochter?", fragte sie erstaunt. Ich nickte und setzte mich neben sie aufs Bett. „Meine Halbschwester. Ich habe sie gestern kennengelernt. Sie ist toll." Ich musste bei dem Gedanken an unsere Tennisspiele lächeln.

„Weißt du", fing Rebecca dann an. „Du denkst vielleicht, dass die Zeit hier totale Verschwendung war, aber sieh dich nur an. Wie viel du über dich und deine Familie erfahren konntest. Und ich denke, das alles hier hat dich nur stärker gemacht. Du hast hier so viele Freunde gefunden, mich eingeschlossen, und so viele Menschen mit deiner Stimme begeistert. Ich denke, wir werden dich hier alle sehr vermissen." Und das würde ich auch. Mit Tränen in den Augen fiel ich ihr um den Hals. „Wow, so etwas Schönes hat schon lange keiner zu mir gesagt", gab ich zu und sie lachte unter Tränen.

Nach einer Weile lösten wir uns aus unserer Umarmung. „Mein Flug geht morgen früh", sagte ich dann und sie nickte traurig. „Ich werde dich vermissen."

Ich lag noch lange wach und wälzte mich von einer zur anderen Seite. Der gepackte Rucksack stand in der Ecke. Draußen schien die Straßenlaterne so hell, dass sie das halbe Zimmer in ein gelbliches Licht tunkte. Am Anfang hatte mich das gestört, doch nun bemerkte ich es gar nicht mehr. Es würde komisch sein, wieder in meinem Bett in Deutschland zu schlafen. Vielleicht würde ich es bereuen, dass ich aufgab. Doch noch mehr würde ich es bereuen, wenn ich all diese Kraft in die Suche nach meinem Vater steckte und er mich schließlich gar nicht sehen wollte. Es war das Beste, nach Hause zurückzukehren.

Dann dachte ich an Leo. Wie weit war er wohl schon bei der Suche nach ihm? Wahrscheinlich tappte er genauso im Dunkeln wie ich. So schien es bis gestern jedenfalls noch gewesen zu sein. Und was konnte sich schon innerhalb eines Tages ändern?

Ich dachte daran, wie er mich gestern bei Magret angesehen hatte. Fast schon, als würde es ihm genauso sehr wehtun wie mir. Oh, das hoffte ich. Denn sein Verrat schmerzte immer noch so sehr in meiner Brust. Würde ich ihn jemals vergessen können?

Irgendwann fielen meine Augen zu und ich träumte wieder diesen Traum. Den Traum, der mich schon seit so langer Zeit zu verfolgen schien. Da waren wieder diese Klippen. Aber mein Vater war nicht da. Ich stand allein vor ihnen. Weit oben. Dem Himmel so nahe und diese erschreckende Tiefe war unter mir. Vor mir erstreckte sich die Weite des Ozeans. Alles war wie bei meinen letzten Träumen. Nur die Wolken waren dunkler. Ja. Fast schon bedrohlich. Sie sahen auf mich hinab und schienen mich zu beobachten. Sie beobachteten jeden meiner Schritte. Bis ich vor dem Abgrund haltmachte. Doch es schien, als würden sie mich anschreien: Spring, Spring! Ich sah hinab. Die Wellen krochen die Felsen hinauf und wollten nach mir greifen. Sie schrien nach mir: Spring! Spring!

Das schrille Klingeln meines Weckers riss mich aus meinem Traum. Ich war verschwitzt und mein Herz pochte noch immer viel zu schnell. Was war das? Langsam versuchte ich, wieder in die Gegenwart zurückzufinden. Ich ging unter die Dusche, doch der Traum ließ mich noch immer nicht los. Mein ganzer Körper war mit einer Gänsehaut überzogen. Ich schüttelte den Kopf. Das war nur ein Traum, versuchte ich mich zu beruhigen. Es half ein wenig.

Rebecca hatte sich heute frei genommen, um mich zum Flughafen zu fahren. Ich war ihr unendlich dankbar für alles, was sie bisher für mich getan hatte. Als ich in die Küche kam, goss sie sich gerade einen Pott Kaffee ein. Es war früh und wir hatten gestern noch lange gesprochen. Letztendlich hatte sie meine Entscheidung verstanden, obwohl sie es nicht für gut empfand, weil das hieß, dass sie nun wieder allein in ihrem riesigen Apartment wohnen würde. Sie lächelte mich müde an, als ich mich zu ihr an den Tisch setzte. An diesem Morgen hatte keiner von uns etwas zu sagen, denn wir wollten nicht die Stimmung ruinieren. Doch dieser Moment wäre so oder so irgendwann gekommen. Hier war nicht mein richtiges Leben. Nicht meine Heimat. Obwohl das vielleicht nicht ganz stimmte. Schließlich hatte ich bis zu meinem dritten Lebensjahr hier gelebt. Doch ich musste zurück.

Nachdem ich das restliche Zeug in meiner Tasche verstaut hatte, schaute ich auf mein Handy. Ein verpasster Anruf. Meine Mutter hatte mich, wie schon so oft in den letzten Wochen, versucht zu erreichen. Doch ich hatte nicht mit ihr reden wollen. Ich wollte mir keine Predigt von ihr anhören und ich wusste, dass sie mir meine Fragen nicht beantworten würde. Das hatte sie die ganzen letzten Jahre nicht getan und das würde sie auch jetzt nicht. Mit jedem erneuten unbeantworteten Anruf war mein schlechtes Gewissen gewachsen, aber ich hatte keinen Sinn darin gesehen, mit ihr zu reden. Doch nun würde ich nach Deutschland zurückkehren. Die Suche war vorbei. Ich gab auf. Und um ein Gespräch mit meiner Mutter würde ich nicht herumkommen.

Also rief ich sie zurück.

Meine Mutter ging sofort ran.

Kapitel 15

Leo

Larry war ein früherer Kumpel meines Vaters. Er schraubte den ganzen Tag an alten Autos herum. Er nahm sie auseinander und setzte sie wieder zusammen. Er ging in seiner Arbeit auf wie sonst niemand, den ich kannte. Larry war ein wahrer Autogott. Ganz anders als ich. Ich fuhr lieber mit ihnen, als sie auseinanderzubauen. Trotzdem half ich nun schon seit gut drei Wochen in seiner Werkstatt mit. Ich wusste nicht, ob Larry nur scherzte, aber er meinte, ich würde mich ganz gut anstellen. Natürlich machte ich es nur, um mir etwas Geld dazuzuverdienen und mich abzulenken. Abzulenken von dem Gedanken, dass mein Bruder in der Hölle schmorte. Von der Suche nach Maxim. Und von Ricky. Ich hatte sie seit dem Tag, an dem ich ihr alles gestanden hatte, nicht mehr kontaktiert. Ich hatte sie nicht angerufen oder ihr geschrieben. Ich hätte sie vergessen können. Bis ich sie vor zwei Tagen bei Magret wiedergesehen hatte. Es war wie eine Welle, die mich mitgerissen hatte. Doch ich hatte mir geschworen, sie nie wieder zu kontaktieren. Ich wusste nicht, ob diese Entscheidung meine Schuldgefühle und das Stechen in meinem Herzen lindern würde. Aber ich hoffte es. Ich musste sie vergessen. Und das würde ich. Bald wäre alles vorbei. Wenn Maxim erst einmal im Gefängnis vor sich hin schmorte, würden Julius und ich in die Welt hinausziehen. Wir würden feiern, dass er endlich draußen war, und die Freiheit genießen. Und ich würde nicht einen Gedanken mehr an Ricky verschwenden.

In meiner Hosentasche vibrierte etwas und riss mich aus meinen Gedanken. Larry war nicht in Sichtweite und ich hörte aus den anderen Räumen auch nicht sein übliches Gepfeife. Er konnte es nicht ausstehen, wenn ich während der Arbeitszeit auf mein Handy schaute. Ich überprüfte noch einmal mit einem letzten Blick, ob die Luft rein war, und ging ran.

„Wir haben ihn gefunden!", bellte die Stimme der Polizistin mir entgegen.

Ricky

Ich fuhr über die Hafenstraße, bis mir ein Schild verkündete, dass ich die Kleinstadt verlassen hatte. Ich fuhr so schnell, wie es Rebeccas Auto zuließ. Das Gaspedal war bis zum Anschlag durchgedrückt. Die Bäume und Wälder zogen an mir vorbei. Es müsste knapp eine halbe Stunde dauern, bis ich die Felsen erreicht hatte, doch wenn ich in dem Tempo weiterfuhr, konnte ich es auch in einer Viertelstunde schaffen. Bald hatte ich mein Ziel erreicht. Es war nicht mehr weit. Bald war ich da. Und ich wusste, wenn ich dieses Mal vor einem fremden Haus stand, dann wäre es mein Vater, der die Tür öffnete.

Mein Vater.

Der Mörder seines eigenen Freundes. Der Mörder des Schulfreundes und Geliebten meiner Mutter. Der Mörder von Franz.

Der Mann, der mich und seine Familie im Stich gelassen hatte.

Der Mann, der nun auch Meike im Stich gelassen hatte.

Der Mensch, wegen dem ich hinter all diese Geheimnisse gekommen war, die meine Familie so sehr verbergen wollte.

Der Mensch, der mich so viel durchleiden lassen hatte.

Aber immer noch mein Vater.

Ich wusste, was ich ihm sagen wollte, wenn er die Tür aufmachte. Warum? Nur diese Frage.

Meine Mutter hatte mir alles erzählt.

Die ganze Zeit schon war sie der Schlüssel zu dem Rätsel gewesen.

Sie wusste, wo er war. Sie kannte die ganze Geschichte.

Sie hatte Franz geliebt. Und mein Vater hatte ihr ihn genommen. Dafür hasste sie ihn. Sie hatte nie gewollt, dass ich das alles erfuhr. Sie hatte dieses Geheimnis all die Jahre mit sich herumgetragen. Und sie wäre auch mit diesem Geheimnis ins Grab gegangen, wenn Leo und seine Mutter nicht aufgetaucht wären. Sie hatte gewusst, wenn Leo und ich uns näherkamen, dann wäre das Geheimnis nicht länger sicher. Sie hatte meinen Französischlehrer beauftragt, uns voneinander fernzuhalten. Aber das hatte er nicht geschafft. Leo und ich waren uns nähergekommen. Genauso wie ihrem Geheimnis.

Und jetzt wusste ich alles. Fast alles.

Das letzte Rätsel lag noch vor mir. Die Uhr auf meinem Handy-Navi zeigte noch fünf Minuten an. Fünf quälende Minuten bis zu den Klippen, wo die kleine selbstgebaute Holzhütte meines Vaters stand. Dieselbe Holzhütte, die ich mit zwölf Jahren für ihn gezeichnet hatte. Die Klippen, die mich in meinen Träumen schon so oft heimgesucht hatten. Und meine Mutter hatte die ganze Zeit davon gewusst. Sie hatte die ganze Zeit gewusst, wo er war, und ich war nie auf die Idee gekommen, sie zu fragen. Ich hatte nicht einmal einen Gedanken daran verschwendet, dass meine Mutter die Antwort auf all meine Fragen war. Mein Vater hatte sie vor wenigen Monaten angerufen. Verzweifelt und in einem schrecklichen Zustand hatte er ihr erzählt, dass Franziska sich von ihm getrennt hatte und er in die Holzhütte gezogen war. Er war nicht bei Sinnen gewesen, hatte meine Mutter gesagt. Doch diesmal hatte sie mir nicht geraten, dass ich ihm in dem Zustand nicht begegnen sollte.

„Es tut mir leid, Mama", hatte ich gesagt. „Aber ich muss ihn finden. Ich muss endlich an Antworten kommen!"

„Ich weiß, Ricky. Und es tut mir leid, dass ich dir nicht schon viel eher alles erzählt habe. Ich konnte es einfach nicht ...", hatte meine Mutter traurig geantwortet.

Nun würden all die Fragen endlich ein Ende haben.

Nun würde ich meinem Vater begegnen.

Zum ersten Mal seit fünfzehn Jahren.

Und dann sah ich die Holzhütte.

Leo

Der erste Gedanke war: Ricky! Oh nein. Ricky! Hoffentlich war es noch nicht zu spät. Ich wählte ihre Nummer. Auch wenn ich geschworen hatte, egal was passierte, dass ich sie nicht kontaktieren würde. Aber damit hatte ich nicht gerechnet. Nicht einmal im Traum. Ich musste Ricky finden, bevor es zu spät war.

Der Anrufbeantworter ging erneut ran. Zum dritten Mal nun schon. Ich wartete nicht darauf, bis Larry zurückkam. Ich rannte los, sprang in meinen Wagen und fuhr mit quietschenden Reifen los. Ich wusste nicht, wohin. Zu Ricky. Das war mein einziges Ziel. Aber wo war sie? Wo sollte ich anfangen, sie zu suchen?

Ich bog auf die Hauptstraße, die in die Kleinstadt führte, und überholte zwei Transporter. Dann bog ich nach links auf die Straße, die mich schmerzlich an meine Kindheit erinnerte. Dann rechts den Berg hinunter und ich stand vor dem gleichen kleinen Häuschen wie bereits zwei Tage zuvor. Dort, wo ich Ricky das letzte Mal begegnet war und die alte Dame mich hinausgeworfen hatte. Zu meinem Überraschen reagierte Magret ganz anders als erwartet, als sie die Tür öffnete und mich sah. Ich hätte damit gerechnet, dass sie mir die Tür vor der Nase zuschlagen würde. Dass sie mir wieder befehlen würde, ich solle verschwinden. Doch das tat sie nicht. In ihrem Blick lag diesmal keine Wut.

„Ist Ricky da?", fragte ich ohne Umschweifen. Ich wusste nicht, wieviel Zeit mir blieb. Die Frau schüttelte den Kopf. „Wo ist sie? Wissen Sie, wo sie ist?" Magret sah mich etwas verwirrt an. Sie wirkte immer etwas verwirrt mit ihren zerzausten Haaren. „Wahrscheinlich bei Rebecca. Sie wohnt ...", fing sie an, doch ich drehte mich schon auf dem Absatz um und rannte zum Tor. „Ich weiß, wo sie wohnt. Danke!", rief ich ihr im Laufschritt zu. „Und, Leo?!", rief mir Magret hinterher. Ich blieb an meinem Pick-up stehen und drehte mich noch einmal zu ihr um. Sie stand am Gartentor. „Ich weiß, du versuchst, Julius aus dem Gefängnis zu bekommen. Aber das ist falsch, was du da tust. Er ist ein Monster. Das war er schon immer. Was denkst du, warum deine

Mutter mit dir weggezogen ist?! Er ist kein guter Einfluss. Er ist gefährlich. Deine Mutter hatte Angst vor ihm", erzählte sie. Ich dachte daran, wie er mich dazu gebracht hatte, mir das viele Geld für den Privatdetektiv und die Nachforschungen in Deutschland anderweitig zu beschaffen. Und wie er mich dazu überredet hatte, Ricky etwas vorzuspielen, damit ich mehr über ihren Vater erfuhr. Vielleicht war er kein Held in dieser Geschichte. Doch er war unschuldig. Und er war mein Halbbruder. Wenn nicht ich ihm half, wer sollte es dann tun? Ohne auf ihre Bemerkung einzugehen, stieg ich in den Wagen und fuhr los.

Bei Rebecca hatte ich die letzte Nacht mit Ricky verbracht, bevor wir uns getrennt hatten und eigene Wege gegangen waren, die zu dem gleichen Ziel führten: ihrem Vater.

Ich klingelte und in Rebeccas Apartment waren Schritte zu hören, die näher kamen. Dann wurde die Tür aufgerissen und Rebecca stand vor mir. Als sie mich erblickte, wurde ihr sonst so freundlicher und leicht hochnäsiger Blick von Wut überschattet. „Du bist ein Arschloch!", brüllte sie mich an und warf die Tür vor meiner Nase wieder zu. Ich wusste, ich hatte es verdient. Aber ich hatte keine Zeit für Erklärungen. Ich klingelte erneut. „Bitte, Rebecca. Ich muss zu Ricky!", rief ich durch die Tür. „Sie ist nicht hier!", polterte sie mir von der anderen Seite der Tür zu.

„Es ist wichtig! Es geht um ihren Vater! Sie haben ihn gefunden!", rief ich erneut.

Plötzlich wurde die Tür aufgerissen. Rebecca hatte ihre Arme vor der Brust verschränkt. „Sie ist gerade auf dem Weg zu ihm", sagte sie dann, als wäre es eine gute Nachricht. „Ich glaube ...", sie sah auf ihre Armbanduhr, „sie wird genau jetzt dort ankommen."

Ricky

Ich stand an der Klippe. Es war kein Traum. Diesmal nicht. Diesmal war es kein Traum und doch wirkte es fast wie einer. Die Klippe war hoch. Gefährlich hoch. Und die dicken schwarzen Wolken über mir nahe.

Ich spürte den Wind, wie er an meinen Kleidern riss. Wie er mich weiter zum Abgrund trug. Wie er mich umarmte und mich mit sich nahm.

Ich spürte die Kälte und die feuchte Luft, die in meine Kleider drang. Die hohen Wellen unter mir krochen die Felsen hinauf und ließen sich schließlich wieder hinuntergleiten.

Dutzende Male hatte ich von diesem Ort geträumt. Und nun stand ich hier. Ich stand hier und hielt ein Stück Papier in der Hand.

Ich merkte, wie der Wind daran zerrte. Er wollte es mir nehmen. Doch ich hielt es fest. Das konnte mir niemand mehr nehmen. Und dann hielt ich es nicht mehr aus. Ich spürte, wie etwas in mir brach. Ich stand am Rande der Klippe und meine Tränen fielen hinab in die Tiefe.

„Ricky!", schrie eine Stimme hinter mir. Dann hörte ich harte, schnelle Schritte und merkte zwei starke Arme, die mich umschlangen. Sie zogen mich vom Abgrund weg. Ich fühlte die Wärme seiner Umarmung. Er hielt mich noch immer fest und ich spürte, wie auch meine Arme sich um ihn legten. „Es tut mir so leid", flüsterte Leo mir ins Haar und umschlang mich noch fester. Ich hatte geglaubt, dass ich ihn für immer hassen würde. Dass ich ihm nie verzeihen könnte. Und dass ich ihn irgendwann vergessen konnte. Aber das wollte ich gar nicht. All das wollte ich nicht. Ich wollte nur, dass er mich festhielt und nicht mehr losließ. Ich wollte nicht allein sein, wie meine Mutter, die meinem Vater nie verziehen hatte. Oder mein Vater, der den Schmerz, unter dem er all die Jahre gelitten hatte, einfach mit den Drogen runtergeschluckt hatte.

Ich wollte es besser machen. „Ich verzeihe dir!", flüsterte ich Leo ins Ohr. Und dann spürte ich eine Träne an meiner Wange und es war nicht meine eigene. Er hatte so lange darum gekämpft, seinen Halbbruder endlich in Freiheit zu sehen. Er hatte so viel riskiert. Und nun war alles vorbei. Sein Kampf. Und meine Suche. „Ich werde dich nie wieder allein lassen. Das verspreche ich!", flüsterte Leo. Und dann küsste er mich. Eng umschlungen standen wir auf dem Felsen und er berührte mit seinen Lippen meine und ließ mich nicht mehr los. Nie wieder. Das hatte er versprochen.

Und das war unser erster Kuss. Unser erster richtiger.

Seine Hand griff in mein Haar und obwohl die Kälte unter unsere Kleidung kroch, war uns beiden warm. Im Grunde hatte Leo in diesem Moment ganz unbewusst meine Erinnerung an diesen Felsen gerettet. Und ich wusste, dass an dieser Klippe schon viele Erinnerungen hafteten. Gute wie schlechte.

Erinnerungen und Träume.

Das Papier in meiner Hand entglitt meinen Fingern, doch Leo hielt es auf, bevor der Wind es mir entriss. „Das letzte Kapitel", las er die Überschrift vor.

Wie zerbrochenes Glas
Das letzte Kapitel

„Ihr werdet damit niemals leben können!", hatte Lucy gesagt.
Und sie hatte recht gehabt.
Ich gehe der Klippe entgegen. Immer wieder sehe ich diese Nacht vor meinem inneren Auge. Diese schreckliche Nacht, die mein ganzes Leben in ein dunkles Loch stürzen ließ. So lange bin ich dort nun schon gefangen und schaffe es nicht mehr hinaus. Ich sehe, wie Franz unter meinem Schlag zusammenbricht. Wie sein Kopf auf der harten Platte aufkommt und auf den Boden stürzt. Und nicht mehr aufsteht. Nie wieder. Ich habe das alles nie gewollt. Doch die Wut hat mich mitgerissen. Diese unbändige Wut hat mich in dieses Loch stürzen lassen und nun bin ich allein. Der Wind rauscht um meine Ohren. Der steinige Boden unter meinen Füßen fühlt sich gut an. Unter mir tobt das Meer. Alles hier wirkt so gefährlich und beruhigend zugleich. Es schmeckt nach Freiheit. Aber da ist noch etwas anderes in der Luft. Kannst du es fühlen, mein Kind? Du fragtest mich einst, warum ich diesen Ort so sehr liebe. Damals hatte ich noch keine Antwort darauf. Doch nun sehe ich es. Es ist nicht der Wind, der mich so sehr berauscht. Es ist nicht das Wasser, das mir die Kraft gibt. Nicht die Höhe, die mich so sehr beflügelt. Und nicht die Felsen, die mich halten. Es ist viel mehr als das. Dieser Ort wäre nichts ohne die Erinnerung, die ihn füllt. Die Erinnerung an Franz, der mir hier zeigte, wie man lebte. Ich gehe einen Schritt vor. Die Erinnerung an Lucy, die mir zeigte, wie man liebt. Noch einen Schritt. Und an dich, die mir zeigte, was das alles bedeutete. Nun stehe ich an der Kante und schaue in die tödliche Tiefe. Drei Schritte. Drei Fehler. Die mir mein Leben nehmen.
Erst nahm ich Franz das Leben.
Dann zerstörte ich Lucys Leben.
Und dann verschwand ich aus Rickys Leben.
In meiner Hand halte ich die Pille.
Und mit dem vierten Schritt …
Mit dem letzten Schritt beende ich mein eigenes Leben.
Ich springe.
Es tut mir leid.

Zwei Monate später ...

Ihn kann niemand retten. Das waren Franziskas Worte gewesen. Und damit hatte sie recht gehabt. Nun konnte ihn niemand mehr retten. Aber wäre ich früher nach Amerika geflogen, hätte ich meine Mutter früher angerufen, hätten die Polizisten ihn früher gefunden, wäre Franziska bei ihm geblieben oder hätte ihm einfach jemand zugehört – vielleicht hätte er dann gerettet werden können. Vielleicht wäre er dann noch am Leben. Aber niemand hatte ihm zugehört. Weder meine Mutter. Noch Julius. Noch Leo. Noch Emilia. Noch ich.

Niemand hatte ihn seine Sicht der Wahrheit erzählen lassen. Niemand. Dabei hätte ihn jeder hören können. Er hatte es schwarz auf weiß jedem zugänglich gemacht. Aber niemand hatte seinen Hilferuf gehört. Auch ich nicht. Ich hatte seine Geschichte in der Hand gehalten und sie einfach ignoriert.

Auch wenn mein Vater fort war, wusste ich, dass mein Leben weitergehen musste. Und das tat es. Ich ging nicht zurück nach Deutschland. Ich sang weiter in der Bar und in Majas Café mit Luke und Mike zusammen, half Magret im Haushalt und besuchte gelegentlich meine Halbschwester.

Ich verbrachte zwei Wochen lang in der Holzhütte meines Vaters, die er mir vererbt hatte, um mich und mein Leben zu ordnen. Alles hatte sich verändert. Ich beschloss, die Hütte zu verkaufen und mit Leo in ein Apartment in die Stadt zu ziehen. Mein Vater hatte dort seine letzten Tage verbracht und die Erinnerung daran schmerzte. Einmal in der Woche trafen Rebecca und ich uns auf einen Kaffee und Maja setzte sich gelegentlich hinzu. Ich fing an, Songs zu schreiben, und merkte, dass das genau das war, was ich machen wollte. Ich wollte nicht das Leben meiner Mutter führen. Ich wollte nicht studieren und in ihre Fußstapfen treten. Ich wollte kein geradliniges Leben. Ich mochte das Risiko. Mit der Musik hatte ich meine Leidenschaft gefunden, so wie mein Vater mit dem Schreiben. Vielleicht wusste ich nicht, wie der Morgen aussah, aber das war gut so. Noch nie hatte ich mich so frei gefühlt wie jetzt. Denn nur ich selbst entschied über mein eigenes Leben und das konnte mir keiner mehr nehmen. Und zu der Freiheit gehörte das Risiko dazu. Ich zog meine Bewerbung für die Uni zurück und als der Herbst hereinbrach, kamen Melissa und Erik mich besuchen.

„Ricky", schrie Melissa und sprang mir um den Hals, als ich die beiden vom Flughafen abholte. „Wie war der Flug?", fragte ich. „Schrecklich!", fluchte Melissa. „Ich bin froh, endlich hier zu sein", sagte sie. Dann stieß sie mich mit ihrem Ellenbogen an. „Aber erzähl doch mal! Wie läuft es zwischen dir und Leo?" Sie sah mich vielsagend an.

Ich ließ meinen Kopf zu Boden sinken. „Oh nein! Was ist los?" Sie strich mir über meinen Rücken. Dann hob ich den Kopf und lächelte. „Du verarscht mich doch!", sagte sie und lachte. „Es läuft richtig gut!", gab ich zu. „Naja, er hat immer noch ab und zu seine Geheimnisse, aber die sind okay. Heute kommt sein Halbbruder aus dem Gefängnis. Er holt ihn gerade ab."

Leo arbeitete noch immer bei Larry, doch er hatte sich bei der Polizeiakademie beworben. Er wollte es besser machen als die Polizisten, auf die er bei seinem Versuch, seinem Halbbruder zu helfen, gestoßen war. Und vor allem wollte er seine kriminelle Vergangenheit damit endgültig hinter sich lassen. Die Einbrüche hatten zwar nie zu ihm zurückverfolgt werden können, doch mit seinen Noten und seiner jetzigen Schullaufbahn hatte er keine guten Chancen. Deswegen besuchte er nun die Abendschule, um seinen Abschluss nachzuholen. Wir wohnten zusammen in einem kleinen, aber gemütlichen Apartment direkt neben dem Hostel, in dem wir unsere erste Nacht verbracht hatten.

„Das ist doch toll", mischte sich Erik ein, als wir das Flughafengebäude verließen und auf den alten Ford zugingen, den ich Larry vor zwei Wochen abgekauft hatte. Ich hatte es sattgehabt, mir ständig Leos oder Rebeccas Auto zu leihen oder mit Magrets Fahrrad zu fahren, also hatte ich Larry um einen bezahlbaren Wagen angefleht. Er stank ein wenig nach Zigarettenqualm und Kaugummi, doch er erfüllte seinen Zweck und das war erst einmal mehr als ich wollte. Als das Gepäck im Kofferraum verstaut war und wir zu dritt in dem Wagen saßen, fragte ich: „Lust auf einen kleinen Abstecher?" Ich grinste, als ich Melissas und Eriks fragenden Blick sah. Ohne ihre Antwort abzuwarten, startete ich den Motor und schlug die Richtung zur Küste an. Ich drehte die Musik laut auf und ließ die Scheiben runter, sodass die frische Herbstluft uns umströmte. Wir fuhren über die unendlichen Weiten des Landes und die Luft roch nach Freiheit. Ich atmete tief ein und wieder aus und lächelte, als wir an der Küste ankamen. An dieser Stelle waren die Felsen nicht so hoch, aber die Luft war die gleiche und der Ozean rauschte in meinen Ohren.

Erik sprang als Erster. Das Wasser schoss in die Höhe, als er in die Tiefe des Ozeans eintauchte. „Und jetzt ihr!", schrie er uns begeistert entgegen und lachte. Selbst aus der Entfernung erkannte ich dieses wilde Lächeln, das auch mein Gesicht umspielt hatte, als ich zum ersten Mal von dem süßen Geschmack der Freiheit gekostet und diese unbändige Energie in meiner Brust gespürt hatte.

Und dann sprang Melissa. Ich hörte ihr Schreien und dann ihr Lachen tief unter mir. „Jetzt du!", schrie sie. Ich stand an der Klippe, doch ein schrilles Geräusch hielt mich auf. Ich ging zurück zu unserem Berg von Klamotten und zog mein Handy hervor. Auf dem Bildschirm stand Leos Name. Ich nahm den Hörer ab. Doch es war nicht Leo.

„Dein Vater ist vielleicht nicht mehr da. Aber ich werde mich rächen. Für die ganzen Jahre in dieser Hölle! Ich werde mich rächen! Bei dir und deiner Mutter! Das verspreche ich dir!", hörte ich eine raue, drohende Stimme sagen. Mein Herz blieb stehen. Ich presste mein Ohr noch immer an den Bildschirm, obwohl er schon längst aufgelegt hatte.

Und dann sprang ich.

Dank

Die Geschichte von Ricky und Leo war wie ein Zuhause. Über zehn Jahre begleiteten die Beiden mich. Mit fünfzehn Jahren stieg ich in den Schulbus auf dem Weg nach Hause und als sich die Türen des Busses erneut öffneten, stieg ich mit Ricky und Leo wieder aus. Von da an folgten sie mir auf jedem meiner Wege und waren in Gedanken immer bei mir. Selbst als ich ein Jahr später das Manuskript in der Schublade meines Schreibtisches verschwinden ließ und es mir erst zehn Jahre später wieder in die Hände fiel, wusste ich, dass Ricky und Leo immer da gewesen waren. In der Zeit meines Studiums hatte ich das Schreiben beinahe aufgegeben und vergessen, wie gut es mir tat, in meine eigenen Geschichten einzutauchen. Diese Geschichte war es, die mich wieder zu mir selbst zurückführte. Zu dem, was ich seit meiner Kindheit liebte: das Schreiben. Genau aus diesem Grund beschloss ich, dass mit Ricky und Leo alles beginnen sollte. Ich hatte lange darüber nachgedacht, diese Geschichte als meine erste an die Öffentlichkeit zu bringen. Ich war älter und erwachsen geworden, doch Ricky und Leo waren es nicht. Sie entsprangen meinem sechzehnjährigem Ich und nicht der Person, die ich heute bin. Dennoch fühlte es sich falsch an, sie wieder in der Schublade verschwinden zu lassen. Es war der Leo in mir, der mir den Mut gab, mich meinen Ängsten und Zweifeln zu stellen und die Geschichte letztendlich abzuschicken.

Doch mein innerer Leo wäre nichts ohne meine Familie und Freunde gewesen, die mir in diesem Prozess den Rücken stärkten und mich ermutigten. Besonders dankbar bin ich meiner Mama, die immer da ist und jeden meiner Sätze als Erste liest. Die an mich glaubt, wenn ich es nicht tue. Ich danke meinem Papa, von dessen Stolz ich jedes Mal überwältigt bin, und meinen Bruder Marvin, der diese Geschichte insgeheim mehr prägte, als er je ahnen wird. Ohne euch hätte es dieses Buch nie gegeben.

Mein tiefster Dank gebührt dem novum-Team, welches das hier erst ermöglicht hat. Insbesondere danke ich Carina Ahamer, die mich während des Prozesses mit jeglichen Informationen versorgte und mir mit Rat und Tat zur Seite stand, und meiner Lektorin Vivika Andige, die dieser Geschichte den nötigen Feinschliff gab.

Die Autorin

Laura Marleen Kempert wurde 1998 in Eberswalde geboren. Sie studierte Germanistik und Sonderpädagogik an der Universität Rostock. Nach ihrem Abschluss zog sie zurück in ihre Heimat und arbeitet seitdem dort als Lehrerin. Bereits in der Grundschulzeit entdeckte sie das Schreiben für sich. Angefangen mit Kurzgeschichten und Gedichten, schrieb sie im Jugendalter ihren ersten Roman. Sie liebt es, fremde Orte zu entdecken. Das Reisen hilft ihr dabei, sich für neue Geschichten, spannende Charaktere und Orte zu inspirieren.

novum VERLAG FÜR NEUAUTOREN

Der Verlag

Wer aufhört besser zu werden, hat aufgehört gut zu sein!

Basierend auf diesem Motto ist es dem novum Verlag ein Anliegen, neue Manuskripte aufzuspüren, zu veröffentlichen und deren Autoren langfristig zu fördern. Mittlerweile gilt der 1997 gegründete und mehrfach prämierte Verlag als Spezialist für Neuautoren in Deutschland, Österreich und der Schweiz.

Für jedes neue Manuskript wird innerhalb weniger Wochen eine kostenfreie, unverbindliche Lektorats-Prüfung erstellt.

Weitere Informationen zum Verlag und seinen Büchern finden Sie im Internet unter:

w w w . n o v u m v e r l a g . c o m